군림천하 10

개정판 1쇄 발행 2012년 5월 14일
개정판 3쇄 발행 2022년 2월 7일

지은이 | **용대운**
발행인 | 신현호
편집장 | 이호준
편집 | 송영규 최종건 정재웅 양동훈 곽원호 조정범 강준석 최성화
편집디자인 | 한방울
영업 | 김민원

펴낸곳 | ㈜ 디앤씨미디어
등록 | 2002년 4월 25일 제20-260호
주소 | 서울시 구로구 디지털로 26길 111 JnK디지털타워 503호
전화 | 02-333-2513(대표)
팩시밀리 | 02-333-2514
E-mail | papy_dnc@dncmedia.co.kr
블로그 | blog.naver.com/gnpdl7

ISBN 978-89-267-1545-1 04810
ISBN 978-89-267-1535-2 (SET)

* 저자와 협의하여 인지는 붙이지 않습니다.
* 이 책은 ㈜ 디앤씨미디어(파피루스)가 저작권자와의 계약에 따라 발행한 것으로 본사와 저자의 허락 없이는 어떠한 형태나 수단으로도 내용을 이용할 수 없습니다.

용대운 대하소설

군림천하

2부 종남의 혼 [終南之魂]

君臨天下

⑩ 양대호리(兩大狐狸) 편

PAPYRUS
파피루스

目次

제90장	작전계획(作戰計劃)	9
제91장	살인지령(殺人指令)	31
제92장	쌍쌍인랑(雙雙人狼)	63
제93장	진로선택(進路選擇)	87
제94장	소면호리(笑面狐狸)	113
제95장	결전전야(決戰前夜)	137
제96장	결전당일(決戰當日)	165
제97장	성동격서(聲東擊西)	191
제98장	검풍혈풍(劍風血風)	213
제99장	본산수복(本山收復)	237
제100장	오리무중(五里霧中)	263

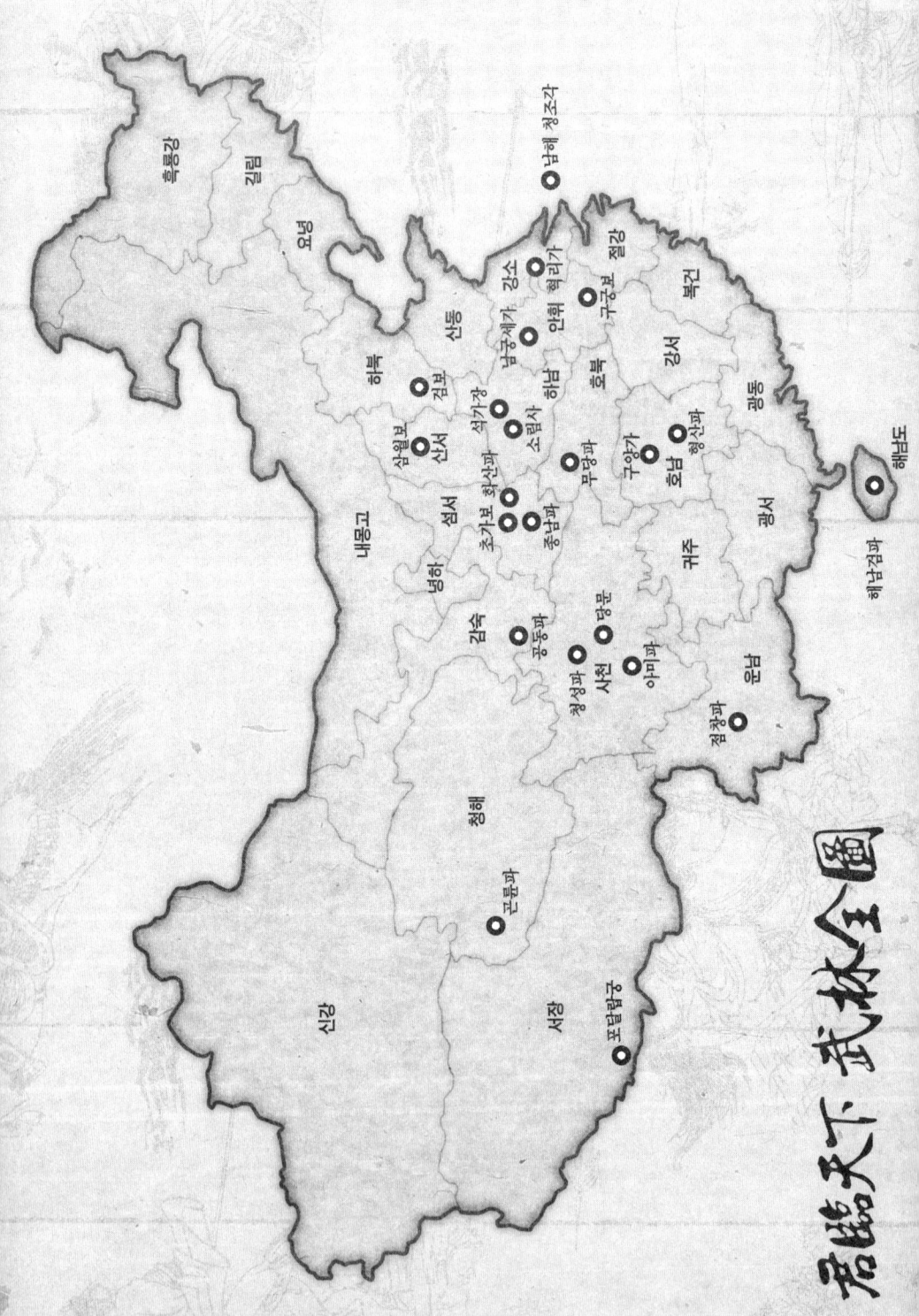

〈서안(西安) 및 종남산(終南山) 일대 지형도〉

하남

화산(華山)

화음현
화산파

섬서

대응포구
손가장
남전
자은사(대안탑)
대왕루
조양봉(동봉)
유화상단
평안객잔
중봉(누관)
종남파
풍덕사
태평곡
이씨세가
정엽사
취미사
고관담
조가보
소양산
쌍수마
종남산(終南山)
진령(秦嶺)

제 90 장
작전계획(作戰計劃)

제90장 작전계획(作戰計劃)

 밤은 오늘도 어김없이 찾아와서 사방을 온통 검은 장막으로 휘감아 버렸다.
 드넓은 자은사의 경내도 적막만이 감돌고 있었다.
 짙은 어둠이 드리워진 자은사의 후원을 은밀히 움직이는 인영들이 있었다. 그들의 신법은 물 흐르듯 유연하고 민첩해서 어둠 속에서 보니 마치 한 떼의 유령(幽靈)이 움직이는 것 같았다.
 그 인영들은 후원을 가로질러 자은사에서도 가장 깊숙한 곳에 위치한 작은 건물 앞으로 다가갔다.
 "저곳이 확실한가?"
 세 인영 중 중앙의 인영이 묻자 가장 앞서 달리던 인영이 고개를 끄덕였다.
 "그럴 겁니다. 자은사에서 시체를 안치할 만한 곳은 저곳밖에는 없으니까요."

세 인영은 곧 건물에 도착하여 주위를 살피더니 건물 안으로 들어갔다.

건물 안은 가로세로 오 장쯤 되는 장방형(長方形) 공간으로, 한쪽에 불단이 있었고 불단 앞에 이십여 개의 관(棺)이 일렬로 쭉 늘어서 있었다. 칠흑같이 어두운 밤에 수십 개의 관을 본다는 것은 결코 좋은 기분이 아닐 것이다. 하나 세 명의 인영은 조금도 망설이지 않고 관들이 놓인 곳으로 다가갔다.

"저것이로군."

인영들 중 하나가 불단에서 가장 가까이에 있는 관을 가리켰다. 그 관은 여타 관보다 한 배 반쯤 컸는데, 질 좋은 오동나무로 만들어져서 한눈에 보기에도 특별한 신분의 시신이 누워 있음을 알 수 있었다.

세 인영은 미끄러지듯 그 관 앞으로 다가갔다. 세 사람은 관을 내려다본 채 한동안 아무 말도 하지 않았다. 그러다 중앙의 인영이 앞으로 나섰다.

"내가 열지."

좌측의 인영이 그를 제지했다.

"소제가 관 뚜껑을 열 테니 형님께서는 상흔(傷痕)을 확인하십시오. 빙백검의 흔적을 알아볼 사람은 형님뿐이지 않습니까?"

"알겠네."

중앙의 인영이 물러나자 좌측의 인영은 한 차례 심호흡을 하고는 관 뚜껑을 잡았다. 그가 손에 힘을 주자 무거운 관 뚜껑이 소리도 없이 열리기 시작했다.

관 안에는 황색 승포를 입고 양손을 앞가슴에 가지런히 놓은 노승의 시신이 누워 있었다. 좌측의 인영이 관 뚜껑을 잡고 있는 사이에 중앙의 인영은 노승의 시신 앞으로 성큼 다가왔다.

그는 손을 내밀어 노승의 곱게 여며진 옷자락을 풀어 목 부분을 드러나게 했다. 노승의 옷자락을 헤치던 그의 손이 무심결에 노승의 아래턱에 살짝 닿았다. 그 순간 그의 안색이 홱 변했다.

손가락에 닿은 노승의 턱에 따뜻한 온기가 느껴졌던 것이다.

바로 그때, 미동도 않고 누워 있던 노승의 눈이 번쩍 뜨이며 사악하기 이를 데 없는 안광이 번들거렸다. 대경실색하여 막 몸을 피하려던 중앙의 인영은 전신에 경련을 일으켰다.

어느새 그의 가슴에 노승의 양손이 깊숙이 꽂혀 있었던 것이다.

"이…… 이럴 수가……."

중앙의 인영의 입에서 시커먼 핏물이 꾸역꾸역 흘러나왔.

다른 두 명의 인영이 무언가 이상함을 느끼고 그에게 다가가려 했을 때, 그들의 바로 옆에 있는 시체의 관 뚜껑이 부서지며 하나의 그림자가 그들을 덮쳐 왔다. 그것은 너무도 찰나의 일인지라, 그들이 피하려 했을 때는 어느새 그들의 머리 위로 그물 같은 섬광이 폭포수처럼 쏟아져 내리고 있었다.

그 섬광들이 수십 개의 도광(刀光)이라는 것을 미처 알아차리기도 전에 그들의 몸에서 핏줄기가 솟구치기 시작했다. 가공스럽게도 도광이 채 도달하지도 않았는데 살이 먼저 갈라지며 핏물이 뿜어 나오고 있는 것이다.

"끄윽!"

"허억!"

그들은 전신에 핏물을 뒤집어쓴 채 자신들을 암습한 정체불명의 그림자를 노려보더니 허물어지듯 그 자리에 쓰러지고 말았다. 그들의 몸은 수십 개의 칼날로 난도질한 듯한 처참한 상흔으로 뒤덮여 있었다.

중앙의 인영은 자신의 가슴을 꿰뚫은 손을 내려다보고 있다가 노승을 노려보며 쥐어짜듯 물었다.

"너, 너는…… 누구……."

노승은 양손을 그의 가슴에 꽂은 채 사이한 미소를 흘렸다.

"흐흐…… 지옥에 가거든 사익에게 물어봐라."

다음 순간, 중앙의 인영은 자신의 가슴이 갈가리 찢기는 듯한 통증을 느끼고 입을 딱 벌렸다. 몇 차례 격렬한 몸부림을 치던 그의 몸은 이내 힘없이 축 늘어지고 말았다.

이것이 해천팔검 세 사람이 소리 없이 실종되어 수많은 무림인들을 의혹에 빠지게 한 사건의 전말이었다.

* * *

아침 햇살이 얼굴을 부드럽게 어루만지자 동중산은 천천히 눈을 떴다.

잠다운 잠을 자 본 게 얼마 만인지 기억도 나지 않았다. 모처럼 깊은 잠을 자고 났더니 머릿속이 개운해지기는커녕 더욱 헝클어져서 어젯밤 일들이 꿈결처럼 생각되었다.

그때 누군가가 문을 두드렸다.

똑똑······.

이어 문이 열리며 방취아의 얼굴이 나타났다.

"잘 잤어, 동 사질(董師姪)?"

방취아는 침상에 누워 있는 동중산을 보자 방긋 웃었다. 동중산은 황급히 침상에서 일어났다.

"방 사고(龐師姑)······."

"괜찮아. 누워 있어."

안으로 들어오는 방취아의 손에는 김이 모락모락 나는 접시가 들려 있었다.

"어젯밤에 아무것도 안 먹고 자서 출출할까 봐 죽을 끓여 왔어."

"그러실 필요까지는······."

"괜찮다니까 그러네."

방취아는 침상 옆의 탁자 위에 접시를 올려놓고는 그의 옆으로 바짝 다가와 앉았다. 그녀는 그의 얼굴을 물끄러미 쳐다보더니 갑자기 그를 와락 끌어안았다.

"방 사고······."

동중산은 그녀의 행동에 놀라 그녀의 품에서 벗어나려 했다. 그때 그는 그녀의 가늘게 떨리는 음성을 들었다.

"정말 잘됐어. 살아 돌아와서 정말 잘됐어······."

"……."

동중산은 아무런 말도 할 수 없었다. 그녀의 뺨이 닿은 옷 앞자락이 축축해졌다. 동중산은 가만히 그녀의 어깨를 다독거려 주었다.

그녀는 이내 소맷자락으로 눈을 훔치며 자세를 바로잡았다.

"뜨거울 때 먹어. 빨리 나아야 초가보 놈들을 혼내 줄 수 있잖아."

동중산은 말없이 고개를 끄덕였다.

방취아는 빨갛게 된 얼굴에 활짝 미소를 짓더니 그의 손을 한 차례 잡아 주고는 방을 나갔다. 그녀의 모습이 방 밖으로 사라졌는데도 동중산은 침상 위에 앉은 채 그녀가 나간 방문을 가만히 바라보고 있었다.

무어라 형용할 수 없는 감정이 가슴 깊숙한 곳에서 소용돌이치고 있었다.

그리고 그때 비로소 동중산은 자신이 혼자가 아님을 절실히 깨달았다. 이제는 더 이상 혼자서 기약도 없는 도망자 생활을 하지 않아도 되었다. 잠을 잘 때도 경계심을 늦출 수 없어 하루에도 수십 번씩 깨어나지 않아도 되었고, 음식을 먹을 때도 독살(毒殺)당할 걱정에 노심초사할 필요가 없게 된 것이다.

동중산은 그녀가 남기고 간 접시를 들고 죽을 먹기 시작했다. 한 모금씩 먹을 때마다 전신에서 활력이 솟구쳐 오르는 것 같았다. 순식간에 죽 한 그릇을 모두 비운 동중산은 무언가 골똘히 생각에 잠겨 있었다.

그가 깊은 상념에서 깨어났을 때, 그는 방 안에 다른 사람이 와 있는 것을 깨달았다.

"장문인……."

동중산은 황급히 자리에서 일어나려 했다. 진산월은 부드러운 손길로 제지했다.

"그냥 있어라."

"제자가 어찌……."

"우리 사이에 그런 격식이 무슨 소용이 있느냐? 그보다 몸은 좀 괜찮으냐?"

동중산은 일어서는 걸 포기하고 반쯤 일어난 자세 그대로 고개를 끄덕였다.

"많이 좋아졌습니다. 이삼 일이면 거동할 수 있을 듯합니다."

"이삼 일이라…… 빠듯한 시간이군."

"방 사고에게 들었습니다. 내일이나 모레쯤 종남산으로 가실 계획이라면서요."

"그렇다. 그 문제로 너와 이야기할 것이 있다."

동중산의 파리한 안색에 한 줄기 밝은 빛이 감돌기 시작했다.

"말씀하십시오. 제자가 할 수 있는 일이라면 신명(身命)을 바쳐 해내겠습니다."

"너무 그렇게 긴장할 필요는 없다. 지금 본산의 현 상황을 그래도 가장 잘 파악하고 있는 사람이 너일 것 같아서 물어보는 것이다. 네가 생각하기에 지금 우리의 전력(戰力)으로 본산을 되찾는 것이 가능하다고 보느냐?"

동중산의 외눈이 번쩍 빛났다. 그는 진산월을 똑바로 응시하며 물었다.

"솔직한 대답을 듣고 싶으십니까?"

"그렇다."

"그렇다면 제자가 숨기지 않고 말씀드리겠습니다. 저는 지금의 인원으로 본산을 되찾는다는 것은 거의 불가능하다고 봅니다."

"……."

"어제 보았던 장문인의 무공은 정말 놀라웠습니다. 하지만 어느 한 사람의 힘만으로는 본산을 되찾을 수 없습니다. 소 사숙과 방 사고, 그리고 제자가 힘을 합친다고 해도 어려운 일입니다. 틀림없이 적지 않은 사람이 희생될 텐데, 지금 본 파의 실정으로 그 중 한 사람이라도 잃어버린다는 건 너무 커다란 손실입니다. 그런 위험을 각오하면서까지 굳이 무리하게 서둘러서 본산을 되찾을 필요는 없다고 생각합니다."

진산월은 묵묵히 그의 말을 듣고 있더니 담담한 표정으로 고개를 끄덕였다.

"옳은 말이다. 지금 본산을 되찾으려 한다는 건 너무도 위험천만하고 무모한 일이지."

동중산은 진산월이 자신의 말에 선뜻 수긍을 하자 오히려 어리둥절해졌다.

"그럼 장문인께선……."

"그래서 나는 더욱더 지금 본산을 되찾아야 한다고 생각한다."

뜻밖의 말에 동중산의 눈이 크게 뜨였다.

진산월은 고개를 들어 허공을 응시하며 조용한 음성으로 입을 열었다.

"우리에게 필요한 건 높은 무공이나 많은 인원이 아니다. 결코 포기하지 않겠다는 필사(必死)의 각오와 반드시 해낼 수 있다는 굳건한 자신감이다. 지금 물러선다면 비록 당장은 희생을 피할 수 있겠지만, 본산을 되찾고 본 파를 재건시키는 일은 더욱 요원(遙遠)해질 것이다."

"……."

"하나 다소의 희생을 감수하고서라도 본산을 되찾게 되면 우리에겐 이길 수 있다는 자신감이 생기고, 그들에겐 어쩌면 질지도 모른다는 불안감이 생기게 된다. 그건 다른 무엇과도 바꿀 수 없는 소중한 자산이 될 것이다."

동중산은 한동안 진산월을 가만히 바라보았다. 뒷짐을 진 채 허공을 응시하며 우뚝 서 있는 진산월의 모습은 무엇으로도 굽힐 수 없는 거대한 천신상(天神像) 같았다.

동중산은 깊숙이 머리를 조아렸다.

"제자가 생각이 짧았습니다."

진산월의 시선이 천천히 그에게로 향했다.

"그래서 너를 찾아온 것이다. 우리의 희생을 최소화하면서 본산을 되찾을 수 있는 방법이 무엇인가 물어보기 위해서 말이다."

"제자도 아까부터 그 생각을 하고 있었습니다. 현재 본산을 지키기 위해서 초가보에서 파견한 사람은 검패 양전을 비롯하여 모두 오십 명가량 됩니다. 그들 중 무시하지 못할 일류 고수들의 수만 해도 열다섯 명은 족히 될 겁니다. 솔직히 정면으로 그들과 격돌해서는 별로 승산(勝算)이 없다고 봅니다."

동중산의 말은 조금 틀렸다. 별로가 아니라 아예 승산이 없다고 해야 옳을 것이다.

"게다가 이번에 대왕루의 일로 그들이 경각심을 느끼고 더욱 강한 고수들을 파견할 가능성도 있습니다. 따라서 우리는 상대해야 할 일급 고수들의 숫자가 스물에서 스물다섯 명은 된다는 가정 하에 계획을 세워야 한다고 생각합니다."

"중요한 건 숫자가 아니라 사람이지. 양전 외에 주의할 자들은 누구누구냐?"

"현재 본산을 지키고 있는 고수들 중에서는 양전과 칠객 중의 귀혼적(鬼魂笛) 악평(岳平), 독수금륜(獨手金輪) 낙무인(洛無忍), 그리고 팔수 중의 신망(神蟒) 곡풍(曲馮)과 혈붕(血鵬) 시일해(柴日海) 정도입니다. 하지만 대왕루에서 낭패를 당한 이상 적어도 사패 이상의 고수가 파견될 가능성도 있습니다."

"사패 이상이라면……."

"쌍염라(雙閻羅)와 오대호법(五大護法)이지요."

진산월은 고개를 갸웃거렸다.

"쌍염라는 알겠는데, 오대호법이란 이름은 처음 듣는군."

"그럴 겁니다. 그들은 모두 최근에 포섭한 자들이니까요. 초가보의 보주가 직접 공을 들여서 초빙한 자들이기 때문에 개개인의 무공 실력이 사패보다 뛰어나다고 알려져 있습니다."

진산월은 잠시 침묵했다.

초가보의 세력은 당초의 예상보다 훨씬 막강한 것이 분명했다.

그들은 오랫동안 세력 확장에 많은 노력을 기울였으며, 현재에 이르러서는 능히 강호의 어떤 거대 문파와도 자웅을 겨룰 수 있을 만큼 성장해 있었다. 초가보를 공격하는 것은 고사하고 초가보에 빼앗긴 본산을 되찾는 일조차도 현재로는 거의 무망(無望)한 일이었다.

하지만 무언가 방법이 있을 것이다. 반드시 그 방법을 찾아내어야 한다.

진산월은 동중산이 그 방법을 찾아내 주기를 바랐다. 그리고 그의 바람은 헛되지 않았다.

"제자에게 한 가지 계획이 있습니다. 계획대로만 된다면 우리에게도 한 가닥 길이 보일지 모릅니다."

진산월은 눈을 빛내며 물었다.

"그것이 무엇이냐?"

동중산은 번쩍이는 외눈으로 진산월을 응시하며 진지한 음성으로 입을 열었다.

"성동격서(聲東擊西)."

* * *

죽은 시신들을 본다는 것은 언제나 꺼림칙한 일이 아닐 수 없었다.

더구나 그 시신들이 얼마 전까지만 해도 자신과 술잔을 기울이고 담소를 나누던 동료들이라면 더욱 그러할 것이다.

백동일은 냉정하기가 얼음장 같은 사람이었으나 지금은 무언가에 단단히 화가 난 사람처럼 눈살을 잔뜩 찌푸리고 있었다.

그의 옆에 서 있던 독응 위지독은 안색이 새파랗게 질린 채 몸을 부들부들 떨고만 있을 뿐이었다. 백동일은 그것이 더욱 못마땅해서 퉁명스럽게 말을 내뱉었다.

"몸이 불편하면 먼저 돌아가게. 이곳에 있어 봤자 아무 도움이 안 될 테니."

위지독은 퍼뜩 정신을 차리고 고개를 가로저었다.

"아닙니다. 괜찮습니다."

백동일의 표정은 여전히 싸늘했다.

"무림인이 시체를 보고 놀란대서야 말이 되는가? 칼을 잡기로 마음먹었을 때부터 이미 이런 날이 오리라는 건 각오하고 있어야 하는 거야. 그런 각오도 없이 강호로 뛰어들었다면 지금이라도 칼을 놓고 조용히 물러나는 게 나을 걸세."

위지독은 한 차례 심호흡을 하더니 이내 한결 가라앉은 표정이 되었다.

"두려워서 그랬던 건 아닙니다. 다만 저들 중 몇 사람은 제게는 형제와 같은 사이여서 가슴이 아프군요."

"어차피 마찬가지야. 우리도 언제 저런 꼴로 나뒹굴게 될지 모르지. 그러니 조금 먼저 갔다고 해서 아쉬워할 필요는 없네."

위지독은 묵묵히 고개를 끄덕였으나, 마음속으로는 약간의 불만도 없지는 않았다.

'당신은 친한 사람이 없어서 그렇겠지. 하지만 막상 당신에게

도 그런 순간이 닥친다면 생각이 조금 달라질걸.'

하나 그 말을 입 밖으로 낼 수는 없었다. 백동일은 무서운 사람이었다. 가까이서 그를 지켜본 위지독은 그런 사실을 더욱 잘 알고 있었다. 이런 사람의 비위를 거스른다는 건 죽음을 각오하기 전에는 생각할 수 없는 일이었다.

백동일은 턱으로 시신들을 가리켰다.

"상흔들을 조사해 보세. 대체 누가 이런 엄청난 짓을 저질렀는지 알 수 있을지도 모르니 말일세."

시체들은 좁은 골목길의 반경 오 장 정도 되는 공간에 여기저기 쓰러져 있었다.

시체의 수는 모두 여섯 구였다. 결코 적은 숫자는 아니었으나, 그렇다고 깜짝 놀랄 만큼 많은 숫자도 아니었다. 하나 그 시체들의 면면을 살펴본다면 누구라도 놀라지 않을 수 없을 것이다.

그중 네 사람은 초가보의 팔수에 속한 인물들이었으며, 한 사람은 총관 중 하나였고, 마지막 한 사람은 사패 중 일인(一人)이었다. 고수가 구름처럼 많다는 초가보에서도 이들 여섯 사람은 능히 일류로 분류될 수 있는 실력자들이었다.

특히 권패 봉월은 초가보뿐 아니라 당금 무림에서도 손꼽히는 권법(拳法)의 고수(高手)였다. 그런 봉월이 온몸을 벌집처럼 난자당한 채 피바다 속에 쓰러져 있는 광경은 보는 이들을 경악케 하고도 남음이 있었다.

위지독은 사수의 시신들을 살펴보았다.

그들 중 섬표 곽일명과 폭호 고잔은 특히 그와 각별한 사이였다. 그들은 고향도 서로 가깝고 나이도 동갑이어서 서로를 타인(他人)으로 여기지 않았다. 친형제들과도 같았던 그들의 비참한 시신 앞에서 위지독은 깊은 슬픔과 흉수에 대한 불타는 적개심을 느꼈다.

곽일명의 몸에 나 있는 상흔은 오직 하나뿐이었다. 목의 뒤에서 앞으로 장검에 관통된 자국이 생생하게 나 있었다. 그 상처가 잘려 나간 부위는 매끄럽기 그지없었다.

'장검이 날아드는 위세가 얼마나 강력했으면 목을 관통한 흔적이 이토록 깨끗하단 말인가?'

곽일명은 팔수 중에서도 신법 면에서는 위지독과 함께 가장 뛰어난 인물이었다. 그렇게 빠른 신법을 가지고 있으면서도 장검이 자신의 목을 앞뒤로 관통하도록 내버려 두었다는 것은 눈으로 보고도 쉽게 믿어지지 않는 일이었다.

고잔의 시신은 더욱 참혹했다.

고잔은 가슴이 한일자(一字)로 그어진 채 완전히 갈라져서 두 눈을 부릅뜬 채로 죽어 있었다. 그의 두 눈에는 경악과 공포의 빛이 너무도 뚜렷하게 나 있어서 죽는 순간에 그가 얼마나 놀랐는지 여실히 짐작할 수 있었다.

고잔의 가슴에 나 있는 상처도 절단된 면이 너무나 깨끗했다. 가슴 부위는 흉골(胸骨)을 비롯한 뼈가 많아서 깨끗하게 잘리기 힘든데, 이들을 살해한 자는 마치 진흙이라도 자르듯 가볍게 베어 버린 것이다.

광마 철력과 취원 이세기의 시신은 훑어보고 자시고 할 것도 없었다. 배가 갈라지고 머리가 쪼개진 시신을 봐서 무엇하겠는가?

위지독은 강호 무림에서 이와 같은 검법을 사용하는 사람이 누가 있는지 생각해 보았으나 일시지간 떠오르는 사람은 아무도 없었다.

수석 총관의 말로는 이들이 종남파의 잔당을 소탕하기 위해 이곳으로 왔다고 했다. 하나 종남파의 잔당 중에 이런 실력을 지닌 고수가 있을 리 없었다.

아마 운 나쁘게도 이들은 중도에 도저히 상대할 수 없는 무서운 고수를 만났음이 분명했다.

강호 무림에서 검법의 최고수로는 모두 세 사람을 꼽을 수 있다.

무림구봉(武林九峯) 중의 일인이며 검봉(劍峯)이라 불리는 화산파의 장문인 육합신검(六合神劍) 용진산(龍眞山), 환우사마 중의 일인인 검마(劍魔) 금옥기(琴玉璣), 그리고 마도 제일 고수인 신목령주가 바로 그들이다.

그들이라면 아마 사수 정도는 어렵지 않게 살해할 수 있을 것이다.

하나 그들이 무엇이 아쉬워서 장안의 외진 골목에 나타나 이들을 살해한단 말인가?

'혹시 용진산이 소요검객 사익의 죽음을 본 보(本堡)의 소행으로 알고 이들을 살해한 것은 아닐까?'

순간적으로 이런 생각이 들기도 했으나, 그것은 자신이 생각해도 너무 지나친 억측이 아닐 수 없었다.

용진산은 행동거지가 침착하고 과묵하기로 유명한 인물로, 화산에서 내려온 적은 극히 드물었다. 용진산이 이들을 제거하기로 마음먹었다면 굳이 자신이 직접 손을 쓸 필요도 없이 간단히 문하 제자들에게 지시를 내리는 것만으로도 충분했을 것이다.

검마 금옥기와 신목령주는 더 말할 나위도 없었다. 검마 금옥기는 살인을 한 다음 꼭 시신의 귀를 잘라 가는 습관이 있고, 신목령주의 한목신검에 당한 시신은 전신이 꽁꽁 얼어붙어 있어 한눈에 식별이 된다.

'그들도 아니라면 대체 누구란 말인가?'

위지독은 혹시나 하는 마음에 백동일을 쳐다보았다.

백동일은 권패 봉월의 시신을 살펴보고 있었는데, 그의 얼굴에는 괴이한 표정이 떠올라 있었다. 무언가 도저히 믿기지 않는 일을 본 것처럼 넋 나간 듯한 표정이었다. 그것은 냉정하기 그지없는 백동일에게서는 좀처럼 볼 수 없는 모습이었다.

위지독은 의아함을 느끼고 그에게로 다가갔다.

"흉수에 대해 무얼 알아내셨습니까?"

백동일은 그 자리에 못 박힌 듯 미동도 않고 있었다. 그러다 불쑥 소리쳤다.

"손익의 시체를 살펴보게."

"예?"

백동일은 버럭 소리를 질렀다.

"손익의 시체를 살펴보라니까!"

위지독은 백동일이 이토록 화를 내는 모습은 아직 본 적이 없어서 당혹스러운 얼굴로 손익의 시신으로 다가갔다. 아무리 그와 백동일이 신분의 차이가 난다 해도 이런 식의 태도는 너무 심한 것이었다.

'대체 무슨 일 때문에 저렇게 흥분한 거야?'

위지독은 속으로 투덜거리면서도 그의 말대로 손익의 시신을 살펴보았다.

손익의 시신은 그야말로 참혹하기 이를 데 없었다. 전신에 수많은 피 구멍이 뚫려 있어서 온몸의 피가 모두 밖으로 흘러나온 것 같았다.

그중 어느 하나 치명상이 아닌 곳이 없었다.

'이건 정말 심하군. 한두 군데만 찔러도 충분했을 텐데 이토록 잔인하게 살해하다니…… 손익과 깊은 원한을 맺은 자의 소행인가?'

위지독이 눈살을 찌푸리고 있을 때 백동일이 다시 물었다.

"상흔이 모두 몇 군데인가?"

위지독은 상처의 숫자를 세어 보았다.

"스무 군데입니다."

"구멍이 뚫리지 않고 검날이 스친 상처는 빼게."

위지독은 손익의 몸을 다시 한 번 훑어보고는 이내 가슴 부위의 상처 세 개가 여타의 것과는 다른 것을 알아냈다.

"가슴의 검흔(劍痕) 세 개가 조금 다릅니다. 그걸 빼면 모두 열일곱 개로군요."

백동일은 잠깐 생각하더니 다시 입을 열었다.

"좀 더 자세히 찾아보게. 틀림없이 하나가 더 있을 걸세."

위지독은 그가 왜 이렇게 상흔의 숫자에 연연하는지 이해가 되지 않았으나, 지금은 그의 심기를 거스를 수가 없어서 다시 찬찬히 시신을 살펴보았다. 그러다 문득 손익의 귀밑이 유난히 검다는 것을 알아차렸다. 그 부근의 머리카락을 치워 보니 귀 밑으로 하나의 깊은 검흔이 드러나 보였다.

"아! 여기 하나 더 있습니다. 똑같은 모양의 상흔이 열여덟 개로군요."

백동일의 목소리가 갑자기 조금 떨렸다.

"확실한가?"

"그렇습니다."

백동일은 갑자기 아무런 대꾸도 없었다.

위지독이 의아해 쳐다보니 그는 허공을 올려다본 채 혼자 무어라고 중얼거리고 있었다. 허공을 응시하는 그의 표정이 어찌나 험악한지 위지독은 감히 말을 붙여 볼 엄두도 내지 못했다.

"봉월이 열여덟 개, 손익이 열여덟 개…… 그럼 삼십육방이다. 그럴 리가 없는데…… 그럴 리가……."

위지독은 귀를 기울여 보았으나 백동일이 중얼거리는 소리가 무슨 뜻인지 하나도 알아들을 수 없었다.

백동일의 얼굴은 귀신(鬼神)이라도 본 듯 핼쑥하게 굳어져 있었다.

"삼십육방을 모두 점(點)할 수 있는 초식은 하나뿐인데…… 설마 그걸 익힌 자가 나타났단 말인가?"

한참 동안이나 허공을 노려보며 무언가를 정신없이 중얼거리던 백동일의 두 눈에 무시무시한 신광이 번뜩거렸다.

"어찌 되었건 상관없다. 그자가 누구든 내 손에 죽는다는 건 변함이 없다. 내 손으로 반드시 숨통을 끊어 놓고야 말테다!"

그의 악다문 입술 사이로 흘러나오는 음성은 듣는 사람의 모골을 송연하게 할 정도로 악기가 서린 것이었다.

위지독은 평생을 도산검림(刀山劍林)에 살아오면서 두려움을 모르던 인물이었으나, 백동일의 이런 모습을 보자 가슴 한구석이 서늘해 오는 것을 느꼈다.

백동일은 위지독이 지금까지 만났던 어떤 사람보다도 냉혹하고 독기로 똘똘 뭉친 사람이었다. 심지어는 위지독이 가장 어려워하는 초가보의 수석 총관조차도 백동일을 보고 이렇게 말했을 정도였다.

"누구라 할지라도 백동일과 원한을 맺었다면 결코 두 발을 뻗고 잠을 자지 못할 것이다. 백동일은 결코 용서나 타협을 모르는 사람이니까."

위지독은 그 말에 절실히 공감했다.

지금 그는 사수와 손익, 봉월을 살해한 흉수에 대해 잠시나마 애도하는 마음을 가졌다. 아무리 무공이 뛰어난 인물이라 할지라도 백동일 같은 사람이 노리고 있다면 그자의 인생도 참으로 고달프다고 하지 않을 수 없을 것이다.

설사 그자가 자신의 철천지원수라고 할지라도 말이다.

제91장 살인지령(殺人指令)

"다시 한 번 말해 보게."

천개방은 당혹스러운 표정을 감추지 못했다.

"해천팔검의 종적이 묘연합니다. 아무리 사람들을 풀어 장안 일대를 뒤져 봐도 그들의 모습을 찾을 수가 없습니다."

곡수는 좀처럼 냉정을 잃지 않는 사람이었으나, 지금은 눈살이 살짝 찌푸려져 있었다. 남들이 보기에는 아무렇지도 않은 것 같았으나, 곡수의 평소 성격을 잘 알고 있는 천개방은 절로 조마조마한 심정이 되었다. 곡수의 심기가 극도로 불편할 때 나타나는 현상임을 알고 있기 때문이었다.

"그들의 행적이 마지막으로 나타난 것은 언제인가?"

"공식적으로 확인된 것은 그저께 대왕루에 나타나 식사를 한 것이 마지막입니다. 하나 어제 태화곡 근처에서 그들의 모습을 보앉다는 사람도 있어서 확실치는 않습니다."

"태화곡이라…… 그렇다면 취미사로 갔던 모양이군."

"저도 그렇게 생각합니다. 아마도 혈겁이 벌어진 현장을 직접 조사하려던 것이었겠지요. 하지만 그 뒤로는 아무도 그들을 본 사람이 없습니다."

곡수는 잠시 생각에 잠겨 있었다.

천개방은 그의 생각을 방해할 수 없어서 묵묵히 그를 지켜보고만 있었다.

곡수는 화산파에서도 특이한 신분의 소유자였다.

그는 정식으로 화산파에 입문하지도 않았고, 화산파와 혈연 관계(血緣關係)에 있지도 않았다. 하나 화산파의 누구도 그를 외인(外人)이라고 생각하는 사람은 없었다.

그와 화산파의 인연은 삼십 년 전으로 거슬러 올라간다.

곡수의 사부는 당시 섬서성에서 가장 유명한 고수 중 한 사람인 신풍수사(神風秀士) 갈수독(葛修獨)으로, 그는 당시의 화산파 장문인이었던 검중선(劍中仙) 사마원(司馬原)과 둘도 없이 막역한 사이였다.

하나 갈수독은 사십을 갓 넘긴 나이에 뜻하지 않은 질병을 얻어 유명(幽冥)을 달리하고 말았다. 당시 곡수의 나이는 열네 살로, 혼자서는 도저히 강호에서 활동할 수 없는 어린아이였다. 더구나 곡수는 천애 고아여서 달리 돌보아 줄 사람도 없었다.

그래서 사마원은 그를 화산파에 기거하게 했던 것이다.

그는 엄연한 갈수독의 의발전인(衣鉢傳人)이므로 화산파에 입문할 수도 없어서 화산파의 제자도 아니고 남도 아닌 어정쩡한 신분으로 계속 지내게 된 것이다. 그런 세월이 수십 년을 흐르자 곡수는 어느 덧 화산파에서 없어서는 안 될 귀중한 존재가 되었다.

그는 갈수독 못지않은 치밀한 두뇌와 깊은 심계를 지니고 있어서 맡겨진 일을 단 한 번도 소홀히 처리한 적이 없었다. 그래서 사마원의 뒤를 이어 화산파의 장문인 자리에 오른 용진산은 그를 중용(重用)하여 화산파의 집법(執法)을 담당하는 자리에 임명했던 것이다.

곡수는 주위의 기대에 전혀 어긋남이 없이 지금까지 주어진 모든 일을 완벽하게 처리해 왔다. 이번에 소요검객 사익의 갑작스러운 죽음을 연락받았을 때, 용진산이 한 치의 망설임도 없이 그를 사태의 책임자로 파견한 것도 그의 능력을 믿고 있기 때문이었다.

그런 곡수이기 때문에 화산파의 촉망받는 일 대 제자인 천개방도 그의 앞에서는 몸조심을 할 수밖에 없었다.

한동안 깊은 상념에 잠겨 있던 곡수는 문득 고개를 쳐들어 천개방을 향해 물었다.

"만상공자 이존휘가 사 장로님의 시신을 발견했을 때 그와 같이 있던 여자가 있다고 하지 않았나?"

"그렇습니다."

"그녀가 누구인가?"

천개방은 그가 왜 갑자기 그런 질문을 하는지 의아한 생각이 들었으나 자신이 아는 대로 상세하게 대답했다.

"이름은 모르지만, 이존휘와는 상당히 친한 듯했습니다. 나이는 십팔구 세가량 되어 보였는데, 상당히 뛰어난 미모를 지니고 있었습니다. 제가 보기에는 행동거지나 말하는 투가 명문 세가 출신인 것 같았습니다."

"결국 그녀가 누구인지는 정확히 모른다는 말이로군."

천개방의 얼굴이 조금 붉어졌다.

"죄송합니다."

"자네를 탓하려는 게 아닐세. 다만 일이 이렇게 된 이상 처음부터 다시 조사해 보는 수밖에 없다고 생각하네. 시신을 처음 발견한 네 사람 중 이존휘는 제일 첫날에 만나 보았고, 조일평과 다른 한 사람도 어제 만났네. 오직 그녀만 아직 만나지 못했으니, 하루라도 빨리 직접 만나서 이야기를 나누고 싶네."

천개방은 잠시 머뭇거리다가 입을 열었다.

"이존휘와 조일평에게서도 별다른 점을 밝혀 내지 못했는데, 그녀를 만난다고 뾰쪽한 수가 있겠습니까?"

"그거야 모르는 일이지. 아무튼 지금 우리가 할 수 있는 건 그것밖에 없지 않나?"

천개방은 그의 말에 일리가 있음을 인정하고 이내 고개를 끄덕였다.

"알겠습니다. 지금 당장 제자들을 풀어 그녀를 수소문하도록 하겠습니다."

"부탁하네. 그리고 개방에서는 아직 아무런 움직임이 없나?"

"그게 이상합니다. 장안 분타주인 소방방이 의문(疑問)의 변사(變死)를 했는데도 이틀이나 지나도록 개방에서 다른 고수를 파견하지 않은 것 같습니다."

곡수는 아무렇지도 않은 듯한 표정이었다.

"그들도 나름대로 생각이 있겠지. 지금 우리에게 남은 선택은 그리 많지 않네. 그녀를 만나서도 홍수에 대해 별다른 점을 알아내지 못한다면 남은 방법은 오직 한 가지뿐일세."

천개방은 급히 물었다.

"그게 무엇입니까?"

곡수의 눈빛이 유난히 번쩍거렸다.

"검심각으로 가서 서문동회를 직접 만나는 것이지."

천개방의 안색이 무겁게 변했다.

"그건 정말 어려운 일이군요."

"그렇지. 그래서 일이 거기까지 가기 전에 반드시 실마리를 찾아야 하는 걸세."

  * * *

"정말 속상해 죽겠네."

서문연상은 고운 아미를 잔뜩 찌푸리며 볼멘 표정으로 투덜거렸다.

"나만 쏙 빼놓고 대체 어디를 간 거야?"

그녀가 불평하는 대상은 그녀의 숙부뻘인 해천팔검의 세 사람이었다.

어제 저녁, 그들은 그녀에게 잠깐 확인할 것이 있다면서 자신들의 숙소에 가서 기다리고 있으라고 했다. 그런데 벌써 밤이 지나고 다음 날의 하루가 거의 지나도록 그들은 돌아오지 않고 있는 것이다.

참다못한 그녀는 숙소를 나와 서안의 거리를 헤매고 다녔으나, 그들은 코빼기도 보이지 않았다.

지금 그녀는 화가 나기도 하고 은근히 걱정이 되기도 해서 신경이 잔뜩 곤두서 있었다. 그들의 무공을 생각하면 별다른 일이 있을 리 없다고 스스로를 위안해 보았지만, 자꾸만 불길한 예감이 드는 것을 어쩔 수 없었다. 아무리 세상에 무서운 것이 없고 천방지축인 그녀라도, 막상 일이 이렇게 되자 누군가에게 의지하고 싶은 생각이 굴뚝같았다.

그녀는 이존휘를 찾아가서 사정을 설명하고 도움을 부탁할까 하는 생각도 했으나 이내 고개를 절레절레 흔들었다.

'이 공자가 만약 우리가 검보의 사람들이란 것을 알면 경계심을 잔뜩 품을 거야. 그런 상태라면 도와준다고 해도 찜찜해서 오히려 더 불안해질 게 틀림없어.'

그렇다고 서안에 달리 아는 사람이 있을 리 없었다.

그렇게 고민을 하며 걷던 그녀는 문득 자신의 발길이 예전에 괴인을 만났던 그 허름한 주루로 향하고 있음을 깨달았다. 그녀는 내심 흠칫 놀랐다.

'내가 왜 여기로 가고 있지? 설마 그 괴인을 만나서 도움이라도 청할 생각이었던 거야?'

그에 대한 해답은 그녀 자신도 정확히 내릴 수가 없었다.

주루 앞에 도착하자 그녀는 잠시 머뭇거렸다. 우연히 보았던 괴인이 저 주루에 계속 있다는 보장도 없고, 또 운 좋게 괴인을 만난다고 해도 그에게 무어라고 해야 할지 막막하기만 했다.

한동안 주루 앞에서 들어갈까 말까 망설이던 그녀는 마음을 결정한 듯 입술을 지그시 깨물었다.

'일이 닥치면 그때 가서 생각하는 거야. 고민이 많으면 빨리 늙는다는데, 괜히 먼저 고민할 필요 없잖아.'

일단 마음을 정하자 오히려 홀가분해졌는지 그녀는 지금까지와는 달리 경쾌한 걸음으로 주루를 향해 걸어갔다.

"어서 오십⋯⋯."

주루 안으로 들어오는 손님을 향해 머리를 조아리던 정산은 들어온 사람의 얼굴을 확인하고는 눈을 휘둥그렇게 떴다. 하나 이내 얼굴에 성난 표정이 떠올랐다.

"당신은⋯⋯."

그가 채 무어라고 하기도 전에 그녀는 고개를 쳐들고 도도한 얼굴로 그를 스치고 지나가더니 중앙에 있는 빈 탁자에 가서 앉았다.

"손님이 왔는데 주문 안 받고 뭐 해요?"

그녀가 오히려 호통을 치자 정산은 어이가 없는지 입을 반쯤 벌린 채 아무 말도 하지 못했다. 그러다가 점차로 얼굴이 붉게 상기되며 코에서 거친 숨소리가 흘러나왔다.

"이⋯⋯ 이런⋯⋯."

"여기에 녹두활어(綠豆活魚)하고 청초육사, 그리고 연화탕(蓮花

제91장 살인지령(殺人指令) 39

蕩) 하나만 갖다 주세요. 음식은 짜지도 맵지도 않게 간을 하고, 식초는 절대로 넣지 말아야 해요. 알았죠?"

정산의 얼굴이 붉으락푸르락해지건 말건 그녀는 자기 할 말만 하고는 그는 쳐다보지도 않고 주루 안을 재빨리 훑어보았다. 그녀의 얼굴에 은은한 실망의 빛이 스치고 지나갔다.

주루 안에는 괴인의 모습이 보이지 않았던 것이다.

한쪽 구석에서 털북숭이 장한과 애꾸눈의 사나이가 궁상맞은 모습으로 식사를 하고 있는 것을 제외하고는 손님은 아무도 없었다.

지금은 식사 시간도 아니었고, 이곳은 중심부에서 많이 벗어난 외진 곳이라 손님이 거의 없다는 게 당연한 일이었지만 그녀는 왠지 마음 한구석이 허전해짐을 느꼈다.

정산은 너무 어처구니가 없어 화를 내야 할지 말아야 할지 분간이 되지 않는 모습이었다. 아무리 확인해 봐도 일전에 음식 값을 떼어먹고 몰래 도망친 소녀가 분명한데 이리도 당당하게 나오니, 오히려 자기가 무언가 잘못을 저지르고 있는 것 같은 기분이 들었던 것이다.

그가 어떻게 해야 할지 마음을 결정하지 못하고 주춤거리고 있을 때, 그녀가 힐끗 그를 돌아보더니 싸늘하게 쏘아붙였다.

"빨리 가서 음식 만들지 않고 거기서 뭐 하는 거예요? 설마 내가 음식 값도 없이 주문을 했을까 봐서 그래요?"

정산은 울 수도 없고 웃을 수도 없어서 표정이 이상야릇하게 변했다.

그녀는 품속으로 손을 집어넣더니 금화 한 냥을 꺼내 탁자 위에 올려놓았다.

"봤어요? 빨리 안 만들어 오면 그냥 나가 버릴 거예요."

금화 한 냥이면 은화로 스무 냥이 되니 음식 값은 충분하고도 남았다. 먼젓번의 음식 값까지 같이 계산해도 오히려 자기가 적지 않은 금액을 거슬러 줘야 할 판이었다.

'좋아. 이따가 계산할 때 보자. 일전의 몫에 이자까지 받아 내고야 말 테니……'

정산은 속으로 단단히 벼르며 주방 안으로 들어갔다.

그녀는 그의 뒷모습을 향해 혀를 날름거리고는 탁자 위에 올려놓았던 금화를 재빨리 도로 품 안에 집어넣었다.

한쪽 구석에서 이 광경을 보고 있던 털북숭이 대한과 애꾸눈의 중년인이 자기들끼리 무어라고 나직하게 소곤거렸다.

'네놈들이 이 금화를 탐내는 모양인데, 허튼수작을 부리려 했다간 이 아가씨에게 호된 경을 치고야 말 것이다.'

그녀는 그들의 행동을 지레 짐작하고는 쌍심지를 세우며 그들을 쏘아보았다.

그때 한 사람이 주루 안으로 들어왔다. 그는 체구가 왜소하고 안색이 창백한 십칠팔 세가량 된 소년이었다. 소년은 무심코 주루를 둘러보다 그녀와 시선이 마주치자 갑자기 얼굴이 새빨갛게 된 채 허겁지겁 고개를 돌리는 것이었다.

서문연상은 어이가 없어서 피식 웃음이 나왔다.

'뭐 저렇게 수줍음 많은 사람이 다 있어? 나보다 한두 살 어린

것 같은데, 있는 집에서 신주 단지 모시듯 귀하게 자란 티가 팍팍 나는군.'

그녀는 마치 자신이 노련한 강호인(江湖人)이기라도 한 것처럼 소년의 나약한 모습을 측은한 눈으로 바라보았다.

'저렇게 부잣집 귀공자 같은 녀석이 이런 허름한 주루에는 웬일이지? 가출(家出)이라도 한 걸까?'

그녀는 자신의 처지는 생각도 하지 않고 소년에 대해 제멋대로 이런저런 상상을 하기 시작했다.

'부모가 자기 말대로 안 해 주는 게 있으니까 홧김에 뛰쳐나온 걸 거야. 아무튼 이래서 아무리 자식이 귀하다고 해도 너무 곱게만 키워서는 안 된다니까. 조금만 크면 다들 제멋대로 하려고만 하니……..'

그녀의 상상은 점점 깊어져 갔다.

'막상 집을 나오긴 했는데 돈은 떨어지고, 그렇다고 자존심을 굽히고 집으로 다시 돌아갈 수도 없으니 이런 곳을 전전하는 것이겠지. 아마 며칠 못 버티고 훌쩍거리면서 집으로 돌아갈 게 틀림없어.'

소년은 쭈뼛거리더니 한쪽에서 식사를 하고 있는 털북숭이 대한과 애꾸눈의 사나이에게로 다가갔다.

'어? 벌써 돈이 떨어져서 구걸을 시작했나?'

그녀의 고운 아미가 상큼하게 찌푸려졌다.

'나한테까지 오면 어쩌지? 나도 남은 거라곤 달랑 이 금화 한 냥밖에 없는데…….'

그녀가 걱정 아닌 걱정을 하고 있을 때, 소년은 애꾸눈의 사나이에게 머리를 숙여 인사를 했다.

"안녕하세요?"

애꾸눈의 사나이는 소년을 힐끔 쳐다보더니 턱으로 앞에 있는 빈 의자를 가리켰다.

"앉아라. 뭐라도 먹어야지. 뭘 먹을 테냐?"

소년은 조금 망설이다가 조그만 목소리로 말했다.

"그냥…… 아무거나 시켜 주세요."

털북숭이 대한이 어깨를 들썩이며 웃었다.

"흐흐…… 젊은 녀석이 피죽도 못 얻어먹었나? 목소리가 왜 그 모양이냐? 너 같은 녀석에게는 사슴 피와 곰쓸개가 최고인데, 다음에 내가 집에 돌아가면 네놈이 평생 먹을 만큼 구해 주겠다."

소년은 얼굴이 빨개져서 도리질을 했다.

"아니에요. 저한테 신경 쓰지 마세요. 전 그런 거 못 먹어요."

털북숭이 대한은 고리눈을 부릅떴다.

"아무 소리 말고 내가 하라는 대로 해. 남의 성의를 무시하면 못쓰는 법이다."

소년은 고개를 푹 처박고 아무런 대꾸도 하지 못했다. 그 모습이 안쓰러워 보였는지 애꾸눈의 사나이가 조용히 그를 제지했다.

"사람마다 취향이 다른데 무작정 장 형의 생각만 고집할 수는 없지 않소? 저 아이의 천성인 듯하니 내버려 둡시다."

털북숭이 대한은 연신 투덜거렸다.

"아니, 진 아우의 주위에는 왜 맨 저런 녀석들밖에 없는 거야?

어제 그 꼬마 녀석도 참 이상한 놈 아니오? 열 살밖에 안 된 녀석이 과묵하기가 완전히 다 늙은 노인네 같으니 어린아이다운 귀여운 구석이 한 군데도 없단 말이오."

애꾸눈의 사나이는 빙그레 웃었다.

"내가 보기엔 무척 귀엽고 총명한 아이인데 왜 그러시오?"

"그거야 나이 어린 사제가 생긴 재미에 빠져서 동 형의 눈이 잠시 삔 거겠지. 아무튼 어린 녀석이 둘씩이나 있어서 귀여워해 주려고 했더니 한 놈은 늙은 영감 같고, 다른 한 놈은 분 냄새 풍기는 계집아이 같으니 이거야 원······."

그때 고개를 푹 숙이고 있던 소년이 갑자기 나직한 음성으로 말했다.

"그런 말 하지 말아요."

털북숭이 대한의 송충이처럼 굵은 눈썹이 꿈틀거렸다.

"뭐라고?"

소년은 여전히 고개를 숙인 채로 나직하면서도 분명한 음성으로 입을 열었다.

"뭐라고 해도 좋은데, 나를 여자와 비교하지 마세요. 나는 당신에게 그런 모욕을 당할 이유가 없단 말이에요."

털북숭이 대한은 어이가 없는지 눈을 크게 뜬 채 그를 쏘아보고만 있었다.

애꾸눈의 사나이가 옆에서 조용히 웃었다.

"이번에는 장 형이 한 대 맞았구려. 하하······."

"이거 정말······."

털북숭이 대한은 쓴 입맛을 다시더니 돌연 묵직한 음성으로 말했다.

"네 말이 맞는다고 해 두자. 그런데 그런 말을 할 때는 사람의 얼굴을 쳐다보면서 하는 게 예의다. 그렇게 고개를 처박고 입속으로 우물거리고 있으면 누구라도 나처럼 생각할 거란 말이다."

소년은 천천히 고개를 쳐들었다. 그리고는 털북숭이 대한을 향해 시선을 고정시켰다. 털북숭이 대한은 그의 아래턱이 가늘게 떨리고 있음을 알아보았다.

"앞으로는…… 나한테 여자 같다는 말을 하지 마세요."

이 말을 하기 위해서 소년은 아마 마음속의 용기를 있는 대로 끄집어내었을 것이다.

털북숭이 대한은 고리눈을 부릅뜨고 소년의 두 눈을 뚫어지게 응시했다. 소년은 입술을 악다문 채로 그의 시선을 피하지 않았다.

언뜻 털북숭이 대한의 얼굴에 엷은 미소 같은 것이 스치고 지나갔다.

"이제 좀 남자다워졌군. 알았다. 앞으로는 절대 그런 말을 하지 않으마."

소년은 다시 고개를 숙였다.

애꾸눈의 사나이가 그의 어깨를 가볍게 두드려 주었다.

"네 심정을 이해한다. 하지만 다른 사람이 너에게 어떤 대접을 하느냐 하는 것은 전적으로 너에게 달려 있는 것이다. 다른 사람이 너를 괄시한다고 그 사람을 탓하기 전에 네 자신의 행동에 잘못된 점은 없는가를 먼저 생각하는 것이 순서 아니겠느냐?"

"……."

소년은 가타부타 아무런 대꾸도 하지 않았다. 하나 애꾸눈의 사나이는 고개를 떨군 소년의 유난히 기다란 속눈썹이 가늘게 떨리고 있는 것을 보았다.

털북숭이 대한이 싱겁게 히죽 웃었다.

"말 한마디 잘못했다가 된통 혼이 났군. 이래서야 음식이 목구멍으로 넘어가는지 콧구멍으로 넘어가는지 모르겠소."

"어느 쪽으로 넘어가든 장 형의 뱃속으로 들어가긴 마찬가지이니 신경 쓸 것 없지 않소?"

"어? 그런가?"

두 사람은 다시 낄낄거리며 식사를 하기 시작했다.

한쪽에서 이 광경을 지켜보고 있던 서문연상은 잠시 묘한 감정에 빠져들었다.

거칠고 우락부락해 보이는 털북숭이 대한은 의외로 대범한 구석이 있었고, 냉정하고 차가워 보이는 애꾸눈의 사나이는 따뜻한 마음의 소유자 같았다. 그리고 겁 많고 소심한 소년은 뜻밖에도 자존심 강한 성격이었던 것이다.

서문연상은 그들 세 사람이 잘 어울리는 것 같다고 생각했다. 그리고 아주 조금이지만 부럽다는 느낌이 들기도 했다. 그녀 주위에는 저렇게 거칠고 투박해 보이면서도 잔정을 지닌 사람들을 찾아보기 어려웠던 것이다.

그때 정산이 주방에서 음식들이 담긴 쟁반을 들고 나왔다.

정산은 음식들을 그녀의 탁자 위에 올려놓고는 멀지 않은 곳에 앉아서 그녀를 빤히 주시하고 있었다. 그것은 영락없이 그녀가 음식을 먹고 저번처럼 내빼지 못하도록 지켜보겠다는 무언(無言)의 시위였다.

그녀의 눈꼬리가 매서워졌다.

"뭘 그렇게 쳐다보고 있어요?"

정산은 턱을 고인 채 고개를 흔들었다.

"그냥 앉아 있는 거요. 소저는 식사나 하시오."

"당신의 그런 얼굴을 보고 있으면 음식이 넘어갈 것 같아요? 생긴 것도 밥맛없게 생겨 가지고 하는 짓도 왜 저러는지 몰라."

정산의 얼굴이 휴지 조각처럼 구겨졌다.

'아니, 이 계집애가 보자 보자 하니까 정말······.'

정산이 참지 못하고 벌컥 화를 내려 할 때, 마침 애꾸눈의 사나이가 그를 불렀다.

"여기도 주문 좀 받으시오."

정산은 서문연상을 잔뜩 노려보더니 어쩔 수 없다는 듯 한숨을 푹 내쉬고는 애꾸눈의 사나이 쪽으로 걸음을 옮겼다. 서문연상은 새침한 표정으로 젓가락을 들더니 녹두활어를 집어 먹기 시작했다.

"생긴 건 저래도 음식 맛은 제법이네."

그녀가 혼자 중얼거리면서 음식을 먹고 있을 때 다시 누군가가 주루 안으로 불쑥 들어왔다.

이번에 들어온 사람은 모두 두 사람이었다. 우측의 인물은 머리를 뒤로 단정하게 묶고 짙은 남색 장포를 입은 삼십 대 중반의 인물이었고, 좌측의 인물은 그와는 반대로 헝클어진 머리에 몸에는 거친 마의(麻衣)를 걸친 이십 대 후반의 청년이었다.

두 사람의 행색은 서로 판이했으나, 전신에서 풍기는 분위기는 이상하리만치 비슷했다. 어딘지 모르게 음침하고 칙칙한 느낌을 주는 것이다. 지금도 두 사람이 나란히 걸어 들어오자 주루 안의 분위기가 갑작스레 썰렁해지는 것 같았다.

두 사람이 앉은 자리는 마침 서문연상과 마주 보는 위치에 있었다. 그래서 서문연상은 싫든 좋든 그들의 얼굴을 정면으로 보아야만 했다.

서문연상은 그들을 힐끔거리고는 고운 입술을 삐죽거렸다.

'음식 맛 다 달아나네. 얼굴에 철가면이라도 뒤집어썼나? 왜 저렇게 표정이 무미건조한 거야?'

아닌 게 아니라 두 사람의 얼굴에는 아무런 표정도 떠올라 있지 않아서 보기에 따라서는 섬뜩한 느낌마저 불러일으켰다.

그때 우연인지 남색 장포의 중년인과 그녀의 시선이 마주쳤다. 그 순간, 남색 장포의 중년인의 입가에 희미한 미소가 떠올랐다. 그 미소를 보자 서문연상은 왠지 가슴 깊숙한 곳에서 싸늘한 냉기가 솟구쳐 올라왔다. 눈은 전혀 웃고 있지 않은데 입가에만 엷은 미소를 짓고 있어서 마치 유령의 미소를 보는 것 같았던 것이다.

서문연상은 기분이 나빠져서 이내 젓가락을 내려놓았다.

정산이 그들에게 다가가서 물었다.

"무얼 드시겠습니까?"

남포 중년인의 얄팍한 입술이 거의 알아차리기 힘들 정도로 살짝 열리며 얼굴 표정만큼이나 무심한 음성이 흘러나왔다.
"만두 한 접시, 술 한 병."
'제길. 두 사람이 와서 겨우 만두 하나만 시키는 거야?'
정산은 속으로 볼멘소리가 터져 나왔으나, 왠지 껄끄러운 생각이 들어 두말없이 주방으로 물러났다.
서문연상은 음식을 더 먹고 싶은 생각도 없고, 언제까지 이곳에 앉아서 올지 안 올지도 모르는 괴인을 기다리고 있을 수도 없어서 자리에서 일어났다. 막 주방에서 만두와 술을 가지고 나오던 정산이 이 모습을 보자 다급한 표정을 지었다. 그는 음식들을 두 사람의 탁자에 내려놓는 둥 마는 둥 하고는 그녀에게 쪼르르 달려왔다.
그녀는 그의 속마음을 훤하게 알고 있으면서도 겉으로는 전혀 모르는 척 태연하게 물었다.
"측간이 어디예요?"
정산의 얼굴이 시뻘겋게 변했다.
그녀는 좀 더 그를 약 올리려다 그럴 기분도 나지 않아서 품속에서 금화를 꺼내 들었다.
"당신 얼굴을 보니 가고 싶은 생각도 없어졌어요. 계산이나 해요."
정산은 귀가 번쩍 뜨여 절로 목소리가 높아졌다.
"일전에 소저가 먹은 음식 값도 포함해서요?"
"그럼 내가 그깟 몇 푼 되지도 않는 음식 값을 떼어먹을 사람으로 보여요? 참, 당신 혹시 그들 부자(父子)에게서 음식 값을 받은 건 아니겠죠?"

정산은 그녀가 말한 부자가 누구를 뜻하는지 몰라 잠시 어리둥절한 얼굴이다가 이내 고개를 끄덕였다.

"아! 그들 말이오? 안심하시오. 그들에게는 한 푼도 받지 않았소."

그녀는 수상쩍은 얼굴로 그를 응시했다.

"당신 말을 어떻게 믿어요? 혹시 다른 사람에게 이미 음식 값을 받아 놓고 나한테 또 바가지를 씌우려는 건 아니겠죠?"

정산은 절로 찔끔하는 심정이 되었다. 사실을 말하자면 그때의 음식 값은 방취아가 지불했던 것이다. 하나 그렇다고 이 얄미운 소녀를 그냥 보낼 수도 없지 않은가?

정산은 눈을 딱 감고 거짓말을 했다.

"안 받았소. 나는 소저가 다시 이곳에 찾아와서 계산해 주기만을 학수고대하고 있었소."

"나를 속일 생각은 아예 꿈도 꾸지 말아요. 나중에라도 내가 사실을 확인해 봐서 당신이 이중으로 돈을 받았으면 아예 이 코딱지만 한 주루의 기둥뿌리를 확 뽑아 버릴 테니까."

그녀는 여인답지 않은 험악한 소리를 하며 그를 협박했다. 정산은 공연히 걱정이 되기도 했으나, 지금 안 받으면 이 맹랑한 아가씨에게 언제 돈을 받겠느냐 싶어 자신 있게 고개를 끄덕였다.

게다가 그녀가 그런 사실을 무슨 수로 확인해 보겠는가?

"물론이오. 만약 그런 일이 있다면 소저를 고모님이라고 부르겠소."

서문연상은 냉랭하게 웃었다.

"당신 같은 조카는 필요 없어요. 생각만 해도 끔찍하군. 고모님이 뭐야, 고모님이? 아예 할머님이라고 부르는 게 더 낫겠네."

그녀가 무어라고 자꾸 구시렁거리자 정산은 그녀의 마음이 변할까 싶어 재빨리 금화를 손에 들고는 은화 열두 냥을 그녀의 손바닥 위에 올려놓았다.

"일전의 음식 값 여섯 냥과 오늘의 음식 값 두 냥 해서 모두 여덟 냥을 제외한 나머지요. 확인해 보시오."

그녀는 세지도 않고 은화를 품속에 집어넣은 후 한 번 더 날카로운 눈으로 정산을 요리조리 쏘아보았다.

"아무리 봐도 미심쩍어. 당신같이 눈썹이 가늘고 입술이 두꺼운 사람은 전형적인 좀도둑 상이란 말이야. 아무튼 내가 나중에 분명히 확인해 볼 테니까 거짓말이면 단단히 각오하고 있는 게 좋을 거예요."

정산은 그녀의 말을 더 듣고 있다가는 혈압이 올라서 쓰러져 버릴 것 같았는지 오만 인상을 찡그리더니 휑하니 몸을 돌려 주방 안으로 들어가 버렸다.

서문연상은 한 번 더 그에게 무어라고 해 주려다가 새침한 표정을 지으며 주루 밖으로 나왔다. 막상 주루를 나오긴 했으나 뚜렷이 갈 데도 없어서 망설이고 있던 그녀는 문득 떠오르는 생각이 있었다.

'어쩌면 지금쯤 숙부님들이 돌아오셨을지도 모르겠는걸.'

그 생각을 하자 절로 마음이 급해져서 그녀는 숙소로 돌아가기 위해 걸음을 재촉했다. 한시라도 빨리 숙소로 가기 위해 골목길로 접어들던 그녀의 몸이 갑자기 우뚝 멈췄다.

별로 넓지도 않은 골목의 한쪽 구석에 비렁뱅이 하나가 거적때기 위에 쭈그리고 앉은 채 꾸벅꾸벅 졸고 있었던 것이다. 날씨가 비록 그리 춥지 않다고 해도 엄연히 한겨울인데, 맨바닥에 거적때기 하나를 깔고 졸고 있다니 얼어 죽기 딱 좋은 모습이었다.

그녀는 측은한 생각이 들어서 품속에서 은화 한 냥을 꺼내 비렁뱅이의 앞에 던져 주었다.

"이봐요. 여기서 졸지 말고 이 돈 가지고 객잔이라도 들어가서 자도록 해요."

땡그랑!

동전 떨어지는 소리에 비렁뱅이는 잠이 확 깨었는지 황급히 동전을 집어 들더니 이로 깨물어 보는 것이었다.

"아이고, 진짜구나."

호들갑을 떨던 비렁뱅이는 그녀를 향해 연신 머리를 조아리는 것이었다.

"고맙소, 소저. 소저는 정말 복 많이 받을 거요."

비렁뱅이는 머리카락에 백발이 성성했는데, 의외로 얼굴에는 수염도 거의 나지 않았고, 주름살도 별로 없어서 피부가 반질반질했다. 하나 코에 빨갛게 주독(酒毒)이 올라 있어서 조금 우스꽝스러워 보이기도 했다.

그녀가 무어라고 하기도 전에 비렁뱅이는 그녀를 올려다보더니 손뼉을 탁 치는 것이었다.

"소저의 상을 보니 조만간에 틀림없이 멋진 배필을 만나게 될 거요. 더구나 귓불이 두툼한 것이 결혼만 하면 아들딸을 쑥쑥 낳아서 자손이 만대(萬代)로 번창할 상이니 정말 행복한 말년을 보낼 수 있을 거요."

그녀의 얼굴이 쌀쌀맞게 변했다.

"쓸데없는 소리 말아요."

"정말이오. 이 노화자(老化子)는 지금까지 동냥질할 때 외에는 거짓말을 해 본 적이 없소."

비렁뱅이가 제법 정색을 하며 말하자 그녀는 화를 낼 수도 없어서 피식 웃고 말았다.

"지금 하는 건 동냥질이 아닌가요?"

"어? 그런가? 그럼 동냥질하지 않을 때만 거짓말을 한다오."

"풋!"

그녀가 짤막하게 웃음을 터뜨리자 비렁뱅이는 누런 이를 드러내면서 따라 웃었다.

"소저의 웃는 모습이 정말 예쁘구려. 누가 소저의 배필이 될지는 모르지만 정말 복 받은 친구요. 그런데 소저는 저 골목을 지나려고 하오?"

비렁뱅이가 때가 꼬질꼬질한 손가락으로 골목 안쪽을 가리키자 그녀는 고개를 끄덕였다.

"그래요."

비렁뱅이의 얼굴에 지금까지와는 다른 표정이 떠올랐다.

"그 길은 좋지 않소. 돌아가시오."

서문연상은 자신이 잘못 들었나 싶어 무심결에 되물었다.

"뭐라고요?"

"돌아서 큰길로 가시오. 저 골목은 아주 좋지 않은 냄새를 풍기고 있소."

그녀는 비렁뱅이가 또 농(弄)을 하는 줄 알고 빙긋 웃었다.

"그게 무슨 냄새인데요?"

비렁뱅이는 그녀의 얼굴을 똑바로 쳐다보았다. 까치집같이 형클어진 머리카락 사이로 두 개의 눈빛이 유성(流星)처럼 밝게 빛나고 있었다.

"피와 죽음의 냄새."

뜻밖의 말에 서문연상의 아미가 살짝 찌푸려졌다. 비렁뱅이의 농담이 지나치다고 생각했던 것이다. 하나 비렁뱅이의 안색은 진지하다 못해 심각해 보였다.

"노화자의 말을 허투루 듣지 마시오. 소저가 이 골목을 지나가려 하다가는 피와 죽음에 맞닥뜨리게 될 것이오."

그녀는 조금 겁이 나기도 했으나 이내 태연한 척 웃었다.

"그래서 나한테 그걸 알려 주려고 여기서 졸고 있었던 거로군요."

그녀는 농담 삼아 말했는데, 의외에도 비렁뱅이는 선뜻 고개를 끄덕이는 것이 아닌가?

"그렇지 않았다면 이 추운 겨울날에 무슨 얼어 죽을 일이 있다고 노화자가 여기에 쭈그리고 앉아 있겠소?"

"아니, 그럼 나를 만나려고 일부러 여기에 있었단 말이에요?"

"그렇소. 더 늦기 전에……."

갑자기 비렁뱅이의 얼굴이 휙 변했다.

"이거 큰일 났군."

그녀는 비렁뱅이의 시선이 자신의 등 뒤를 향하고 있음을 깨닫고 황급히 몸을 돌렸다.

골목의 입구로 한 사람이 들어서고 있었다. 그 사람은 뜻밖에도 조금 전에 주루에서 보았던 남색 장포를 입은 중년인이 아닌가? 그의 얼굴에는 예의 그 괴이하다 못해 소름이 끼치는 미소가 떠올라 있었다. 그 미소를 보자 그녀는 등골이 오싹해졌다.

그때 그녀는 다시 등 뒤에서 인기척을 느꼈다.

반대편 골목의 짙은 그림자 속에서 한 사람이 천천히 모습을 드러내고 있었다. 그는 남색 장포의 중년인과 동행이었던 마의 청년이었다.

도대체 마의 청년이 무슨 수로 그들의 반대편에 가 있을 수 있었는지 의아한 일이 아닐 수 없었다. 하나 의혹보다는 공포(恐怖)가 더 강했다.

두 사람은 느릿느릿 비렁뱅이와 그녀를 향해 다가오고 있었다.

그녀는 그들의 전신에서 흘러나오는 괴이한 살기에 짓눌려 꼼짝도 할 수가 없었다. 그때 그녀의 귓전으로 비렁뱅이의 전음성(傳音聲)이 들려왔다.

ㅡ노화자가 저들을 유인할 테니 소저는 전력을 기울여 조금 전의 그 주루로 도망치시오.

그녀는 그가 상당한 무공을 지닌 고수임을 알고 다시 한 번 깜짝 놀랐다.

'개방의 고수란 말인가? 그런데 왜 죽장과 의결이 없지?'

그녀가 의혹 어린 눈으로 비렁뱅이를 쳐다보자 비렁뱅이의 얼굴에 다급한 빛이 떠올랐다.

-나를 믿고 따르시오. 그렇지 않으면 소저는 살아서 이곳을 벗어나지 못할 거요. 저 두 괴물(怪物)은 나 혼자의 힘으로는 도저히 당해 낼 수 없단 말이오.

그녀는 아직 내공이 약해서 비렁뱅이처럼 전음을 펼칠 수가 없었다. 그녀가 자신의 정체를 묻는 듯한 시선으로 쳐다보자 비렁뱅이는 어쩔 수 없다는 듯 다시 전음을 보냈다.

-나는 개방의 오의단(汚衣團) 소속의 옥취개(玉醉丐) 송결(宋缺)이라 하오.

그 말에 서문연상의 눈이 크게 뜨였다.

오의단은 개방의 총단(總壇)에 직속해 있는 세 개의 비밀 조직 중 하나로, 개방에서도 가장 실력이 뛰어난 고수들만이 들어갈 수 있다고 한다. 그들 개개인의 실력은 한 지방의 분타주에 못지않으며, 장로(長老)급의 무공을 지닌 고수들도 적지 않다는 소문이 자자했다.

그녀는 눈앞의 비렁뱅이가 설마 개방에서도 최정예 조직 중 하나인 오의단 소속의 고수일 줄은 몰랐는지 놀라움과 함께 짙은 의혹을 느꼈다.

대체 오의단의 고수가 이곳에는 무슨 일이란 말인가? 그리고 두 명의 괴인들이 자신을 노리고 있다는 사실은 또 어떻게 안 것일까? 두 명의 괴인들은 대체 무슨 이유로 자신을 노리고 있단 말인가?

의혹이 구름처럼 일었지만 지금으로선 어느 한 가지 속 시원히 알 수가 없었다.

송결이라 정체를 밝힌 비렁뱅이는 자신들의 앞뒤에서 다가오는 두 명의 괴인들을 연신 훔쳐보더니 그들과의 거리가 점차로 가까워지자 조급해하는 표정이 역력했다.

그는 다시 그녀를 향해 전음을 날렸다.

-명심하시오. 내가 이들을 잠깐 막을 수는 있으나 이들은 곧 내 방해를 뚫고 소저를 쫓아갈 거요. 그러니 소저는 전력을 다해 이 골목을 벗어난 다음 조금 전에 나왔던 주루로 돌아가시오.

그녀는 왜 하필이면 그 주루로 가라고 하는지 의아한 생각이 들었다. 그녀의 마음속을 짐작이라도 하듯 송결의 전음이 이어졌다.

-이들이 주루에서 소저를 살해하지 않은 것은 그곳에 이 악마(惡魔) 같은 자들도 함부로 하기 힘든 절정 고수가 있기 때문이었소. 그러니 무슨 수를 쓰더라도 그곳으로 도망가시오. 그것만이 소저가 살 수 있는 유일한 길이오.

그의 말이 끝나기도 전에 그들에게로 다가오고 있던 남포 중년인의 입에서 음산한 웃음소리가 들려왔다.

"흐흐…… 하필이면 숨이 끊어질 장소로 이런 지저분한 골목을 택하다니 취향도 특이한 계집이군."

그 음성에 실린 진득한 살기는 그녀가 일찍이 들어 본 적이 없는 것이었다. 그녀의 몸이 자신도 모르게 덜덜 떨려 왔다. 그녀는 자신을 향해 이토록 노골적인 살기를 뿜어내는 사람이 있으리라고는 상상도 하지 못했다.

대체 그들은 무슨 이유로 자신을 살해하려 한단 말인가?

웃음소리가 끝나기도 전에 남포 중년인의 신형이 허공으로 붕 떠오르더니 그녀를 향해 미끄러지듯 날아왔다. 마치 유령이 움직이는 것처럼 가공스러운 신법이었다. 이 광경을 보자 그녀는 까무러치듯 놀라며 소리쳤다.

"부영수형(浮影隨形)……!"

그것은 마도(魔道)에서도 전설적인 신법으로 알려진 부영수형이었던 것이다. 그녀는 말로만 들었지 이러한 신법을 직접 본 것은 이번이 처음이었다.

그와 함께 등 뒤에서 천천히 다가오던 마의 청년이 갑자기 성큼 앞으로 크게 한 걸음 내딛었다. 그러자 사오 장의 거리가 갑자기 단축되며 그의 신형은 어느새 손을 뻗으면 그녀의 목덜미가 닿을 정도까지 바짝 접근했다.

그녀가 만약 고개를 돌려 이 광경을 보았다면 더욱 크게 놀랐을 것이다. 이 특이한 걸음이야말로 도가(道家)의 축지성촌(縮地成寸)과 쌍벽을 이룬다는 마도의 마보일척(魔步一尺)이었던 것이다.

순식간에 그녀의 앞뒤로 두 명의 괴인들이 덮쳐 왔다. 바로 그 순간, 지금까지 바닥에 앉아 있던 송결이 벌떡 일어나며 깔고 있던 거적때기를 세차게 휘둘렀다.

쏴아아…….

마치 폭우가 쏟아지는 듯한 음향과 함께 거적때기에서 수백 개의 쇠털 같은 암기들이 사방으로 날아갔다.

"백보신포(百寶神包)…… 개방의 거지였구나!"

남포 중년인이 버럭 외치며 양손을 질풍처럼 휘둘렀다. 그러자 그토록 자욱하게 날아들던 쇠털들이 마치 태풍을 만난 나뭇잎들처럼 흩어져 버렸다.

송결은 계속 미친 듯이 거적때기를 흔들었다. 거적때기에서 뭉클한 연기가 피어오르더니 갑자기 폭죽이 터지는 듯한 음향과 함께 불똥이 마구 튀었다.

파파파팍!

그 불똥이 바닥에 닿자 땅에서 불길이 피어올랐다. 실로 무시무시한 화력(火力)이 아닐 수 없었다.

"비린화(飛燐火)로군."

남포 중년인도 그 불똥은 함부로 대할 수 없는지 이리저리 몸을 날려 불똥을 피했다. 뒤에서 다가오던 마의 청년도 어쩔 수 없이 접근을 포기하고 불똥을 피하는 데 여념이 없었다.

그 순간, 송결은 서문연상의 등을 세차게 떼밀었다.

"지금이오. 가시오!"

그녀의 몸이 사오 장을 질풍처럼 날아갔다. 남포 중년인이 손을 내밀어 그녀를 제지하려 했으나 불똥이 계속 날아오는 바람에 일시지간 어쩌지를 못했다. 그녀는 아슬아슬하게 그를 스쳐 지나가며 계속 달려갔다.

"제법 약은 수를 쓴다만 어림없다!"

남포 중년인이 냉랭하게 웃으며 양쪽 소매를 거세게 휘둘렀다.

콰앙!

벽력(霹靂)이 치는 듯한 폭음이 터지며 골목의 한쪽 벽이 우르르 무너져 버렸다. 남포 중년인은 무너진 한쪽 벽면을 타넘으며 송결의 필사적인 제지를 뚫고 그녀를 쫓아왔다.

"이야압!"

송결은 주위가 떠나갈 듯한 고함을 내지르며 거적때기를 그에게로 던졌다.

남포 중년인은 막 서문연상의 뒤로 바짝 다가서다가 문득 이상함을 느끼고 뒤를 돌아보았다. 그의 눈에 자신을 향해 날아오고 있는 거적때기가 들어왔다. 남포 중년인은 미처 피할 사이가 없어 오른쪽 소매를 흔들었다.

팡!

거적때기가 그의 소맷자락에서 흘러나오는 경풍에 휩싸여 하늘로 올라갔다. 다음 순간,

파아아아······.

거적때기가 허공에서 그대로 폭발하며 반경 삼 장 이내를 자욱한 연기로 뒤덮어 버리는 것이 아닌가?

"이런 육시를 할 거지새끼가!"

남포 중년인이 분노에 찬 고함을 내지르며 양손을 질풍처럼 마구 휘둘렀다.

꽈르르릉!

서문연상은 골목 전체가 금시라도 무너질 듯 마구 뒤흔들리는

것을 느끼고 더욱 다급하게 달려갔다. 조금만 발길을 늦추어도 남포 중년인의 무시무시한 손이 자신의 목덜미를 움켜쥘 것만 같아 정신이 하나도 없었다.

그녀가 막 골목을 벗어났을 때, 그녀의 귓전으로 들려온 것은 송결의 처참한 비명 소리였다.

"으아악!"

그녀는 양손으로 귀를 틀어막으며 어두워 오는 거리를 미친 듯이 달려갔다.

제 92 장 쌍쌍인랑(雙雙人狼)

 진산월은 천천히 후원의 그늘 속에서 나와 주루 안으로 들어갔다.

 정산이 그를 보고 황급히 다가왔다.

 "언제 오셨습니까?"

 "그녀가 식사를 하고 있을 때 왔다. 번거로움을 피하기 위해 잠시 후원에 머물러 있었지."

 정산은 쓴웃음을 지으며 고개를 내저었다.

 "정말 지독한 아가씨입니다. 그런 짓을 하고도 태연하게 이곳에 다시 찾아오다니…… 무식한 건지 배짱이 좋은 건지 모르겠습니다."

 그때 진산월이 온 것을 보고 동중산이 자리에서 일어났다. 방화도 주춤거리며 일어서려는 것을 진산월이 제지했다.

"앉아 있어라."

동중산은 진산월에게 무언가 할 이야기가 있는지 표정이 경직되어 있었다.

"참으로 이상한 일이 일어났습니다. 조금 전의 그자들을 보셨습니까?"

"남포를 입은 중년인과 마의 청년 말이냐?"

동중산의 얼굴은 평소의 그답지 않게 팽팽한 긴장감에 휩싸여 있었다.

"그렇습니다. 그들이 누구인지 아십니까?"

"알지 못한다. 다만 무척 사나운 기를 지니고 있더구나. 내가 서 있는 곳에서도 그 살기를 충분히 느낄 수 있을 정도였다. 그들이 누구냐?"

"저도 정확히는 모릅니다. 다만 일전에 아주 무서운 솜씨를 지닌 두 명의 살수(殺手)들에 대한 소문을 들은 적이 있는데, 용모라든지 풍기는 기도로 보아 아무래도 그들이 아닌가 생각되는군요."

진산월이 묻는 시선을 던지자 동중산은 즉시 입을 열었다.

"혹시 쌍쌍인랑(雙雙人狼)이라는 이름을 들어 보셨습니까?"

진산월은 고개를 저었다.

"처음 듣는구나."

"그럴 겁니다. 그들이 출현한 지는 불과 이 년 정도밖에 되지 않았으니까요. 하지만 그동안 이십여 명의 유명한 고수들이 그들 손에 살해당했다고 합니다. 왜 그런 살행(殺行)을 저지르고 다니는지, 그들의 진실한 정체가 무엇인지는 아무도 아는 사람이 없습니다. 그들은 갑작스럽게 나타나 살인을 저지르고는 다시 또 종적이 묘연해지기 때문에 많은 사람들이 그들에 대해 의혹과 공포를 느끼고 있습니다."

옆에서 이들의 대화를 듣고 있던 장승표가 몸을 한 차례 부르르 떨었다.

"쌍쌍인랑이라니…… 이름만 들어도 얼마나 잔인한 놈들인지 짐작이 가는군그래."

"그자들은 별호보다 더욱 악랄하고 무서운 인물들일세. 그자들이 모습을 드러내면 어김없이 누군가가 살해당하고 주위가 피바다가 된다고 하네."

장승표가 고개를 갸웃거렸다.

"그런데 왜 조금 전에는 그냥 나갔지?"

"그래서 이상하다고 한 걸세. 그자들이 여기에 나타난 이상 틀림없이 노리는 사람이 있었을 텐데 왜 순순히 물러갔는지 이유를 알 수 없단 말일세."

동중산은 무언가 생각에 잠겨 있다가 문득 눈을 빛내며 진산월에게로 시선을 돌렸다.

"그들이 장(掌)…… 공자님의 존재를 알았을까요?"

동중산은 장문인이라고 부르려다 그의 칭호를 살짝 바꾸었다. 그것은 옆에 있는 방화 때문이었다. 방화에게 아직 자신들의 정체를 알려 주어도 될지 결정되지 않았기 때문이다.

섣불리 자신들이 종남파의 고수들임을 드러냈다가 자칫 그 소식이 초가보의 귀에 들어가기라도 하면 낭패스러운 일이 벌어질

지도 모른다.

진산월은 담담한 음성으로 입을 열었다.

"몇 번인가 내 쪽으로 강한 살기를 보낸 것으로 보아 아마 알고 있었을 것이다."

동중산은 알겠다는 듯 고개를 끄덕였다.

"그래서 그들이 여기에서 손을 쓰지 않은 게로군요. 후원에 있는 공자님의 존재가 신경 쓰여서 그냥 순순히 나간 것일 겁니다."

장승표가 움찔하여 물었다.

"그럼 그들의 목표가 우리란 말인가?"

"아니. 그들이 나가기 조금 전에 이곳을 먼저 떠난 사람이 있지 않은가?"

"아! 그 똑소리 나게 생긴 아가씨 말이로군?"

"그렇지. 그들이 제대로 식사도 하지 않고 바로 일어선 것으로 보아 아무래도 그들의 목표는 그녀였던 것 같네."

"그자들이 그렇게 무서운 인물들이라면 그 아가씨는 이제 죽은 목숨이나 마찬가지로군?"

장승표가 안타까운 듯 혀를 차고 있을 때였다.

갑자기 누군가가 주루 안으로 쏜살같이 뛰어 들어왔다.

"헉헉……."

가쁜 숨을 몰아쉬며 헐떡이고 있는 사람은 바로 조금 전에 그들이 화제에 올렸던 바로 그 소녀가 아닌가?

그녀의 안색은 새파랗게 질려 있었고, 머리는 헝클어져 낭패스럽기 이를 데 없는 몰골이었다. 그녀는 황급히 주위를 두리번거리더니 문득 진산월을 발견하고는 얼굴이 활짝 펴졌다.

"당신……."

진산월을 응시하는 그녀의 두 눈에서는 금시라도 눈물방울이 주르르 떨어져 내릴 것만 같았다.

하나 진산월의 시선은 그녀를 쳐다보고 있지 않았다. 그의 시선은 주루의 입구로 향해 있었다. 문득 생각이 나서 고개를 돌린 그녀의 입에서 외마디 비명 소리가 터져 나왔다.

"악!"

언제 나타났는지 주루의 입구에는 두 사람이 어깨를 나란히 한 채 서 있었다.

그들은 바로 남포 중년인과 마의 청년이었다. 두 사람의 시선 또한 진산월에게 못 박히듯 고정된 채 움직일 줄을 몰랐다.

세 사람의 시선이 허공에서 엉켜들면서 주위의 공기가 급격히 냉각되었다.

문득 남포 중년인의 얼굴에 특유의 유령과도 같은 미소가 떠올랐다.

"미친 듯이 이곳으로 뛰어들어 오길래 영문을 몰랐는데, 믿는 구석이 있었군."

서문연상은 그의 음성만 들어도 소름이 끼치는지 몸을 부들부들 떨며 진산월의 뒤쪽으로 몸을 피했다. 평소에는 당돌하리만치 쾌활하고 제멋대로이던 그녀도 자신의 목숨을 노리고 달려드는 무서운 살수 앞에서는 고양이를 만난 쥐처럼 꼼짝도 못 하고 있었다.

진산월이 아무런 대꾸도 없자 남포 중년인은 다시 얄팍한 입술을 살짝 벌렸다.

"아까부터 신경에 거슬렸는데, 막상 이렇게 얼굴을 보자 오히려 마음이 편안해지는군. 역시 해치워야겠지?"

그의 옆에 나란히 서 있는 마의 청년이 거의 알아차릴 수도 없을 만큼 살짝 고개를 끄덕였다.

남포 중년인은 천천히 진산월에게로 다가왔다.

"진즉에 그랬으면 해결될 일을 너무 끌었어."

마의 청년도 그와 보조를 같이했다. 두 사람의 걸음은 그리 빠르지 않았으나, 장내에 있던 사람들은 질식할 것 같은 중압감을 느끼고 자신들도 모르게 한 걸음씩 뒤로 물러났다.

오직 진산월만이 처음 위치에 그대로 서 있을 뿐이었다.

그들의 거리가 이 장여로 좁아졌을 때, 동중산은 문득 진산월이 병기를 지니지 않은 것을 깨닫고 황급히 자신이 허리춤에 차고 있는 검을 던져 주려 했다.

하나 그때는 이미 싸움이 시작된 후였다.

먼저 공격을 한 사람은 지금까지 단 한 마디도 입을 열지 않았던 마의 청년이었다. 일단 움직이자 그의 몸은 무섭도록 빨랐다.

눈앞에 갈색의 그림자가 어른거린다 싶은 순간, 그의 갈퀴 같은 손가락은 어느새 진산월의 관자놀이에 거의 도달해 있었다. 진산월은 머리를 오른쪽으로 숙여 그의 손가락을 피하며 그의 앞가슴을 향해 일장(一掌)을 내갈겼다. 얼핏 평범해 보이는 그의 이 수는 장괘장권구식 중의 천성탈두(天星奪斗)라는 초식으로, 가까운 거리에서는 상당한 위력을 지닌 수법이었다.

팡!

진산월이 내갈긴 일장은 정확하게 그의 앞가슴을 가격했다. 한데 그 순간, 진산월은 자신이 마치 솜뭉치를 친 듯 손바닥에 별다른 작렬감이 느껴지지 않는 것을 깨달았다.

"이히히……."

마의 청년은 일장을 정통으로 맞고도 조금도 충격을 느끼지 않았는지 귀곡성(鬼哭聲) 같은 웃음소리를 내며 계속 손을 앞으로 내뻗었다. 수비를 전혀 도외시한 그의 공격은 무섭고 날카로워서 하마터면 진산월은 그의 손가락에 어깨를 쥐어뜯길 뻔했다.

진산월은 옆으로 한 걸음 이동하며 삼비박룡(三臂撲龍)의 수법으로 빠르게 손을 세 번 앞으로 내찔렀다. 세 줄기의 강력한 장력이 마의 청년의 앞가슴과 양쪽 옆구리를 향해 날아갔다. 이번에도 마의 청년은 조금도 피할 기색을 보이지 않았다.

퍽퍽퍽!

마치 고무 인형을 치는 것 같은 음향이 터져 나왔다. 진산월의 손은 정확하게 마의 청년의 가슴과 양쪽 옆구리를 가격했으나, 마의 청년은 전혀 충격을 받은 것 같지 않았다. 오히려 그는 갈퀴처럼 구부린 양손으로 진산월의 늑골을 움켜쥐려 했다.

진산월의 몸이 한 차례 빙글 회전했다. 그 순간, 그의 신형은 어느새 마의 청년의 뒤쪽에 가 있었다. 그 기경(奇驚)할 신법에 중인들의 입에서 짤막한 탄성이 터졌다.

"아!"

진산월이 펼친 것은 이어룡(鯉於龍)이라는 보법으로, 짧은 공간을 빠르게 이동하는 수법이긴 했으나, 지금과 같은 묘용은 누구도 상상치 못했던 것이었다. 진산월은 몸을 회전하여 상대의 시야를 현혹시키고 이어룡 보법으로 상대의 겨드랑이 사이로 몸을 빼내 뒤로 돌아갔던 것이다.

마의 청년이 미처 몸을 돌리기도 전에 진산월은 오른손으로 그의 목덜미를 빠르게 강타했다.

뿌득!

마의 청년의 몸이 앞으로 휘청거리며 목이 옆으로 확 꺾였다. 누가 보기에도 목뼈가 완전히 부러져 나갔음을 알 수 있었다.

하나 놀라운 일은 다음에 벌어졌다. 마의 청년이 두 손으로 자신의 꺾인 머리를 잡더니 똑바로 일으켜 세우는 것이었다.

뿌드득!

듣기만 해도 모골이 송연해지는 음성과 함께 그의 목은 정상으로 되돌아왔다. 천천히 뒤를 돌아보는 마의 청년의 얼굴에는 사악하기 그지없는 미소가 떠올라 있었다. 몇 차례 목을 까닥거린 마의 청년은 다시 괴소를 터뜨리며 진산월을 향해 달려들었다.

"으히히……."

아무리 담력이 센 인물이라도 이런 상황을 맞게 되면 당황하지 않을 수 없을 것이다. 장력에 맞고도 멀쩡하고, 목뼈가 부러져도 다시 일으켜 세우고 덤벼드는 괴인을 보고 누가 두려움을 느끼지 않겠는가?

진산월의 신형도 순간적으로 주춤거리는 것 같았다. 그와 동시에 한쪽에 서 있던 남포 중년인이 어느새 허공을 훌훌 날아 진산월의 머리 위로 떨어져 내리고 있었다. 그의 소맷자락이 칼날처럼 빳빳하게 서 있는 광경이 무척이나 인상적이었다.

앞뒤에서 두 괴인의 공격을 받게 된 진산월의 운명은 풍전등화(風前燈火)의 위기에 처한 것 같았다. 하나 진산월은 태산(泰山)처럼 그 자리에 우뚝 선 채 양손을 질풍처럼 휘두르며 그들에 맞서 갔다.

파파파팍!

별로 넓지 않은 주루 안이 삽시간에 그들이 뿜어내는 장영(掌影)과 경풍(勁風)의 소용돌이에 휩쓸려 버렸다. 동중산과 서문연상 등은 경풍의 여력을 이기지 못하고 구석까지 물러나고 말았다.

마의 청년은 어떠한 장력에도 끄떡없는 괴이한 마공(魔功)을 연마한 것 같았다. 그래서 진산월의 공세는 아무래도 그보다는 남포 중년인에게로 집중되었다. 하나 남포 중년인의 무공도 괴이하기는 마찬가지였다.

그는 양쪽 소맷자락을 주로 이용한 공격을 펼쳤는데, 그 방식이 좀처럼 보기 드문 것이었다. 빳빳해진 소맷자락을 마치 검(劍)처럼 사용하고 있었는데, 찌르고 베는 동작이 검법을 전개하는 것과 하등 다를 바가 없었다. 게다가 그 위력은 가공스러울 정도였다.

쐐쐐쐐액!

연신 귀청이 찢어질 듯한 파공음이 터져 나오며 진산월의 옆구리 옷자락 일부가 찢겨 나갔다. 정확히 가격된 것도 아니고 소맷자락에서 뿜어 나오는 경기(勁氣)에 스치기만 했는데도 마치 예리한 검에 베인 듯 잘려 나간 것이다.

남포 중년인 또한 진산월의 장력에 옆구리를 한 대 맞고는 허리를 반쯤 구부린 채 뒤로 비틀 물러나고 있었다. 하나 다시 몸을 쭉 편 그는 조금 전보다 더욱 맹렬하게 진산월을 향해 달려들며 소맷자락을 십자(十字)로 휘둘렀다. 그와 함께 마의 청년의 갈퀴 같은 손가락이 호선을 그리며 진산월의 뒷덜미를 향해 날아들었다.

두 사람의 공격은 빠르고 날카로울 뿐 아니라 기묘할 정도로 잘 배합이 되어 있어서 완벽하게 피한다는 것은 거의 불가능해 보였다. 진산월은 등 뒤에서 다가오는 마의 청년의 공격은 아예 무시하고 남포 중년인의 소맷자락 공세 속으로 곧장 뛰어들었다.

남포 중년인은 십자로 교차시킨 소맷자락을 마치 쌍검(雙劍)처럼 휘두르며 진산월의 목덜미를 집요하게 노렸다. 진산월은 피하지 않고 오른손을 앞으로 쭈욱 내뻗었다.

콰앙!

갑자기 지축을 뒤흔드는 듯한 폭음과 함께 남포 중년인의 몸이 뒤로 삼 장이나 주르르 밀려나더니 몇 개의 탁자를 부수고 벽에 반쯤 파묻혔다. 그의 옷은 갈가리 찢겼고, 이마에 묶었던 끈이 풀어져 검은 머리가 폭포수처럼 얼굴과 목을 뒤덮고 있었다. 안력이 좋은 사람이라면 벽에 처박힌 남포 중년인의 헝클어진 머리카락 사이로 그의 코와 입에서 시커먼 핏물이 꾸역꾸역 흘러나오고 있음을 알아볼 수 있을 것이다.

진산월이 펼친 것은 대천장(大千掌)이라는 무공이었는데, 빠르고 강맹한 맛은 있었으나 지금처럼 경인할 위력을 지닌 수법은 아니었다. 진산월은 대천장에 중봉의 석실에서 익힌 태진강기(太震罡氣)를 처음으로 섞어 보냈는데, 그 효과가 실로 흡족할 만했다.

하나 상황은 아직 끝난 게 아니었다. 진산월의 뒤쪽에서 다가오던 마의 청년의 손가락이 어느새 그의 목덜미에 거의 도달해 있었다. 다음 순간, 진산월의 몸이 마치 그 자리에서 꺼지듯 없어져 버렸다. 사실은 아래로 반쯤 주저앉은 것인데, 그 동작이 어찌나 빨랐던지 순간적으로 바닥으로 꺼져 버린 것 같은 착각이 들었던 것이다.

덕분에 마의 청년의 손가락은 헛되이 허공을 가르고 지나갔다. 진산월은 반쯤 주저앉은 자세 그대로 몸을 돌리며 오른손을 살짝 휘둘렀다.

무언가 부드러운 기운이 마의 청년의 아랫배에 닿았다.

뿌드득!

순간 마의 청년의 갈비뼈 쪽에서 뼈마디 으스러지는 음향이 터져 나오며 그의 몸이 허공으로 붕 떴다가 바닥을 나뒹굴었다.

바닥을 다섯 바퀴쯤 구른 다음에야 마의 청년은 간신히 고개를 쳐들었다. 그의 입과 코, 양쪽 눈에서 핏물이 흘러내리고 있었다. 실로 무시무시한 약류장(弱柳掌)의 위력이 아닐 수 없었다.

마의 청년은 몇 차례 바둥거리더니 간신히 바닥에서 일어났다. 그는 손으로 피투성이가 된 자신의 얼굴을 쓰윽 훔치더니 양손을 늘어뜨려 자신의 아랫배를 감싸 안았다. 그런 다음 숨을 크게 들이마시며 양손을 세게 오므렸다.

제92장 쌍쌍인랑(雙雙人狼)

뿌득!

 들기 괴로운 음향과 함께 부러졌던 갈비뼈들이 모두 제자리를 되찾았다. 얼굴에서 흘러나오는 핏물은 여전했지만, 마의 청년은 숨쉬기가 한결 편해졌는지 어깨를 빙빙 돌리고는 웃었다. 피범벅이 된 얼굴에 이를 드러내며 웃고 있는 그의 모습은 영락없이 상처 입은 한 마리 맹수 같았다.

 중인들은 마의 청년의 끔찍한 모습에 그저 아연한 표정을 짓고 있을 뿐이었다.

 마의 청년은 입고 있던 마의를 천천히 벗었다. 잘 발달된 근육으로 뒤덮인 상체가 나타났다. 그의 몸에는 그야말로 셀 수 없을 만큼 많은 상처들이 나 있었는데, 그 상처들과 울퉁불퉁한 근육들이 뭉쳐져 가공스러운 느낌을 불러일으키고 있었다.

 마의 청년은 벗어 든 마의를 뒤적거리더니 옷감 안쪽에서 두 개의 얄팍한 병기를 꺼내 들었다. 그것은 한 쌍(雙)의 륜(輪)이었는데, 어찌나 얇은지 마치 종이로 만들어진 것 같았다. 더구나 마의 청년의 손에서 움직일 때마다 얇은 천처럼 펄럭거리고 있어서 어린아이의 장난감 같기도 했다.

 하나 그 륜을 보자 동중산의 안색이 확 변했다.

 "귀왕무영륜(鬼王無影輪)!"

 그의 음성 속에는 억제할 수 없는 경악의 빛이 가득 담겨 있었다.

 "조심하십시오. 저것은 마도의 십팔대기문병기(十八大奇門兵器) 중 하나인 귀왕무영륜입니다."

진산월은 귀왕무영륜이 어떤 것인지 정확히 알지는 못했으나, 마도의 십팔대기문병기에 대해서는 들은 적이 있었다. 그 기문병기들은 각각의 위력이 초절(超絕)할 뿐 아니라, 사용하는 방식이 상식을 초월할 정도로 기궤(奇詭)하고 사이(邪異)하여 아무리 무공이 뛰어난 고수라 할지라도 제대로 막아 내기가 어렵다고 했다.

그때 음산하면서도 악독하기 이를 데 없는 음성이 들려왔다.

"흐흐…… 귀왕무영륜을 알아본다면 이게 무언지도 알겠지?"

소리가 들려온 곳으로 고개를 돌리던 동중산의 몸이 흠칫거렸다.

태진강기가 실린 대천장에 맞고 삼 장 밖의 벽에 처박혀 있던 남포 중년인이 어느새 어슬렁거리며 다가오고 있었던 것이다. 산발한 머리카락과 백지장처럼 핼쑥해진 얼굴이 그야말로 유령을 보는 것 같았다.

남포 중년인의 손에는 허리춤에서 푼 듯한 기다란 물체가 쥐어져 있었다. 그것은 하나의 채찍이었다. 그 채찍은 모두 아홉 등분이 되어 있었는데, 각각의 마디마다 작은 고리로 연결되어 있었다.

얼핏 보기에는 평범한 그 채찍을 유심히 살펴보던 동중산의 표정이 굳어졌다.

"구절상문편(九節喪門鞭)?"

남포 중년인은 입으로 계속 검붉은 피를 게워 내면서도 징그럽게 웃었다.

"흐흐…… 하나밖에 안 달린 눈으로도 제법 볼 줄 아는구나."

구절상문편 또한 마도 십팔대기문병기 중의 하나였다. 놀랍게도 이 조그만 주루에 강호에서도 좀처럼 보기 힘든 마도의 열여덟 개 기문병기 중 두 가지가 나타난 것이다.

남포 중년인의 시선이 진산월에게로 향했다.

"너의 무공은 우리의 예상을 뛰어넘는구나. 내 철자수(鐵刺袖)와 둘째의 유마혼(幽魔魂)을 이토록 간단하게 깨뜨린 자는 네가 처음이다. 하지만 우리로 하여금 병기를 꺼내게 했으니 네게는 너무나 불행한 일이지."

남포 중년인은 손에 든 구절상문편은 천천히 돌리며 그에게로 다가왔다.

"너는 이제 전신의 살이 한 조각씩 잘리는 고통에 몸부림치다가 숨이 끊어지게 될 것이다."

그 표정과 음성의 악독함은 실로 치가 떨릴 정도였다.

동중산은 황급히 허리춤에 차고 있는 검을 진산월에게 던지려 했다.

"여기 제 검을……."

"그럴 필요 없다."

진산월은 고개를 내젓더니 오른손을 가볍게 휘둘렀다. 그러자 이 장 밖의 부서진 탁자 파편 속에서 탁자 기둥 한 개가 그의 손으로 날아왔다.

진산월은 탁자 기둥을 손으로 잡고는 담담한 음성으로 입을 열었다.

"그 기문병기란 것들이 얼마나 대단한 것인지 한번 볼까?"

남포 중년인의 눈꼬리가 가늘게 떨렸다.

"흐흐…… 접인신공(接引神功)이 대단하구나. 하지만 그깟 나뭇조각 하나로 감히 우리를 막을 수 있다고 생각했다면 너는 곧 그것이 얼마나 허황된 착각인지 뼈저리게 깨닫게 될 것이다."

우웅!

그의 손에서 회전하고 있던 구절상문편의 속도가 점차로 빨라지며 괴이한 음향이 울리기 시작했다. 그와 함께 마의 청년 또한 웃통을 벗은 채로 양손에 귀왕무영륜을 하나씩 들고 어슬렁거리며 진산월에게로 다가왔다. 그들의 다가오는 모습은 조금 전과 비슷했으나, 그 속에 담겨 있는 살벌함은 비교도 할 수 없는 무시무시한 것이었다.

목의 관절을 뚝뚝 꺾으며 진산월을 향해 곧장 다가오던 마의 청년이 돌연 오른손을 앞으로 쭈욱 내뻗었다.

소리도 없이 무언가 차갑고 예리한 것이 진산월의 코앞으로 쏘아져 왔다. 진산월은 슬쩍 고개를 옆으로 이동했다.

파앗!

그의 귀밑 머리카락 몇 가닥이 잘려 허공에 나풀거렸다. 그것이 시작이었다. 중인들이 무엇이 어찌 된 영문인지 알기도 전에 마의 청년은 진산월에게로 돌진하며 재차 왼손을 세차게 휘둘렀다.

진산월의 몸이 빙글 돌며 옆으로 일 장이나 이동했다. 그가 방금 전까지 서 있던 자리의 바닥이 쩌억 갈라지며 잘린 파편들이 허공에 난무했다. 마의 청년은 계속 진산월에게로 달려들며 양손을 휘둘렀다. 그때마다 진산월은 이리저리 몸을 피했고, 주변의 바닥과 벽들이 마구 갈라지고 있었다.

　얼핏 보기에는 마의 청년이 손장난을 하고 진산월이 그 손짓에 따라 몸을 움직이는 것 같기도 했다.

　처음에 중인들은 왜 그렇게 진산월이 반항도 하지 않고 피하기만 하는지를 전혀 알지 못했다. 하나 마의 청년의 손이 움직일 때마다 바닥과 벽이 갈라지는 것을 보고 눈치 빠른 동중산이 제일 먼저 상황을 알아차렸다.

　마의 청년의 손이 한 번씩 휘둘러질 때마다 그의 손에 들려 있던 얄팍한 륜들이 발출되고 있었던 것이다. 그 륜들은 종잇장처럼 얇고 투명해서 허공을 날아갈 때도 아무런 소리도 들리지 않았고, 눈으로도 잘 보이지 않았다.

　그런데도 마의 청년은 자유자재로 륜을 회수했다가 발출하고 있었다.

　계속 마의 청년의 공세를 피하던 진산월의 몸이 남포 중년인에게서 이 장쯤 떨어진 곳에 막 내려섰을 때였다. 지금까지 구절상문편을 빙글빙글 돌리며 장내의 광경을 주시하고 있던 남포 중년인이 오른손을 크게 휘둘렀다. 그러자 그의 손에서 회전하고 있던 구절상문편이 빛살처럼 일직선으로 진산월의 목덜미를 향해 쏘아져 갔다.

　그 속도는 그야말로 상상(想像)을 뛰어넘을 정도로 빨라서 남포 중년인의 오른손이 움직이는 순간에 구절상문편의 끝부분이 진산월의 목에 도달한 것 같은 착각이 들었다.

　"앗!"

서문연상이 놀란 외침을 토해 내는 순간, 지금까지 피하기만 하던 진산월이 처음으로 들고 있던 막대를 움직였다.

딱!

불가사의하게도 그토록 무서운 속도로 날아들던 구절상문편의 끝이 막대에 부딪혀 튕기고 말았다. 하나 더욱 놀랄 일은 그다음에 일어났다. 허공으로 튕겨 올라가던 구절상문편의 두 번째 마디가 갑자기 밑으로 뚝 떨어지며 진산월의 머리 위로 떨어져 내린 것이다.

그것은 누구도 예상치 못했던 일이었다. 진산월은 황급히 상체를 뒤로 젖혀 구절상문편의 두 번째 마디를 피하려 했다. 그런데 그때 다시 세 번째와 네 번째 마디가 진산월의 앞가슴을 노리고 날아들었다. 구절상문편이 마치 살아 있는 한 마리의 독사(毒蛇)처럼 기기묘묘하게 꿈틀거리며 다가들고 있는 것이다.

그때 진산월은 몸을 뒤로 젖히고 있었기 때문에 절대로 그 두 개의 마디를 피할 수 없을 것 같았다. 절체절명의 순간, 진산월의 수중에 들린 막대가 기이한 움직임을 일으키기 시작했다.

스스슥!

장내에 갑자기 한 가닥의 선풍이 일어나는 것 같았다.

그 선풍은 삽시간에 구절상문편을 휩쓸어 버렸다.

따따땅!

귀청이 찢어지는 듯한 파공음이 연거푸 터져 나오며 선풍이 작게 수축되는 듯했다. 그러다 다시 눈부신 속도로 확산되는 것이었다.

그 무섭게 확산되는 선풍은 구절상문편을 조종하고 있던 남포 중년인의 전신을 에워싸 갔다. 남포 중년인은 안색이 시퍼렇게 변한 채 사력을 다해 뒤로 물러났다.

그의 수중에 들려 있던 구절상문편은 어느새 세 마디밖에 남아 있지 않았다. 그는 다급한 김에 그 마디를 진산월을 향해 던졌다. 마의 청년 또한 그의 위기를 알아차리고 쏜살같이 양손을 휘둘러 귀왕무영륜을 진산월에게로 날려 보냈다.

진산월의 몸이 한 마리 학(鶴)처럼 유연하게 움직였다. 그리고 동중산은 결코 잊을 수 없는 광경을 목도하고 말았다.

보이는 것이라고는 한 무더기의 구름뿐이었다. 그 구름은 남포 중년인이 내던진 구절상문편을 먼지로 만들어 버리고 이내 그의 몸마저 휘감아 갔다.

파팍!

두 개의 거의 보이지도 않는 귀왕무영륜이 그 구름 속으로 날아갔으나 이내 종적조차 보이지 않게 되었다. 그 구름은 마치 살아 있는 생명체처럼 꿈틀거리며 순식간에 남포 중년인과 마의 청년의 몸을 휩쓸어 버렸다.

"크악!"

"크으윽!"

핏줄기가 분수처럼 솟구치며 두 가닥의 처절한 외침이 들려왔다.

구름이 걷혔을 때, 중인들의 시야에 들어온 것은 전신이 피투성이가 된 채 바닥에 쓰러져 있는 남포 중년인과 마의 청년의 모습이었다. 마의 청년은 이미 숨이 끊어졌는지 자신이 흘린 피바다 속에 꼼짝도 않고 누워 있었고, 남포 중년인만이 바둥거리며 일어서려고 애를 썼다.

"이…… 이게 무슨 검법이냐?"

남포 중년인이 입을 벌릴 때마다 그의 입 밖으로 잘린 내장 조각과 검붉은 선혈이 꾸역꾸역 흘러나왔다.

진산월은 여전히 나무 막대를 든 채 담담한 눈으로 그를 쳐다보고 있다가 돌연 묵직한 음성으로 물었다.

"지산, 이게 무슨 초식인지 알아보겠느냐?"

중인들이 어리둥절한 얼굴로 주위를 두리번거렸다. 그러다 입구 쪽에 언제부터인가 두 사람이 서 있는 것을 발견했다. 그들은 다름 아닌 소지산과 방취아였다.

두 사람은 지금까지의 격전을 모두 지켜보았는지 얼굴에 충격을 받은 표정이 역력히 드러나 있었다. 소지산은 망연자실한 표정으로 서 있다가 마음속에서 우러나오는 깊은 한숨을 내쉬었다.

"유운검법 중의 운무중첩(雲霧重疊)이군요. 이 초식에 이런 위력이 있을 줄은 정녕 상상도 못 했습니다."

남포 중년인의 얼굴에 마구 경련이 일어났다.

"유…… 유운검법?"

그의 몸이 한 차례 거세게 떨리더니 이내 고개가 떨구어졌다.

진산월은 조용한 음성으로 입을 열었다.

"유운검법의 묘용은 이루 헤아릴 수 없다. 너희들이 이 검법을 중(重)히 여기지 않았다면, 지금부터라도 이 검법의 변화를 연구

하는 데 소홀함이 없도록 해야 할 것이다."

소지산과 방취아, 동중산은 일제히 그를 향해 머리를 조아렸다.

"명심하겠습니다."

거듭된 장내의 격변에 놀라 멍하니 서 있던 서문연상이 이 광경을 보고 무언가를 느낀 듯 뾰쪽한 음성으로 소리쳤다.

"이제 보니 당신들은 모두 같은 일행들이었군요. 당신들의 정체가 대체 뭐예요?"

아무도 그녀의 말에 대답하는 사람이 없었다. 진산월은 손에 들고 있던 나무 막대를 바닥에 내려놓고 천천히 시선을 돌려 그녀를 응시했다.

"그 말은 내가 묻고 싶었던 말이었소. 소저는 누구요? 무엇 때문에 이자들이 소저를 살해하려 했던 거요?"

서문연상은 그의 시선을 받자 얼굴이 붉어지며 자신도 모르게 고개를 떨구었다.

"나, 나는…… 저들이 누구인지 몰라요. 왜 나를 노리고 있었는지도 알지 못해요. 그리고 내 이름은…… 말해 줄 수 없어요."

"그렇다면 소저는 조용히 돌아가시오. 나도 아무것도 묻지 않을 테고, 소저도 아무 말도 하지 않아도 되니 말이오."

서문연상의 아래턱이 가늘게 떨렸다. 지금의 그녀에게 돌아가란 말은 지옥(地獄)으로 떨어지라는 소리나 마찬가지였다. 언제 이런 무서운 살수들이 다시 찾아올지도 모르는데 무작정 숙소로 돌아간다는 건 죽음을 자초하는 것과 같았다. 더구나 그녀가 유일하게 의지할 수 있는 세 명의 숙부들은 돌아온다는 보장도 없지 않은가?

그녀는 한동안 망설이더니 이윽고 마음을 결정한 듯 고개를 번쩍 쳐들고 진산월을 쳐다보았다.

"좋아요. 말하겠어요. 대신 당신이 누구인지 먼저 알려 주세요. 그러면 나도 모든 걸 밝히겠어요. 단, 다른 사람은 안 돼요. 당신에게만 말할 거예요."

진산월은 그녀의 의중을 파악하려는 듯 그녀의 눈을 정면으로 응시했다. 그녀는 피하지 않고 그 눈을 마주 보았으나, 이내 다시 고개를 돌리고 말았다.

진산월은 그녀의 얼굴에 한 줄기 홍조가 어리는 광경을 가만히 지켜보고 있다가 담담한 표정으로 입을 열었다.

"나는 종남파의 이십일 대 장문인인 진산월이라 하오."

제 93 장
진로선택(進路選擇)

제93장 진로선택(進路選擇)

　백동일이 주루로 들어갔을 때, 제일 먼저 그의 시야에 들어온 것은 주루에 꽉 들어찬 많은 손님들이었다. 대왕루가 뜻하지 않은 일로 문을 닫게 되어서 이쪽으로 사람들이 많이 몰린 탓이었다.
　백동일은 날카로운 눈으로 주위를 두리번거리다 이내 자신이 찾던 사람을 발견했다.
　그자는 화려한 장포를 걸치고 만면에 환한 웃음을 지은 채 몇몇 사람들에 둘러싸여 있었다.
　백동일은 한동안 그 자리에 우뚝 선 채 그자를 묵묵히 바라보고 있었다. 그자는 구레나룻을 기르고 얼굴이 유난히 붉었는데, 양쪽 귀의 크기가 심하게 차이가 나는 짝귀였다.
　짝귀의 사나이는 왼쪽 뺨에 칼자국이 나 있는 장한과 무언가 이야기를 하고 있다가 백동일의 시선을 느낀 듯 슬쩍 고개를 돌려 그를 바라보았다.

두 사람의 시선이 마주치자 허공에서 불똥이 튀는 듯했다.

짝귀의 사나이는 잠시 눈썹을 찌푸리더니 이내 입가에 의미를 알 수 없는 미소를 지으며 자리에서 일어났다.

"잠깐만 기다리게."

그와 이야기를 나누고 있던 사람들의 시선이 백동일에게로 향했다. 백동일은 그들이 모두 네 명이며, 하나같이 호락호락한 인물들이 아님을 알아보았다.

하나 그는 그들에게는 신경도 쓰지 않았다. 어차피 그가 만나고자 했던 인물은 한 사람뿐이었으며, 그 사람은 자신을 향해 성큼성큼 다가오고 있었던 것이다.

"이게 누군가? 장성에서 날리던 절명검이 아니신가?"

백동일의 얼굴은 철갑을 씌운 듯 무표정했다.

"팔 년 만인가?"

"칠 년 만이지. 장성 근처의 어하보(魚河堡)에서 만난 적이 있었지 않나?"

"그렇군. 자네가 이 근처에 정착했다는 말을 들었네."

짝귀의 사나이는 히죽 웃었다.

"나도 자네 소식을 들었지. 초가보에 초빙되어 귀한 대접을 받고 있다고 말일세."

백동일은 조금도 표정이 변하지 않은 채 짝귀의 사나이의 얼굴을 빤히 주시했다.

"장사가 잘되나 보군."

짝귀의 사나이는 시큰둥하게 웃었다.

"그냥 그럭저럭 굴러가고 있네. 오늘은 여기까지 어인 일인가? 회포를 풀고 싶다면 내가 근사하게 한 상 차려 주지."

"쓸데없이 생색내길 좋아하는 그 버릇은 예전과 조금도 달라지지 않았군. 내가 그런 걸 좋아하지 않는 줄 알면서 괜히 해 보는 말이 아닌가?"

짝귀의 사나이는 조금도 민망해하거나 무안해하는 표정을 짓지 않고 여전히 입가에 웃음을 담았다.

"자네의 그 톡 쏘기 좋아하는 버릇도 여전하군. 그런데 진짜 여기에는 무슨 일인가? 갑자기 옛날의 동문(同門)이 그리워서 찾아왔을 리는 없을 텐데……."

백동일의 입가에 냉소가 떠올랐다.

"동문? 나한테 동문 같은 건 없어. 있다면 죽이고 싶은 놈들뿐이지."

짝귀의 사나이는 백동일의 살기 짙은 말에 손을 내저었다.

"나한테까지 그렇게 인상 쓸 건 없네. 나도 자네와 마찬가지로 종남파 따위는 진즉에 잊고 지내는 사람이니 말일세. 도대체 문파의 명예나 의리 따위에 목숨을 내거는 놈들은 어떤 부류들인지 모르겠단 말이야."

"자네의 그런 점이 마음에 들었지. 자네는 나와 비슷한 족속일세."

"흐흐…… 자네의 입에서 나온 말이니 칭찬으로 들어야겠지만 왠지 귀가 따가운걸. 그런데 나를 칭찬하려고 일부러 여기까지 들렀나?"

 백동일은 돌연 허리춤에 매고 있던 장검 중 하나를 풀기 시작했다. 짝귀의 사나이가 흠칫 놀라 보니 백동일은 자기의 장검 외에 또 다른 검 하나를 더 차고 있었다. 그것은 시중에서 쉽게 구할 수 있는 철검(鐵劍)이었다.

 백동일은 철검을 풀어 그에게 던져 주었다.

 "받게."

 짝귀의 사나이의 안색이 처음으로 변했다.

 "왜 이러나?"

 "검을 잡고 자세를 취하게."

 짝귀의 사나이는 백동일의 돌연한 행동에 당혹감을 느낀 듯 표정이 딱딱하게 굳어졌다.

 "정말 성미 한번 고약하군. 그래도 예전에는 형제처럼 지내던 사이인데 몇 년 만에 불쑥 찾아와서는 대뜸 싸우자고? 사람을 하도 죽여서 이제는 아는 사람만 찾아다니며 살인을 하려는 건가?"

 상대가 무어라 하건 말건 백동일은 표정 하나 변하지 않은 채 자신의 장검을 움켜잡았다.

 "일초(一招)면 되네."

 장내의 공기가 심상치 않게 돌아가자 조금 전에 짝귀의 사나이와 함께 이야기를 나누던 네 명의 장한들이 어슬렁거리며 다가왔다.

 짝귀의 사나이는 손을 내밀어 그들을 제지시킨 후 백동일을 향해 우뚝 섰다.

"좋아. 모처럼 한 수 겨뤄 보지. 절명검의 솜씨가 얼마나 대단한지 어디 볼까?"

그 말이 끝나기도 전에 백동일은 출수를 했다.

팟!

중인들의 눈에는 그저 때 아닌 섬광 한 줄기가 번뜩거리는 것으로만 보일 뿐이었다. 그러나 안목이 있는 고수들은 그것이 좀처럼 보기 힘든 무시무시한 일검임을 깨닫고 안색이 대변했다.

땅!

주루 안이 뒤흔들릴 정도로 격렬한 마찰음이 터지며 섬광은 이내 씻은 듯이 사라져 버렸다. 중인들이 놀라 보니 짝귀의 사나이는 처음의 자세에서 한 발쯤 뒤로 물러나 있었다. 수중에 들고 있던 철검은 검신이 통째로 어딘가로 사라져 버렸고, 손잡이 부분만 남아 있을 뿐이었다.

짝귀의 사나이의 발밑에 부서진 검 조각이 수북하게 쌓여 있었다.

짝귀의 사나이는 억지로 웃었다.

"정말 대단하군. 한 번만 더 공격해 들어왔다면 감당하지 못할 뻔했어."

백동일은 어느새 장검을 검집에 회수한 채 우뚝 서 있었다. 어찌 보면 그는 아무런 손도 쓰지 않았는데 짝귀의 사나이의 검만 저절로 박살 나서 흩어져 버린 것 같았다.

"많이 늘었군. 제대로 진검 승부를 했다면 만만치 않았겠어."

"이제 어떻게 된 영문인지 이야기 좀 해 주게."

"한 사람을 찾고 있는 중이야."

"그게 나인지 알아보려고 검을 썼단 말인가?"

"그렇다네."

"찾고 있는 자가 대단한 고수인 모양이군."

백동일은 묵묵히 고개를 끄덕였다.

짝귀의 사나이는 호기심이 이는지 다시 물었다.

"누굴 찾고 있나?"

"일검에 삼십육방을 찌를 수 있는 자."

그 말에 짝귀의 사나이의 안색이 무겁게 굳어졌다.

"그런 자는 없네."

"있어. 내 눈으로 확인했어."

짝귀의 사나이의 얼굴 근육이 부르르 떨렸다.

"그런 초식은 내가 알기로 하나밖에 없어. 그리고 누구도 그 초식을 그 경지까지 익힌 사람은 없다고. 그건 내가 누구보다도 잘 알아."

"……!"

"왜 그런지 아나? 나는 그 초식을 삼십 년 동안이나 연마했단 말이야. 그런 나도 일검에 찌를 수 있는 방위는 스물네 군데가 전부일세."

짝귀의 사나이의 시선이 백동일의 얼굴에 고정되었다.

"자네는 중도에 포기했으니 나보다 떨어지겠지. 그러니 당금 천하에서 나보다 더 그 초식을 오래 연마한 사람은 없단 말이야. 이제 알겠지? 그런 사람은 없어. 자네가 잘못 본 거야."

백동일의 음성은 단호했다.

"내 눈을 의심하는 건가?"

짝귀의 사나이는 잠시 멈칫했다. 백동일은 무얼 잘못 보거나 할 사람이 아니었다. 특히 그 무공의 흔적은 절대로 잘못 볼 리가 없었다.

"그렇다면…… 무언가 다른 초식이겠지. 아무튼 그 초식을 그 경지까지 익힌 사람은 없네. 자네 사부가 되살아난다 해도 어림없는 일이야."

백동일의 안색이 갑자기 험악하게 변했다.

"그 이야긴 하지 마."

"알았어. 아무튼 내 말은 분명한 사실이야. 자네가 잘못 본 게 아니라면 그건 전혀 다른 무공의 흔적일 거야. 절대로 그 초식은 아니야."

백동일은 잠시 생각에 잠겼다. 짝귀의 사나이는 안색을 잔뜩 찌푸린 채 백동일을 보고 있었으나, 눈치가 빠른 사람이라면 그도 무언가 복잡한 상념에 잠겨 있다는 것을 알아차릴 수 있을 것이다.

한참 후에 백동일은 다시 입을 열었다.

"자네는 삼십 년간 그 초식을 익혔다고 했지?"

"그래. 정확히는 삼십이 년간이야."

"그동안 자네가 실제로 그 초식에 투자한 시간은 얼마인가?"

짝귀의 사나이는 백동일이 묻는 의도를 알지 못해 어리둥절한 얼굴이 되었다.

"뭐라고?"

"삼십이 년간 아무것도 안 하고 그 초식만 익혔을 리는 없잖은가?"
그 사람은 어이가 없는지 피식 웃었다.
"그거야 당연한 일 아닌가?"
"그러니까 기간은 삼십이 년이지만 실제로 그동안 자네가 무공에만 전념한 시간은 그보다 훨씬 적을 거란 말이지."
"그야……."
"무공에 매진한 시기만 따지면 사오 년쯤 될까? 그 기간에서 먹고 자고 다른 일을 하는 시간을 제외하면 정확히는 반년도 채 되지 않을 거야."
"……!"
"그런데 누군가가 침식(寢食)을 거르다시피 하고 몇 년간 매진한다면 굳이 자네처럼 수십 년간 무공을 익히지 않아도 자네를 능가할 수 있단 말이지."
짝귀의 사나이는 안색이 몇 차례 변하더니 씹어뱉듯이 퉁명스럽게 말했다.
"종남에는 그럴 만한 놈이 없어."
"그거야 모르는 일이지."
짝귀의 사나이의 얼굴이 일그러졌다.
"이제 알겠군. 자네는 모처럼 나에게 와서 시비를 걸고 싶었던 거야. 정말 나하고 한번 제대로 붙어 보고 싶나?"
백동일의 얼굴에 처음으로 미소가 떠올랐다. 냉랭하고 싸늘했으나, 그래도 미소는 미소였다.
"다음에 기회가 닿으면. 오늘은 일 초만으로 충분해."

"그럼 그만 가 보라고. 굳이 바래다줄 필요는 없겠지?"

"그야 당연하지."

백동일은 천천히 몸을 돌려 주루를 벗어났다.

짝귀의 사나이는 그때까지도 인상을 찡그린 채 그의 뒷모습을 노려보고 있었다.

네 명의 장한들이 그에게 다가왔다.

"저자는 누구요? 거만하기 이를 데 없던데, 우리가 손을 봐 줄 걸 그랬나?"

얼굴에 칼자국이 있는 장한이 말하자 짝귀의 사나이는 냉랭하게 쏘아붙였다.

"자네들 실력으로는 어림없지."

"저자가 누군데? 지옥의 사신(死神)이라도 되는 거요?"

"비슷하지. 아무튼 자네들도 웬만하면 저자와 시비를 벌이지 말라고."

칼자국 장한이 두 눈을 날카롭게 빛냈다.

"그 말을 들으니 더욱 호기심이 생기는군. 다음에 만나면 꼭 손을 섞어 봐야겠소."

"마음대로 하게. 하지만 그는 나처럼 손에 사정을 봐주는 사람이 아니니 일단 손을 쓰게 되면 목숨을 내놓을 각오를 해야 할 걸세."

"이거 으스스한데……."

장한들은 서로 마주 보고 웃었다. 짝귀의 사나이는 그들이 결국에는 백동일에게 시비를 걸다 혼쭐이 날 것이라는 생각에 혼자

제93장 진로선택(進路選擇) 97

쓸쓸하게 웃고 말았다.

그는 한동안 허공을 응시하다가 혼잣말처럼 나직하게 중얼거렸다.

"삼십육방이라…… 천하무궁을 십이성 익힌 자가 있을 리가 없지. 이번에는 백동일이 잘못 보았을 거야."

짝귀의 사나이, 이미 오래전에 종남파를 떠났던 노해광은 자기 자신에게 다짐하듯 몇 번이고 같은 말을 되뇌고 있었다.

* * *

"그녀의 말을 어떻게 생각하느냐?"

진산월은 자신이 들은 서문연상의 정체를 동중산에게 말해 준 다음 그의 의견을 구했다. 동중산은 신중한 표정으로 대답했다.

"일단 거짓은 아닌 듯싶습니다. 검보가 초가보와 사돈을 맺기 위해 하나뿐인 여식(女息)을 초가보로 보낸다는 소문은 저도 들었습니다."

"검보의 여식이라…… 정말 못 말릴 아가씨로군."

"검보에서 빙백검을 잃어버렸고, 해천팔검이 그것을 되찾기 위해 이 일대에 나타난 것도 사실인 것 같습니다. 문제는 빙백검을 훔쳐 간 자들이 누구이며 해천팔검이 어디로 사라졌느냐 하는 것인데, 지금으로선 어느 것도 짐작조차 할 수 없군요."

"쌍쌍인랑이 그녀를 제거하려고 했던 이유는 무엇이라고 생각하느냐?"

"제자가 판단하기로는 두 가지 경우 중 하나 같습니다. 첫째는 그들이 검보에 개인적인 원한을 가지고 있을 경우이고, 다른 하나는 그들이 빙백검을 훔친 흉수와 관련이 있을 경우입니다. 만약 두 번째 경우라면 해천팔검이 실종된 이유도 자연스럽게 설명될 수 있을 겁니다."

진산월의 눈빛이 번쩍 빛났다.

"두 번째 경우에 대해서 좀 더 말해 보아라."

"빙백검을 훔친 흉수가 사건을 은폐하려 했다면 자신의 행방을 추적해 오는 해천팔검의 존재가 껄끄러웠을 겁니다. 그러니 해천팔검을 제거함과 아울러 그들과 함께 있었던 그녀에 대해서도 무언가 조치를 취하려 했겠지요."

"네 말대로라면 흉수는 혼자가 아니라 적지 않은 인원을 가진 조직이란 거로군?"

"그건 어디까지나 저의 짐작이므로 속단할 수는 없습니다. 쌍쌍인랑의 출현은 그 사건과는 전혀 별개의 일일 가능성도 충분히 있으니 말입니다."

진산월은 잠시 생각에 잠겨 있다가 천천히 입을 열었다.

"취미사의 혈겁은 겉으로 드러난 것보다는 훨씬 더 복잡하고 치밀한 무언가가 숨겨 있음이 분명하다. 지금의 우리에게 중요한 것은 본산을 되찾는 일이니, 아무래도 그 일은 더 깊이 간여치 않는 게 좋을 것 같구나."

"제자도 그렇게 생각합니다."

진산월은 다시 물었다.

"그녀에 대해서는 어떻게 했으면 좋겠느냐?"

동중산은 외눈을 번뜩이며 진산월을 응시하더니 무거운 음성으로 말했다.

"제자가 판단하기에 우리에게는 상책(上策)과 중책(中策), 그리고 하책(下策)의 세 가지 길이 있다고 봅니다."

"상책이 무엇이냐?"

"그녀가 검보의 여식이라는 사실을 최대한 이용하는 겁니다. 검보의 보주에게 은밀히 사람을 보내 그녀가 우리와 함께 있음을 알린다면 검보와 초가보의 연맹을 막을 수 있을뿐더러 우리에게 유력한 조력자(助力者)가 생길 수도 있습니다."

"……!"

"그렇게 된다면 제가 일전에 말씀드렸던 위험한 방법을 쓰지 않고도 본산을 쉽게 되찾을 수 있을지 모릅니다. 우리의 피해를 최소화하고 그녀도 무사히 집으로 되돌아갈 수 있으므로 지금 선택할 수 있는 가장 좋은 방법이라고 생각됩니다."

"중책은?"

"그녀를 이대로 되돌려 보내는 겁니다. 어차피 그녀와 우리는 아무런 상관이 없는 사이이므로 그녀로 인해 번거로운 일을 겪지 않아도 되고, 앞으로의 계획도 변함없이 추진할 수 있습니다. 이득도 없지만 손실도 없는 방법입니다."

진산월은 세 번째 질문을 던졌다.

"하책은 무엇이냐?"

"검보에 연락을 하거나 그녀를 돌려보내지 않고 지금처럼 그냥 계속 데리고 다니는 것입니다. 다만 그녀를 당장 살수들의 위협에서 보호할 수는 있지만, 대신에 자칫 우리가 그들의 표적이 될 위험이 있을뿐더러 그녀로 인해 본산을 되찾으려는 우리의 계획이 차질을 빚을 우려가 높습니다. 한마디로 우리에게 이득은 전혀 없고, 무거운 짐만 지워지게 되는 겁니다. 이 방법은 무조건 피해야 한다고 생각합니다."

진산월은 묵묵히 고개를 끄덕였다. 그런 다음 별다른 고민도 하지 않고 선택을 했다.

"세 번째 길로 가자."

동중산은 가슴속에서 우러나오는 한숨을 내쉬었다. 예상은 하고 있었지만, 진산월은 역시 가장 험준한 길을 선택했다. 적지 않은 세월이 흘렀고, 그토록 모진 고생을 했음에도 장문인의 심성(心性)은 조금도 변하지 않았던 것이다.

진산월은 자신이 그러한 선택을 한 것에 대해 구구절절한 이야기를 하지 않았다. 동중산 또한 그에게 선택을 재고해 달라는 말 같은 건 아예 하지 않았다. 다만 그는 공손하게 머리를 숙였을 뿐이다.

"알겠습니다."

* * *

서문연상은 구석진 자리에 앉아서 주위를 힐끔거리고 있었다.

그녀에게 특별히 말을 걸어오는 사람은 없었다. 단지 조금 전

제93장 진로선택(進路選擇) 101

에 보았던 소년이 문득 고개를 돌렸다가 그녀와 시선이 마주치자 얼굴이 빨갛게 상기된 채 허겁지겁 시선을 돌릴 뿐이었다.

그녀는 한숨이 흘러나왔다.

'내가 어쩌다 이런 신세가 됐지? 이제는 저런 철부지까지 나를 넘보려 하다니…… 그냥 집으로 돌아갈까?'

그녀는 이내 도리질을 했다.

'아니야. 여기서 돌아갔다가는 정말로 옴짝달싹 못하고 시집을 가게 될지도 몰라. 생전 얼굴도 못 본 놈이랑 결혼하느니 차라리 여기서 지내는 게 더 나아.'

그녀는 머릿속이 너무 복잡해서 터질 것만 같았다.

'그나저나 종남파는 이미 오래전에 멸문해 버린 줄 알았는데 정말 뜻밖이네. 저런 실력을 지니고 있으면서 왜 그렇게 허망한 꼴을 당한 거지?'

그녀는 직접 눈으로 목격했던 진산월의 무공을 떠올리고는 나직하게 진저리를 쳤다. 그 전에 맨 손으로 싸울 때는 그저 조금 강하다고만 생각했었는데, 단순한 나무 막대 하나를 손에 쥐었을 뿐인데 그는 전혀 다른 차원의 고수가 되어 있었다.

그 나무 막대가 움직이면서 벌어진 광경을 그녀는 영원히 잊지 못할 것 같았다.

'역시 할아버지 말씀은 틀리지 않았어. 손에 귀면상이 있는 걸 알았을 때부터 이상하더라니까.'

그녀의 귓전으로 예전에 할아버지에게 들었던 음성이 똑똑히 되살아났다.

"손바닥에 귀면상을 지닌 자를 만나면 절대로 시비를 걸지 마라. 그런 자의 검이 한번 움직이면 이 할아비도 피한다고 자신할 수가 없다."

그때 그녀는 그 말을 무심결에 흘려들었는데, 그러한 귀면상을 지닌 자를 직접 만났을 뿐 아니라 그 무공까지 보게 되었으니 운이 좋다고 해야 할지 나쁘다고 해야 할지 분간이 잘 가지 않았다.

문득 주위를 두리번거리던 그녀의 시선에 며칠 전에 만났던 어린 소년이 들어왔다. 처음에는 괴인의 아들인 줄 알았는데, 나중에 제자라는 말을 듣고 그녀는 몹시 뜻밖이라고 생각했다.

그토록 무시무시한 무공을 지닌 일파의 장문인의 제자가 이렇게 피죽도 못 얻어먹은 것처럼 왜소하고 볼품없는 소년이라고는 쉽게 믿어지지 않았던 것이다. 하나 아들이 아니라는 말을 듣고 안심이 되는 것도 사실이었다.

그녀는 손짓해 그를 불렀다.

"얘, 이리 와 봐."

유소응은 누군가 자신을 부르는 소리에 고개를 돌렸다가 그녀가 자신을 향해 손가락을 꼼지락거리는 광경을 보았다.

"누나 기억하지?"

유소응이 고개를 끄덕이자 서문연상은 기쁜 듯 방긋 웃었다.

"이리 좀 와 봐. 누나와 얘기하자."

유소응은 가만히 고개를 가로저었다.

"할 얘기 없어요."

"얘 좀 봐. 그때 누나가 말도 안 하고 그냥 가서 삐쳤구나? 사

내대장부가 그런 사소한 일로 삐치면 되니? 여자가 한 일 가지고 삐치면 그건 남자도 아닌 거야."

제법 멀리서 이 말을 듣고 있던 방취아가 피식 웃었다.

"말은 잘하네. 정말 보면 볼수록 당돌한 아가씨 같지 않아요?"

그녀의 옆에 있던 소지산이 무뚝뚝한 음성으로 입을 열었다.

"몇 년 전의 사매를 보는 것 같군."

방취아의 아미가 하늘 높이 솟구쳤다.

"농담 말아요. 내가 저랬단 말이에요?"

소지산은 말없이 고개를 끄덕였다.

방취아는 어이가 없는지 그를 잔뜩 노려보다가 손가락으로 자기 가슴을 가리켰다.

"내가 저렇게 천방지축처럼 날뛰었단 말이에요? 그럴 리 없어요. 난 정말 얌전하고 착실한 아이였어요. 그래서 장문 사형이 나를 제일 귀여워했잖아요."

그때 누군가가 그녀의 말을 받았다.

"귀여워하긴 했지. 하지만 얌전하고 착실해서 그런 건 아니었다. 오히려 말괄량이에 소문난 사고뭉치였지."

방취아는 성난 얼굴로 소리가 난 곳을 쳐다보다가 이내 표정이 풀어지며 입가에 미소가 떠올랐다.

"장문 사형, 농담이 너무 지나쳐요."

어느새 나타났는지 진산월이 그녀의 옆으로 다가오며 입가에 모처럼 희미한 미소를 지었다.

"농담인지 아닌지는 네가 가슴에 손을 얹고 잘 생각해 보면 될 것이다."

그녀가 재차 무어라고 대꾸하려 할 때, 소지산이 불쑥 끼어들었다.

"그녀를 어떻게 하실 겁니까?"

진산월의 시선이 서문연상에게로 향했다.

서문연상은 그때까지도 유소응을 다독거려서 말 상대라도 하려고 애를 쓰고 있었다.

"이 누나한테 정말로 너 같은 나이의 동생이 있다니까. 아니지. 못 본 지 이삼 년 됐으니까 너보다 조금 많겠구나. 아무튼 그런 동생이 있어서 널 보면 꼭 그 아이를 보는 거 같아. 그러니 너도 나를 친누나처럼 생각해야 돼."

유소응이 여전히 아무런 반응이 없자 그녀는 답답한 듯 얼굴이 빨개졌다.

"무슨 아이가 이렇게 말이 없니? 이건 명령이야. 날 누나라고 불러. 빨리."

언성을 높이던 그녀는 문득 누군가가 자신에게로 다가오는 것을 느끼고 고개를 쳐들었다. 앙상하게 마른 얼굴에 홀쭉한 뺨을 지닌 진산월이 그녀의 앞에 와서 담담한 표정으로 그녀를 응시하고 있었다.

그녀는 엉거주춤하게 자리에서 일어났다.

"오셨어요······."

상대가 한 문파의 장문인임을 안 이상 그를 대하는 태도가 종전과 달라질 수밖에 없었다. 진산월은 돌연 멀리 떨어져 있는 방화를 불렀다.

"방화, 이리 오너라."

방화는 찔끔거리고 있다가 주춤주춤 그에게로 다가왔다.

"부르셨습니까?"

진산월은 방화와 서문연상을 잠시 바라보다가 조용하면서도 묵직하게 가라앉은 음성으로 입을 열었다.

"이건 두 사람 모두에게 해당되는 이야기라서 너도 불렀다. 이제 우리가 누구인지는 알게 되었을 것이다. 또한 우리가 앞으로 무엇을 하려는지도 대충 짐작할 수 있겠지."

방화와 서문연상은 바짝 긴장된 표정으로 진산월의 말에 귀를 기울이고 있었다.

"너희들에게는 두 가지의 선택할 길이 있다. 하나는 이대로 우리와 헤어져서 각자의 집으로 돌아가는 길이고, 다른 하나는 우리와 행동을 같이하여 나가는 길이다. 둘 중 어느 길을 택할지 지금 결정하도록 해라."

입술을 잘근잘근 깨물고 있던 서문연상이 도발적으로 물었다.

"그냥 가겠다면 순순히 보내 주겠어요?"

"그렇소."

"우리가 당신들의 정체를 알고 있는데도 말인가요?"

"그렇소."

진산월이 계속 짤막하게 대답하자 그녀는 바짝 약이 오르는지 심술궂은 표정으로 집요하게 물었다.

"내가 이대로 쪼르르 초가보로 달려가 당신들에 대해 모두 불어도 상관없단 말이에요?"

진산월의 표정은 여전히 담담하기만 했다.

"그건 소저가 알아서 할 일이지 우리가 관여할 일은 아니오."

그녀는 말문이 막히는지 한동안 흑백(黑白)이 분명한 눈알을 이리저리 굴리다가 다시 물었다.

"이대로 이곳에 있겠다면…… 종남파에 입문해야 하나요?"

"그럴 필요는 없소. 다만 이곳에 있는 동안은 내 말에 절대적으로 복종해야 하고, 혼자서 제멋대로 행동할 수 없소."

"그러면 당신이 나에게 무슨 이상한 짓을 시켜도 무조건 따라야 한단 말이에요?"

그녀가 짓궂게 물었으나 진산월의 음성은 한결같았다.

"그렇소. 또한 일에 따라서는 목숨을 내놓아야 할지도 모르오."

그녀의 표정이 갑자기 진지해졌다.

"결국 굉장히 어렵고 위험한 길이란 말이군요."

"그게 싫으면 쉽고 편안한 길로 가면 되오."

그녀는 갑자기 인상을 찡그리더니 그녀답지 않게 가느다란 한숨을 내쉬었다.

"나는 조금 생각을 해 봐야 되겠어요."

진산월은 이내 방화에게로 시선을 돌렸다.

"너는 마음을 결정했느냐?"

방화는 주저하지 않고 고개를 끄덕였다.

"저는 당신을 따라가겠습니다."

진산월은 깊은 신광(神光)이 번뜩이는 눈으로 그를 똑바로 주시했다.

"후회하지 않겠느냐?"

방화의 얼굴에는 한 줄기 결연한 빛이 떠올라 있었다.

"그런 일은 없을 겁니다."

"목숨이 위험할지도 모르는데 말이냐?"

"내 목숨이 중하다고 생각해 본 적은 별로 없어요. 단 한 번이라도 내 뜻대로 살 수만 있다면 목숨 같은 건 오늘 당장 끊어져도 여한(餘恨)이 없어요."

항상 겁 많고 소심하기만 하던 그에게서 단호한 음성이 흘러나오자 모든 사람들이 뜻밖이라는 표정으로 그를 쳐다보았다.

진산월은 묵묵히 그의 빛나는 눈동자를 응시하고 있다가 천천히 입을 열었다.

"그럼 네게 첫 번째 지시를 내리겠다."

"무엇입니까?"

"네 목숨을 소중하게 여기도록 해라."

방화의 눈자위가 한 차례 실룩거렸다. 그는 우두커니 진산월을 쳐다보더니 고개를 떨구었다.

"예."

장승표가 어느새 다가와서 그의 어깨를 툭 쳤다.

"어쨌든 정식으로 일행이 되었구나. 축하한다."

동중산도 빙그레 웃으며 말을 건네 왔다.

"앞으로 잘해 보자. 어려운 일이 있으면 주저하지 말고 나에게 와라."

장승표가 눈을 부라렸다.

"동 형이 잘하는 게 뭐 있다고? 나한테 와라. 내가 다른 건 몰라도 힘쓰는 일은 제법 하거든. 대신에 넌 그저 가끔 나하고 술 상대나 되면 된다."

"이 아이를 장 형 같은 술주정뱅이로 만들 셈이오?"

"그게 뭐 어때서? 동 형이 모르는 모양인데, 술이야말로 남자를 진짜 남자답게 만드는 거라고. 이 녀석도 나하고 술 몇 번만 같이 마시면 성격도 확 달라져서 시원시원하게 변할 테니 두고 보시오."

두 사람이 자신을 사이에 두고 티격태격하자 방화는 웃을 수도 없고 울 수도 없어서 어정쩡한 모습으로 서 있었다.

그때 서문연상이 특유의 앙칼진 음성으로 소리쳤다.

"나도 결정했어요."

중인들의 시선이 그녀에게로 향했다. 그녀는 사람들의 이목을 자신에게 집중시킨 게 흐뭇했는지 조금 전보다 한결 가라앉은 목소리로 말했다.

"나도 여기에 남겠어요. 대신에 나한테는 절대로 술 마시라는 소리 하지 말아요. 만약 그랬다가는 무슨 수를 써서라도 그 사람의 옷을 홀라당 벗겨 버리고 말겠어요."

이 말에 사람들이 어처구니가 없는 듯 웃음을 터뜨렸다. 특히 장승표가 다른 누구보다도 크게 웃었다.

"크하하…… 그런 일은 아예 없을 테니 걱정 말라고. 아니지, 한번 먹여 보고 내 옷 좀 벗겨 달라고 해 볼까?"

제93장 진로선택(進路選擇)

서문연상이 쌍심지를 곤두세우며 그를 쏘아보았다.

"이봐요, 털북숭이 아저씨. 제발 동경(銅鏡)이라도 좀 보고 다녀요. 얼굴에 음식 찌꺼기를 더덕더덕 묻힌 상태로 웃음이 나와요?"

장승표의 눈이 동그래졌다.

"어? 그런가? 동 형, 내 얼굴에 뭐가 묻었소?"

장승표가 수염으로 뒤덮인 얼굴을 두꺼운 손으로 이리저리 털어 내자 동중산이 진지한 표정으로 고개를 끄덕였다.

"사실 아까부터 얘기해 주려고 했었소. 좀 더 왼쪽으로, 아니 아래…… 조금 더 오른쪽으로……."

장승표는 동중산의 말대로 손으로 얼굴을 벅벅 문지르다가 사람들이 모두 박장대소를 하고 웃는 모습을 보고서야 겨우 사태를 파악하고는 손을 멈추었다.

"동 형, 정말 이럴 수 있소? 우리끼리 돕고 살아도 시원치 않을 판에 동 형까지 나를 놀리는 거요?"

동중산은 시치미를 뚝 뗐다.

"방금 전까지 잔뜩 묻어 있었소. 이제는 모두 털어 냈으니 그만해도 되오."

장승표는 긴가민가하여 동중산을 빤히 쳐다보았다. 동중산은 천연덕스럽게 물었다.

"내 얼굴에도 뭐가 묻었소?"

장승표는 열심히 고개를 끄덕였다.

"여기저기 많이 묻었소. 내가 닦아 줄 테니 이리 오시오."

장승표가 솥뚜껑만 한 손을 쳐들려 하자 동중산은 재빨리 몸을 돌렸다.

"장 형을 번거롭게 하기 싫으니 내가 나중에 동경을 보고 닦아 내도록 하겠소."

장승표는 손을 번쩍 쳐든 채 동중산을 계속 따라갔다.

"하나도 안 번거로우니 신경 쓰지 말고 이리 오시오."

"필요 없소."

"자꾸 정말 이럴 거요? 내가 잘 닦아 준다니까."

서문연상은 이 광경을 보고 허리를 잡고 웃었다.

"호호…… 그렇게 좋으면 앞으로는 얼굴을 마주 보고 서로 닦아 주면 되겠네."

방취아는 연신 웃음을 터뜨리고 있는 서문연상의 얼굴을 요모조모 뜯어보더니 고개를 갸웃거렸다.

"저 여자애가 어딜 봐서 나를 닮았다는 거야? 내가 저런 말괄량이였다니, 말도 안 돼."

그녀는 애꿎게 옆에 가만히 있는 소지산을 툭 쳤다.

"솔직히 말해 봐요. 내가 예전에 저 여자애와 비슷했다고 한 건 농담이었죠?"

소지산은 어쩔 수 없이 고개를 끄덕였다.

"그러고 보니 닮지 않은 게 있는 것도 같군."

"그렇죠?"

"사매는 술을 좋아하는데, 저 여자는 술을 싫어한다잖아. 확실히 그 점은 달라."

방취아는 아미를 치켜세운 채 소지산을 노려보다 이내 찬바람

나게 몸을 돌려 버렸다.

 이렇게 해서 진산월의 일행은 모두 여덟 명이 되었다.
 남자 여섯에 여자 둘. 그중 두 명은 무공에 문외한이며, 두 명은 부상 중이고, 두 명은 종남파와 아무런 상관도 없는 인물들이었다.
 수백 명의 무사들과 수십 명의 절정 고수들을 지닌 초가보와 대적하기에는 한심할 정도로 적은 숫자였다.

제94장 소면호리(笑面狐狸)

"자꾸 이상한 기분이 드는군."

거울을 들여다보고 있던 반백의 중년인은 나직하게 한숨을 내쉬었다.

그의 앞에 앉아서 차를 마시고 있던 사십 대 중반의 체구가 건장한 중년인이 의아한 듯 물었다.

"뭐가 이상하다는 겁니까?"

반백의 중년인은 거울 속에 비친 자신의 얼굴을 물끄러미 쳐다보고 있다가 다시 땅이 꺼져라 한숨을 쉬었다.

"아무래도 이상해."

"……."

"요즘 들어 자꾸 마음이 불안해진단 말이야. 나이를 먹을수록 소심(小心)해진다고 하는데, 나한테도 그런 증상이 오는 걸까?"

건장한 중년인은 피식 웃었다.

"그럴 리가요. 총관(總官)께선 아직도 다른 누구보다도 정정하지 않으십니까?"

"아니야. 확실히 나는 나이를 먹었어. 요즘에 와서는 하루가 다르게 그걸 절감하고 있지. 예전만 해도 이런 일은 없었는데 말이야."

"무엇이 그렇게 불안하십니까?"

거울 속에 보이는 반백의 중년인의 얼굴에는 씁쓸한 미소가 떠올라 있었다.

"아무래도 내가 무언가를 놓치고 있는 것 같아. 아주 중요한 건데 미처 보지 못해서 커다란 실수를 하게 될 것 같단 말이야."

건장한 중년인은 다시 웃었다.

"총관께서 실수를 하실 리가 있습니까?"

반백의 중년인은 고개를 저었다.

"나도 사람인데 실수를 하지 않을 리가 있나? 최근의 일도 엄연한 내 실수가 아닌가?"

"그건 봉월에게 운(運)이 없었던 겁니다. 그들이 상대하지 못할 고수를 만나리라고 누가 예상이나 했겠습니까?"

"그런데 그렇지 않아. 솔직히 말하면 그때 봉월에게 부탁을 했을 때도 마음 한구석이 이상하게 꺼림칙했었네. 나중에 봉월이 잘못된 것을 알고는 마음이 아팠어. 충분히 막을 수 있는 일을 방치했다는 자책감이 들었기 때문이지."

건장한 중년인은 이번에는 아무 대꾸도 하지 않았다. 그의 말을 맞장구치기도, 또 무작정 부인하기도 어려웠던 것이다.

반백의 중년인은 한동안 깊은 상념에 잠긴 듯한 모습이었다. 다시 고개를 쳐들었을 때, 그는 엷은 미소를 짓고 있었다. 조금 전과는 달리 무언가 여유 있고 자신에 찬 미소였다.

"확실히 일이 닥치면 생각이 많아지는군. 이번 일에 대한 경우의 수를 모두 헤아려 봤는데, 나름대로의 해결책이 나오긴 하는군."

건장한 중년인은 궁금한 듯 물었다.

"경우의 수라면 어떤 것들입니까?"

"첫째는 봉월이나 손익에게 개인적인 원한을 가진 자의 소행인 경우지. 하지만 이건 가능성이 희박하다고 보네. 그들을 모두 쓰러뜨릴 정도의 고수가 원한 관계에 있다면 봉월 등이 나에게 말하지 않았을 리가 없지. 어찌 되었건 그런 경우, 원한은 이미 해결되었으므로 본 보(本堡)의 일에 별다른 영향을 끼치지는 않을 걸세. 다시 말해서 특별히 신경 쓸 필요가 없다는 것이지."

"……!"

"둘째는 본 보에 원한을 가진 자의 짓일 경우일세. 그런 경우라면 봉월을 해친 자는 앞으로도 계속 본 보의 일을 방해할 가능성이 충분히 있지."

건장한 중년인은 고개를 갸웃거렸다.

"본 보와 그 정도로 원한 관계에 있는 자는 언뜻 생각이 나지 않는데요."

"원한이란 항상 일으키는 쪽보다 당하는 쪽에서 깊게 생각하는 법일세. 이쪽에서는 별게 아니라고 여겨도 상대편에서는 하늘보다 깊은 원한을 가질 수도 있단 말이지. 아무튼 이 경우에는 별다른 대책이 없네. 그냥 지켜보는 수밖에."

"무작정 지켜본단 말입니까?"

반백의 중년인은 담담하게 웃었다.

"때로는 기다리는 것도 좋은 방법이지. 봉월을 해친 자가 본 보에 원한이 있는 자라면 틀림없이 다시 모습을 드러내게 될 걸세. 그리고 그때가 바로 그자의 숨통을 끊어 놓을 수 있는 기회가 되는 거지."

입 밖으로는 섬뜩한 말을 하면서도 반백의 중년인은 여전히 입가에 부드러운 미소를 짓고 있었다.

건장한 중년인은 그가 온화한 겉모습과는 달리 얼마나 무서운 사람인지 잘 알고 있기 때문에 오히려 이런 모습에 가슴 한구석이 서늘해졌다.

"문제는 세 번째 경우란 말이야. 그때는 정말 복잡해져서 자칫하면 일이 심각하게 꼬일지도 모르네."

건장한 중년인은 그의 입에서 심각하다는 말을 들어 본 기억이 거의 없는지라 호기심을 이기지 못하고 즉시 물었다.

"그게 어떤 경우입니까?"

"내가 봉월을 그곳에 보낸 건 그곳에 찾아올지도 모를 종남파의 잔당들을 제거하기 위함이었네. 그런데 봉월이 맞닥뜨린 인물이 실제로 그들이었다면?"

건장한 중년인의 안색이 딱딱하게 굳어졌다.

"종남파에 봉월을 상대할 만한 고수가 있을 리 있습니까? 그런 일은 불가능하다고 생각합니다."

"강호에서는 어떤 일도 가능하지. 사실 그게 가장 자연스러운 생각 아니겠나? 종남파의 잔당을 소탕하라고 보낸 사람이 엉뚱한 고수를 만나 살해당했다고 하는 것보다, 실제로 그 잔당들과 맞닥뜨려 싸우다 죽었다고 보는 게 더 개연성이 높은 일 아닌가 말일세."

"그렇긴 하지만……."

"나는 모든 경우의 수를 헤아려 보았네. 그런데 아무리 생각해 보아도 그중 가장 확률이 높은 것은 세 번째 경우란 말이야."

"화산파의 소행일 가능성은 없을까요?"

반백의 중년인은 피식 웃었다.

"그들이 취미사의 혈겁을 우리가 한 짓으로 판단하고 보복을 했을 거란 말인가? 용진산이 그렇게 경솔한 사람이라고는 생각되지 않는군. 게다가 자존심 높고 콧대 센 화산파가 그런 짓을 벌이고도 아무런 내색도 하지 않는다는 것도 별로 믿어지지 않고 말이야."

건장한 중년인은 아무래도 미심쩍은 모습이었다.

"그래도 종남파의 잔당들 중에서 그들을 쓰러뜨릴 만한 고수가 있다는 것보다는 더 가능성이 높지 않겠습니까? 종남파의 최고수라고 해 봐야 몇 년 전에 종남파를 떠난 매상이란 놈일 텐데, 그놈의 실력으로는 봉월은커녕 손익의 상대도 되지 못할 겁니다."

"이치상으로야 그렇지. 하지만 종남파에 그들만 있는 것은 아니란 말이지."

건장한 중년인의 짙은 눈썹이 꿈틀거렸다.

"그게 무슨 말씀이십니까?"

"종남파에 호감을 가지고 있는 누군가가 나섰을 수도 있고, 오랫동안 모습을 드러내지 않았던 고수가 다시 나타났을 수도 있지. 예를 들면 종남삼검의 후예라든지……."

"백동일을 말씀하시는 겁니까?"

"아니면 오래전에 실종되었던 장문인이라든지……."

건장한 중년인은 흠칫 몸을 굳혔다.

"죄송한 말씀이지만 총관님의 말뜻을 잘 이해하지 못하겠군요."

반백의 중년인은 조용히 웃었다.

"백동일은 아니야. 그는 제쳐 두고, 종남삼검의 다른 두 사람은 아직도 행방이 묘연하다네. 만약 그들이 아직까지 살아 있다면, 종남파가 멸문의 위기에 처했다는 소문을 듣게 되면 당연히 부리나케 돌아오지 않았겠나?"

"하지만 그들의 실력으로 봉월과 손익 등을 쓰러뜨릴 수 있을까요? 제가 생각하기에는 종남파의 무공으로 백동일 이상 가는 고수가 되기는 힘들다고 봅니다."

"그런 장담은 하지 말게. 이백 년 전만 해도 종남의 이름 앞에는 천하제일(天下第一)이라는 수식어가 붙어 있었네. 한 번이라도 정상(頂上)에 선 문파라면 그 잠재력은 무궁무진한 거야."

건장한 중년인은 고개를 끄덕였으나, 크게 수긍하는 것 같지는 않았다.

이백 년이란 너무나 긴 세월이었다. 아무리 한때 천하제일을 구가했던 문파라도 그 장구한 세월의 흐름 속에서 무딜 대로 무디어진 칼날로 다시 예전의 날카로움을 되찾는다는 것은 불가능에 가까운 일이었다. 최소한 건장한 중년인은 그렇게 생각했다.

"실종되었던 장문인 말씀은 무엇입니까?"

"자네도 알고 있겠지만, 사 년 전에 종남파의 장문인이 갑자기 실종되었네. 당시의 그는 상당히 영특하고 나름대로 장래가 기대되는 인물이었지."

"저도 들었습니다. 삼절무적이라는 별호로 알려져 있더군요. 심계와 언변, 배짱이 좋다고 하여……."

"그래. 다분히 비꼬는 의미에서 붙인 것이겠지만, 그래도 의미 있는 별호일세. 그만큼 상대하기 만만치 않은 인물이라는 뜻이거든. 더구나 내가 알기로 그자는 책임감이 무척 강한 인물이었네. 그런 사람이 갑자기 실종되었다는 건 무심코 지나칠 일이 아니야."

그제야 건장한 중년인은 그의 말뜻을 알아들었는지 눈빛이 예리하게 빛났다.

"총관께선 그 실종되었던 장문인이 놀라운 고수가 되어 다시 나타난 게 아닌가 의심하고 계시군요."

"그것도 가능성이 있는 이야기 중 하나라는 것이지. 종남파에 호감을 갖고 있는 누군가가 나선 것일 수도 있고, 아니면 종남삼검의 다른 후예들이 나타난 것일 수도 있고…… 여러 가지 경우의 수 중 하나로 생각해 봄 직한 이야기일 뿐이야."

"만일 그런 경우라면 어떻게 대처하실 생각이십니까?"

반백의 중년인은 거울 속의 자신의 얼굴을 물끄러미 쳐다보았다.

"뭐 특별히 대처할 게 있나? 방법은 오직 하나뿐인걸."

"하나뿐이라니요?"

"그들이 누구든 종남파와 관계있는 인물이라고 가정하면 그들이 최우선적으로 노리는 목표가 무엇이라고 생각하나?"

건장한 중년인은 잠시 생각에 잠겨 있다가 조심스러운 음성으로 입을 열었다.

"본 보를 직접 노릴 리는 없을 테고…… 자신들의 본산을 되찾으려 하지 않을까요?"

"바로 그거야. 그러니 상대가 노리는 목표를 분명히 안다면 대처하는 방법도 확실해지지 않겠나?"

"그곳에는 이미 양전과 적지 않은 고수들이 지키고 있지 않습니까?"

"봉월과 손익, 그리고 사수가 덤벼도 못 당한 고수가 노리고 있다면 양전만으로는 어림도 없지."

"그럼 누구를 보내실 생각이십니까?"

반백의 중년인은 자신의 머리를 정성스레 쓰다듬었다.

"정씨 형제(程氏兄弟)."

건장한 중년인은 고개를 끄덕였다.

"그들이라면 충분할 겁니다."

"전 노괴(典老怪)도 함께 보낼 생각이네."

"그까지 말입니까?"

"그동안 여기서 실컷 놀고먹었으니 이제 밥값을 해야지."

"하지만 그는 자존심이 무척 강한데, 그의 신분으로 정씨 형제의 말을 들으려고 할까요?"

반백의 중년인의 시선이 거울 속에서 그를 향했다.

"그래서 자네도 가 주어야겠네."

건장한 중년인은 흠칫하다가 이내 자신 있는 표정으로 대답했다.

"맡겨 주십시오. 종남파에서 누가 오든 살려 보내지 않겠습니다."

"너무 자신하지 말게. 봉월도 그렇게 말했다가 그런 꼴을 당하고 말았네."

건장한 중년인은 담담하게 웃었다.

"저를 봉월과 같이 취급하시다니 서운합니다."

반백의 중년인은 다시 한숨을 내쉬었다.

"자네를 못 믿어서 이러는 게 아닐세. 단지 요즘 들어 내 예상과 조금씩 틀어지는 일들이 계속 일어나서 심기(心氣)가 어지럽단 말일세. 앞으로 해야 할 일이 산처럼 남아 있는데, 종남파 때문에 자꾸 발목이 잡힌다면 어찌 대사(大事)를 치를 수 있겠나?"

"총관의 말씀을 잘 알아듣겠습니다. 그런데 가급적이면 전 노괴보다는 백동일을 데려가고 싶군요."

"그는 그대로 할 일이 있네. 종남파의 본산을 지키는 일은 어디까지나 만약의 사태에 대비한 것일세. 어쩌면 아무도 찾아오지 않을지도 모르지. 그러니 숨어 있는 나머지 잔당을 소탕하는 일을 소홀히 할 수 없단 말일세."

"그렇군요. 언제 떠날까요?"

"가급적 빠르면 좋겠네."

"그럼 지금 준비하지요."

건장한 중년인은 천천히 자리에서 일어났다.

"제발이라도 좋으니 누가 찾아왔으면 좋겠습니다. 공연히 허탕치는 일이 없도록 말입니다."

건장한 중년인이 웃으면서 말하자 반백의 중년인은 정색을 했다.

"말썽이란 없을수록 좋은 걸세. 삼보회동(三堡會同)이 무사히 끝날 때까지는 그곳을 철저히 지키도록 하게."

"알겠습니다."

건장한 중년인이 인사를 하고 방을 벗어나자, 반백의 중년인은 씁쓸하게 웃었다.

"종리(鍾里) 아우는 다 좋은데, 자신감이 너무 많은 게 탈이란 말이야. 양전이 잘 보좌해 줘야 할 텐데……."

그때 다른 한 사람이 안으로 불쑥 들어왔다.

기척도 없이 들어온 그 사람을 보자 반백의 중년인은 황급히 자리에서 일어났다.

"위 대협(威大俠) 아니시오? 오신 걸 미처 모르고 있었소."

들어온 사람은 훤칠한 키에 자세가 곧은 사십 대 후반의 중년인이었다. 이목구비가 수려하고 청삼을 걸치고 있어서 언뜻 보기에도 신태비범(神態非凡)한 모습이었다.

청삼 중년인은 정중하게 포권을 했다.

"연락도 없이 불쑥 찾아와서 미안하오. 아무리 궁리해도 악 총관(岳總官) 외에는 달리 부탁할 사람이 없어서 염치 불구하고 찾아오게 되었소."

"별말씀을. 한데 무슨 일이시오?"

청삼 중년인의 얼굴에 한 줄기 고졸(古拙)한 미소가 떠올랐다.

"이거 참…… 말씀드리기도 민망한 일이오. 사실은 며칠 전에 본 보 보주의 따님이 실종되었소."

반백의 중년인의 눈이 번쩍 빛났다.

"서문 소저가 말이오?"

"그렇소. 별다른 준비도 없이 시비들의 눈을 피해 사라진 것으로 보아서 아마도 혼자서 서안의 풍물(風物)을 돌아보기 위해 나간 것 같은데, 며칠이 지나도록 아무런 소식도 없어서 점차로 불안한 생각이 드는구려."

반백의 중년인은 잠시 침음하다가 물었다.

"장안에 서문 소저가 찾아갈 만한 친척이나 가까운 친지가 살고 있소?"

똑같은 지명을 섬서성 사람들은 장안이라고 부르고 외지인들은 서안이라고 불렀다. 지금도 두 사람은 서로 서안과 장안이라는 다른 이름을 사용했으나, 의사소통을 하는 데는 전혀 문제가 없었다.

청삼 중년인은 쓴웃음을 지으며 고개를 저었다.

"전혀 없소. 며칠째 사람을 풀어서 행방을 찾았지만 아직도 오

제94장 소면호리(笑面狐狸) 125

리무중이라, 결국 악 총관에게 부탁하게 된 거요."

반백의 중년인은 청삼 중년인의 쩔쩔매는 모습에 엷은 미소를 지었다.

"알겠소. 천하에 명성이 자자한 비룡검(飛龍劍)께서 그런 일로 안절부절못하시다니 정말 재미있구려."

"그건 악 총관이 몰라서 하는 소리요. 이제 삼 일 후면 본 보의 보주님께서 이곳에 오실 텐데, 그때까지 그녀를 찾지 못하면 나는 아마도 두 발로 땅에 서 있지도 못하게 될 거요."

"허허…… 서문 보주께서 성격이 괄괄하시다는 말씀은 들었지만, 그래도 위 대협은 그분과는 친형제와도 같은 분이 아니시오?"

청삼 중년인은 무거운 한숨을 토해 냈다.

"휴우…… 그것도 그분의 기분이 좋을 때나 하는 소리요. 아무튼 서안 일대는 나보다는 악 총관이 더 잘 알 테니, 무슨 수를 써서라도 삼 일 안으로 그녀를 찾아 주시오."

"알겠소. 너무 걱정 마시오. 그녀가 장안에만 있다면 찾아내는 건 어렵지 않은 일이니 말이오."

"악 총관이 도와주신다니 천군만마(千軍萬馬)를 얻은 것 같구려. 나는 그저 악 총관만 믿겠소."

청삼 중년인의 입가에 한 줄기 미소가 떠올랐다. 그 미소를 보자 반백의 중년인은 그제야 그의 심산을 알아차리고 내심 냉소를 날렸다.

'일이 잘못되면 최악의 경우에 나를 핑계로 삼으려는 것이로군. 하나 뜻대로 되지는 않을 것이다.'

반백의 중년인은 무슨 생각이 들었는지 두 눈이 어느 때보다도 눈부시게 반짝거렸다. 그는 앞으로 다가올 삼보회동에서 초가보의 뜻을 좀 더 쉽게 관철할 좋은 계획이 떠올랐던 것이다.

아직은 단순한 착상에 불과할 뿐이지만, 잘 다듬으면 의외의 수확이 있을지도 모르는 일이었다.

초가보의 수석 총관이며, 그를 아는 사람이면 누구나가 두려워 마지않는 소면호리(笑面狐狸) 악종기(岳鍾起)는 혼자 속으로 빙그레 미소 지었다.

* * *

종남산에 다시 올랐다.

특별히 입을 여는 사람은 없었지만, 다들 감개무량한 모습들이었다. 며칠 만에 보는 종남산이었지만 모든 것이 달라져 보였다.

특히 종남산의 구석구석을 숨어 다녀야만 했던 동중산의 감회는 남다를 수밖에 없었다. 지금 그들이 오르고 있는 규봉(圭峯)만 해도 동중산이 무려 다섯 번이나 초가보의 추적을 피해 몸을 숨겼던 곳이었다.

원래 종남파의 본산으로 가기 위해서는 번천(樊川)을 거쳐 자오진(子午鎭)을 지나는 것이 더 빠르고 편했으나, 그들은 일부러 서쪽을 뺑 둘러 가는 길을 택했다.

동중산이 구불구불하게 이어진 규봉의 산자락을 가리켰다.

"능선을 타고 규봉을 돌아가면 본 파의 뒤쪽 계곡에 도달할 수 있습니다. 그 계곡 중턱에 제법 커다란 동굴이 있는데, 아십니까?"

진산월은 고개를 끄덕였다.

"예전에 수련을 하다 힘들면 그곳에 가서 잠시 쉬곤 했지. 아마 취아도 알 텐데……."

그의 뒤에서 따라오던 방취아가 생긋 웃었다.

"물론이지요. 장문 사형이 갑자기 사라져서 온 산을 다 뒤지고 다니다가 결국 내가 거기서 잠들어 있는 장문 사형을 찾아냈잖아요. 아무튼 그때 장문 사형은 잠도 많았고, 먹기도 무척 먹었어요."

동중산이 다시 입을 열었다.

"저도 우연히 그 동굴을 발견했습니다. 초가보에 쫓길 때 그 동굴에서 사흘 정도 기거한 적이 있는데, 아주 은밀하면서도 제법 넓어서 우리가 거점(據點)으로 삼기에는 적합하다고 생각합니다."

서문연상이 이들의 말을 듣고 있다가 참지 못하고 끼어들었다.

"그런 구질구질한 동굴보다는 어디 깨끗한 절을 알아보는 게 더 낫지 않을까요? 요새 향화객(香火客)들도 없어서 절마다 빈방이 많이 있을 텐데……."

방취아는 주제도 모르고 남의 문파의 일에 참견하는 이 말썽 많은 아가씨를 날카로운 눈으로 노려보았다. 하나 그녀가 무어라고 쏘아붙이기도 전에 동중산이 재빨리 웃으며 말했다.

"물론 그런 절이 묵기는 좋지만 아무래도 남들의 이목을 의식하지 않을 수 없소. 한겨울에 여덟 명이나 되는 인원이 우르르 찾아온다면 누구라도 우리를 의심하지 않겠소?"

서문연상도 말해 놓고도 자기가 조금 경솔했다고 생각하고 있었다. 그런데 동중산이 화를 내거나 무시하지 않고 자상하게 설명해 주자 배시시 웃으며 그를 쳐다보았다.

"당신은 보기보다 친절하군요. 나중에 갈 데가 없으면 나한테로 와요. 아빠에게 말해서 우리 집에 일자리를 알아봐 줄 테니까요."

방취아는 어이가 없어서 아예 고개를 돌려 그녀를 외면해 버렸다.

동중산은 화내지 않고 조용히 웃었다.

"말씀만으로도 고맙소. 하지만 나는 이미 본 파(本派)에 뼈를 묻기로 결심했으니 그런 일은 없을 거요."

"아깝네. 그런데 내가 너무 말이 많은가요?"

"왜 그렇게 생각하오?"

서문연상은 주위 사람들을 힐끔거렸다.

"내가 말을 할 때마다 다들 인상을 찡그리잖아요. 특히……."

그녀는 턱으로 방취아를 가리키며 목소리를 낮추었다.

"저 여자는 나를 볼 때마다 무섭게 노려보는군요. 나를 못 잡아먹어서 안달이 난 여자 같아요."

그녀 딴에는 목소리를 최대한 죽인다고 했으나 평소에도 귀가 예민한 방취아가 그 말을 못 들었을 리 없었다. 그녀의 아미가 상큼하게 치켜세워지며 숨이 거칠어졌다. 때마침 그때 소지산이 진산월을 조용히 불렀다.

"장문 사형."

진산월이 돌아보자 소지산은 자신들의 뒤에서 따라 올라오고

제94장 소면호리(笑面狐狸) 129

있는 방화와 유소응을 턱으로 슬쩍 가리켰다.

"저 아이들은 정산에게 맡기고 오는 게 낫지 않았을까요?"

방취아가 재빨리 고개를 끄덕였다.

"그래요. 다른 사람은 몰라도 소응, 저 아이는 무공도 모르는데 그냥 두고 오는 게 나을 뻔했어요."

유소응이 그들의 말을 들었는지 눈을 반짝이며 그들에게로 시선을 고정시켰다. 유소응은 이제 겨우 운기토납법을 배우고 있는 중이므로, 아직 정식으로 무공에 입문했다고 할 수도 없는 처지였다. 다행히 어려서부터 초원에서 자라서인지 산길을 오르는 데 별로 힘들어하지는 않았으나, 막상 싸움이 벌어지면 거치적거리기만 할 뿐 전혀 도움이 되지 못할 게 분명했다.

진산월은 유소응에게 물었다.

"네 생각은 어떠냐?"

유소응은 의외로 다부진 음성으로 입을 열었다.

"제자는 당연히 따라와야 한다고 생각합니다."

"왜 그렇게 생각하느냐?"

"제자는 이번 일이 본 파의 중흥(重興)을 위해 무척 중요한 일이라고 알고 있습니다. 제가 별 힘은 되지 못하겠지만 이런 중요한 일에는 반드시 참가해서 힘을 보태는 것이 문파의 제자로서 할 일이라고 생각합니다."

소지산과 방취아는 평소에는 말이 거의 없던 유소응이 뜻밖에 당찬 말을 하자 모두 의외라는 표정으로 그를 쳐다보았다. 유소응은 나이답지 않게 정말 과묵하고 말이 없는 소년이어서 하루 종일 그에게서 말 몇 마디 듣기도 힘들었던 것이다. 유소응의 얼굴에는 별다른 표정이 떠올라 있지 않았으나, 눈빛만큼은 그 어느 때보다도 초롱초롱하게 반짝이고 있었다.

진산월은 다시 소지산에게 시선을 돌렸다.

"지금도 저 아이를 데려오지 않는 게 더 낫다고 생각하느냐?"

소지산은 유소응의 초롱초롱한 눈망울과 굳게 다물어진 입술을 보고 있다가 고개를 저었다.

"제 생각이 짧았습니다. 이번 일이 문파의 존망(存亡)을 내건 위험한 일이라는 생각만 했을 뿐, 본 파의 제자라면 마땅히 이런 중대한 일에 참여해야 한다는 기본적인 사실을 미처 염두에 두지 못했습니다."

"알면 됐다."

진산월은 그 점에 대해서는 더 이상 그에게 무어라고 하지 않고 다른 것을 물어보았다.

"낙하구구검은 어디까지 익혔느냐?"

"제 재주가 미약해서인지 육 초인 천강은홍(天降銀虹)까지만 간신히 펼칠 수 있게 되었습니다."

진산월이 그에게 낙하구구검을 전수해 준 것은 불과 오 일밖에 되지 않았다. 그 짧은 시간 동안 복잡하고 변화무쌍한 낙화구구검을 여섯 초식이나 익힌 것은 소지산이 밤잠을 자지 않고 검법의 수련에 몰두했기 때문이었다.

"낙하구구검의 아홉 초식은 서로 연환(連環)되어 있어서 계속해서 펼치면 펼칠수록 더욱 위력이 강력해진다. 다시 말해서 마지막 초식인 자하천래(紫霞天來)까지 완성하지 않으면 낙하구구검 본연의 위력을 충분히 나타낼 수 없다는 뜻이지."

소지산의 얼굴에 그답지 않게 씁쓸한 미소가 떠올랐다.

"칠 초인 홍예장공(虹曳長空)부터는 아무래도 일 갑자 이상의 내공이 있어야만 익힐 수 있을 듯합니다. 제가 힘써 보았지만 늘 마지막 순간에 진기의 흐름이 끊겨서 실패하고 말았습니다."

"내공은 단기간에 속성(速成)할 수 없는 것이므로 너무 조급하게 생각하지 마라. 내 경험으로 비추어 보건대, 꾸준히 매진하다 보면 어느 순간에 깨달음을 얻을 수 있을 것이다."

"알겠습니다."

"왼쪽 팔은 아직도 전혀 쓸 수가 없느냐?"

"예. 몇 번 그쪽으로 진기를 보내 봤지만 아무 소용이 없었습니다. 아무래도 이쪽 팔은 영원히 쓰지 못하게 될 것 같습니다."

진산월이 걱정스러운 표정을 짓고 있자 소지산은 이내 담담하게 웃었다.

"너무 걱정하지 마십시오. 낙하구구검을 익힌 것만으로도 제 무공은 과거와 비할 수 없을 정도로 향상되었습니다."

"그래도 절정(絕頂)에 오르려면 왼팔의 도움이 필수적이다. 아무튼 그 점에 대해서는 추후에 함께 좋은 방법을 찾아보도록 하자."

이어 진산월의 시선은 방취아에게로 향했다. 방취아는 진산월이 무엇을 물으려는지 훤히 짐작하는 듯 방긋 웃으며 입을 놀렸다.

"장문 사형. 제 걱정은 하지 마세요. 천둔장법도 완벽하게 익혔고, 다친 곳도 없으니 누구와 싸워도 두렵지 않아요."

"네 비연신법은 어느 정도 수준이냐?"

"팔성(八成)쯤 될 거예요."

"월녀검법은 꾸준히 익혔느냐?"

미소가 가득했던 방취아의 얼굴에 찔끔하는 빛이 떠올랐다.

"그건…… 별로 신경을 쓰지 않았는데요."

월녀검법은 종남파의 비전 검법 중 하나로, 여인(女人)들에게만 전수되는 무공이었다. 물론 남자도 익힐 수 있지만, 처음 만들 때부터 여인의 몸에 적합하게 창안한 것이기 때문에 여인이 펼쳐야만 제 위력을 발휘할 수 있었다.

진산월의 얼굴에 엄격한 빛이 떠올랐다.

"월녀검법의 위력은 삼락검에 못지않다. 지금 본 파에 여자라고는 너 하나뿐인데, 네가 월녀검법을 소홀히 한다면 자칫 그 검법의 맥(脈)이 끊어질 수도 있는 것이다."

방취아는 '사저도 익혔잖아요.' 라는 말이 목구멍까지 치밀어 오르는 것을 억지로 눌러 삼켰다.

사실 종남파에서 월녀검법을 가장 완벽하게 익힌 사람은 임영옥이었다. 방취아가 그 검법에 별로 신경을 쓰지 않은 이유는 물론 지법(指法)이나 수법(手法)에 더 매력을 느꼈기 때문이었지만, 임영옥만큼 그 검법을 능숙하게 익힐 자신이 없는 탓도 있었다.

하나 임영옥의 행적을 짐작할 수 없는 지금, 그녀마저 월녀검법을 익히지 않는다면 진산월의 말마따나 그 뛰어난 검법이 절전(絕傳)될지도 모르는 일이었다.

이런 식으로 문파의 절학들이 절전되는 경우가 적지 않았다.

천하삼십육검보다 오히려 뛰어난 절학이었던 삼락검이 당금에 와서 실전(失傳)되었던 것도 이백 년 전의 뛰어난 고수들이었던 종남오선이 실종되면서 그 변화무쌍한 오의(奧義)를 완벽하게 터득한 사람이 없었기 때문이다.

당시에는 그래도 구결이라도 남겨 있었으나, 점차로 시일이 흐르면서 구결조차 사라져서 지금은 그저 말 그대로 전설로만 남아 있을 뿐이었다.

방취아는 이내 고개를 끄덕이며 배시시 웃었다.

"알겠어요. 지금부터라도 열심히 연습할게요. 기본 변화는 모두 외우고 있으니 꾸준히 연마하면 곧 쓸 만한 수준에 오를 수 있을 거예요."

그러는 동안에 그들은 규봉의 능선을 거의 지나 하나의 깊은 협곡(峽谷)에 도착하게 되었다. 그 협곡은 유난히 가파른 능선 사이에 위치해 있어서 멀리서 볼 때는 그저 짙은 그림자로밖에는 보이지 않았다. 하나 가까이 가서 보면 협곡 자체가 하나의 커다란 분지(盆地)를 형성하고 있음을 알게 된다.

그 분지는 유난히 울창한 수림으로 뒤덮여 있었는데, 수림 사이로 몇 채의 전각들이 살짝 모습을 드러내고 있었다.

그 분지가 훤히 내려다보이는 능선에 다다르자 이상하게도 다들 입을 굳게 다문 채 침묵을 지키고 있었다.

서문연상이 의아한 표정으로 동중산을 쳐다보았다.

"저기가 어디죠?"

항상 그녀에게 친절하게 대하던 동중산도 이번에는 아무 말이 없었다. 단지 그의 외눈에서 흘러나오는 눈빛에 말로 형용 못할 착잡하고 그리운 빛이 담겨 있을 뿐이었다.

동중산뿐이 아니었다. 항상 별로 표정이 없던 소지산의 얼굴에도 한 줄기 아련한 빛이 떠올라 있었고, 방취아의 두 눈에는 그렁그렁 눈물이 맺혀 있었다.

서문연상은 그제야 무언가를 느낀 듯 혼잣말처럼 나직하게 중얼거렸다.

"저기가 바로 종남파로구나."

그렇다.

장장 오백 년의 유구한 역사를 자랑하는 종남파의 본산이 그들 눈앞에 펼쳐져 있는 것이다.

진산월은 한동안 그 자리에 못 박힌 듯 우뚝 서서 종남파의 전각들을 뚫어지게 바라보고 있었다. 그러다 가슴속에서 우러나오는 깊은 탄식을 토해 내는 것이었다.

"마침내 돌아왔구나."

일월(一月) 이십팔 일(二十八日).

소지산 등이 초가보에 쫓겨 산을 등진 지 백팔십오 일 만이었다. 그리고 진산월이 매종도의 비학을 찾아 길을 떠난 지 삼 년하고도 일 개월 이십이 일 만이었다.

제94장 소면호리(笑面狐狸) 135

제 95 장
결전전야(決戰前夜)

제95장 결전전야(決戰前夜)

남호가 우려하던 일은 예상보다 훨씬 빨리 닥치고 말았다.

그들이 평안객잔의 식당에서 아침 식사를 하고 막 숙소로 돌아왔을 때, 그들은 자신들의 방 앞에 서 있는 두 명의 승려를 보았다.

남호는 그들의 손에 들린 선장과 머리에 선명하게 새겨져 있는 계인(戒印)을 보고는 자신도 모르게 한숨을 내쉬고 말았다.

'소림사에서 온 승려들이구나.'

아니나 다를까, 두 명의 승려는 그들을 향해 정중하게 합장을 했다.

"아미타불. 소승들은 소림에서 온 정화와 정선이라 하오. 조일평, 조 시주에게 긴히 여쭐 말씀이 있는데, 어느 분이 조 시주이시오?"

조일평이 한 발 앞으로 나섰다.

"나요."

두 명의 승려 중 얼굴이 동그랗고 눈빛이 유달리 반짝이는 승려가 조일평의 얼굴을 찬찬히 응시하더니 침착한 음성으로 입을 열었다.

"뵙게 되어 반갑소. 소승들이 이른 아침에 이렇게 불쑥 조 시주를 찾아온 것은 며칠 전에 취미사에서 벌어진 일에 대해 묻고 싶은 점이 있기 때문이오."

조일평의 대답은 너무나 단호해서 무뚝뚝해 보였다.

"그 사건에 대해서는 달리 할 말이 없소."

웬만한 사람이라면 이렇게 매몰찬 대답을 듣고 난 다음에는 화를 내거나 아니면 아예 질문을 포기하고 돌아서 가 버릴 것이다. 하나 그 승려는 화를 내기는커녕 오히려 입가에 조용한 미소를 머금었다.

"조 시주가 말하기 싫어하는 심정은 충분히 이해하고 있소. 아마도 화산파에 적지 않은 시달림을 당했겠지요. 하지만 소승들은 소승들대로 해야 할 책무가 있으니 양해해 주기 바라오."

상대가 이렇게까지 예의를 갖추는데 조일평도 무작정 아무 말도 않겠다고 입을 다물고 있을 수만은 없었다.

"묻고 싶은 게 뭐요?"

"조 시주는 굉지 사조를 뵈러 왔다가 취미사에 혈겁이 벌어진 것을 알았다고 했소. 조 시주가 취미사에 온다는 것을 굉지 사조께서 미리 알고 계셨소?"

조일평은 뜻밖의 질문에 날카로운 눈으로 그 승려를 응시하다가 고개를 끄덕였다.

"그렇소. 달포 전에 미리 서신(書信)을 보내 이맘때쯤 찾아뵙겠다고 알려 드렸소. 그런데 그건 왜 묻는 거요?"

"조 시주가 취미사를 찾아오는 날과 사 대협이 굉지 사조님을 뵈러 온 날이 똑같았소. 단순히 우연일 수도 있겠지만, 소승은 우연치고는 너무도 공교롭다는 생각이 드는구려."

조일평은 한동안 그 승려의 눈을 빤히 쳐다보았다. 두 사람의 시선이 허공에서 서로 교차하면서 거센 불똥이 튀는 듯했다.

"스님의 법명(法名)이 무어라고 하셨소?"

"아미타불. 소승은 정화라고 하오."

조일평의 표정은 여전히 변함이 없었으나, 음성에는 한 줄기 강인함이 담겨 있었다.

"정화 스님. 간단하게 말하겠소. 나는 강호(江湖)에서 벌어진 일에 우연 따위는 없다고 생각하오. 그러니 내가 정 의심스러우면 언제든지 덤비시오. 기꺼이 상대해 주겠소."

정화의 얼굴이 조금 굳어졌다.

"조 시주의 반응은 너무 직선적이구려. 소승은 감당하기 어렵소."

"나도 더 이상의 번거로움은 감당하기 어렵소. 단순히 혈겁을 처음 발견했다고 해서 흉수 취급을 받는 일은 더 이상 참을 수 없소. 그러니 다음에 올 때는 내가 흉수라는 증거를 가지고 오든지, 아니면 내 검을 상대할 준비를 하고 오시오."

정화의 동그란 얼굴에 한 줄기 붉은 홍조가 피었다가 사라졌다. 그것이 조일평의 직설적인 말에 화가 났기 때문인지 아니면 미안함을 느꼈기 때문인지는 누구도 알 수 없었다.

정화는 한 차례 숨을 몰아쉬더니 다시 원래의 표정을 되찾았다.

"소승이 조 시주를 의심하는 것은 아니오. 다만 조 시주가 혈겁을 발견한 최초의 증인(證人)이기 때문에 좀 더 자세한 것을 알아보려는 것뿐이오."

조일평의 입가에 냉랭한 미소가 번졌다.

"혈겁을 처음 발견한 사람이 내가 아닌 다른 자였더라도 이런 추궁을 받았을지 의심스럽군. 굉지 대사에 대해서는 나도 나름대로 각별함을 느끼고 있는 사이였소."

"그 점은 소승도 알고 있소. 단지 우리는 조 시주께서 당시 현장을 목격하시고 난 후에 무언가 특이한 점을 발견하지 않았나 궁금했던 거요."

"내가 흉수에 대해 알고 있는 것은 흉수가 상당한 검술의 달인(達人)이며, 흉기로 빙검의 일종을 사용했다는 것뿐이오."

정화는 조일평의 얼굴을 찬찬히 응시하더니 돌연 화제를 바꾸었다.

"조 시주는 오래전에 장성 일대에서 명성을 떨쳤던 황성고검 나력지 대협의 제자라고 하던데, 그 말이 사실이오?"

조일평은 묵묵히 고개를 끄덕였다.

정화는 다시 물었다.

"나 대협은 지금까지 정정하시오?"

"그렇소. 그건 왜 물으시오?"

정화의 두 눈에 기이한 신광이 어른거렸다.

"소승이 듣기론 과거 나 대협은 열두 초로 된 혈우검법(血雨劍

法)으로 장성을 석권했다고 알고 있소. 그 혈우검법 중의 가장 무서운 초식은 혈천홍(血淺紅)이란 것인데, 그 수법은 전문적으로 사람의 인후혈을 노리기 때문에 격중된 사람은 목에 한 방울의 피를 남긴 채 숨이 끊어진다고 하오."

"……!"

"이십 년 전에 소요검객 사 대협과 싸울 때도 그분은 혈천홍 수법으로 사 대협의 목을 찔러 승리를 거두었다고 들었소. 이제 그동안 적지 않은 세월이 흘렀으니 그 수법은 더욱 정교하고 무서워졌을 거라고 보는데, 조 시주의 생각은 어떻소?"

조일평의 얼굴에 차가운 냉기가 흘렀다.

"무얼 말하고 싶은 거요?"

"소승은 단지 아무리 세월이 흘렀더라도 똑같은 수법에 다시 당하지 말라는 법은 없다는 옛 격언을 떠올렸을 뿐이오."

조일평은 말없이 검을 뽑아 들었다.

스릉!

그가 불문곡직하고 검을 뽑자 정화의 일행인 정선은 물론이고 다른 사람들도 깜짝 놀랐다. 남호는 황급히 그를 제지하려 했다.

"왜 이러는 거요?"

조일평의 표정은 여전히 별다른 변화가 없었으나, 음성만큼은 뼛속이 시릴 정도로 싸늘해져 있었다.

"저자는 나름대로 내가 흉수라는 증거를 댄 셈이오. 그렇다면 내가 할 일도 분명해지지."

남호는 그의 기세에 압도당해 더 이상 그를 막을 생각을 하지 못했다.

정화는 그 자리에 선 채로 담담하게 웃었다.

"소승은 조 시주의 의중을 알 수 없구려."

그의 말이 끝나기도 전에 검광이 어른거렸다. 조일평이 느닷없이 뽑아 든 검으로 그의 목젖을 찔러 왔던 것이다.

장내의 누구도 이런 상황을 예측하지 못했기 때문에 놀란 경호성 조차 내지르지 못했다. 게다가 검이 날아드는 속도는 그야말로 가공(可恐)스러울 정도여서, 설사 알고 있다 할지라도 막을 수 있을지 의문이었다.

땅!

갑자기 귀청이 떨어지는 듯한 음향과 함께 검광이 사라져 버렸다.

중인들이 눈을 휘둥그렇게 뜨고 보니, 조일평이 내뻗은 장검은 정화의 목덜미 한 치 앞에서 선장(禪杖)에 가로막혀 있었다. 정화는 들고 있던 선장으로 자신의 목덜미를 막았던 것이다.

조일평은 무표정한 얼굴로 정화의 두 눈을 빤히 쳐다보더니 천천히 검을 거두었다.

"이게 이십 년 전의 혈천홍이오."

정화 또한 언제 자신의 목이 잘릴 뻔했느냐는 듯 태연한 모습이었다.

"지금은 어떻소?"

"그때의 혈천홍은 이제 십마혈류(十魔血流)가 되었소."

"십마혈류?"

"열 개의 혈천홍이 동시에 날아들어 전신을 벌집으로 만든다는 뜻이지."

그 말에 남호와 정선은 나직하게 진저리를 쳤다.

조금 전에 조일평이 발출한 검초는 그야말로 살인적이라고밖에는 표현할 수 없는 무시무시한 수법이었다. 그러한 검광이 동시에 열 개나 날아든다면 천하의 누가 감히 막을 수 있겠는가?

정화는 선장을 거두더니 정중하게 합장을 했다.

"아미타불. 잘 알았소. 오늘 도움을 주셔서 감사하오."

그는 유심한 시선으로 조일평을 응시했다.

"다음에는 소승에게도 기회가 오길 기대하겠소. 그럼 소승들은 이만 가 보겠소."

이어 그는 아직도 표정이 굳어 있는 정선을 이끌고 몸을 돌려 걸어갔다.

남호는 한바탕 격전이 벌어질 줄 알았다가 그들이 의외로 순순히 물러나자 의아한 생각이 들었다. 하나 잠시 생각해 보고는 이내 고개를 끄덕였다.

풍시헌이 어리둥절한 표정을 숨기지 않은 채 물었다.

"이거 이상하네요. 결코 호락호락하게 물러설 인상이 아니던데 왜 사형에게 공격당하고도 그냥 가 버리는 거지요? 대체 무슨 심산일까요?"

남호는 조용한 음성으로 입을 열었다.

"조 소협이 흉수가 아님을 확인했기에 물러난 것이겠지."

"당연히 사형은 아무런 죄가 없죠. 그런데 그 중은 어떻게 그걸 안 거죠?"

제95장 결전전야(決戰前夜) 145

"방금 조 소협이 시전한 혈천홍은 비록 위력적이긴 했으나 그자는 막아 냈네."

"그래서요?"

"그가 막을 수 있으면 사익도 막을 수 있었겠지. 다시 말해서 조 소협이 흉수였다면 사익은 어떤 식으로든 자신의 목을 방비하는 데 신경 썼을 테고, 혈천홍 수법만으로는 그런 사익의 목을 벨 수 없다는 것이지."

그제야 풍시헌은 고개를 끄덕였다.

"그래서 그 중은 사형이 흉수가 아님을 안 거로군요. 결국 사형이 혈천홍을 전개한 건 그 수법으로는 사익을 쓰러뜨릴 수 없다는 걸 보여 주기 위한 거였군요."

"그렇지. 어찌 생각해 보면 너무도 당연한 이야기일세. 사익 같은 절정 고수가 이십 년 전에 당한 유일한 패배의 기억을 잊고 당시 적수의 제자에게 다시 또 같은 수법으로 당한다는 건 별로 믿어지지 않는 일이거든."

"그런데 그 땡중은 왜 그렇게 엉뚱한 말을 해서 사람의 심기를 어지럽혀 놓은 거죠?"

남호는 빙긋 웃었다.

"조 소협을 보니 호승심(好勝心)이 일어났던 모양이지."

"예?"

"조 소협의 실력을 한번 보고 싶은데, 마땅한 핑곗거리가 없으니 엉뚱한 트집을 잡았던 거지. 떠날 때 그가 한 말을 생각해 보면, 다음에 다시 조 소협을 만나게 되면 틀림없이 도전해 올 걸세."

풍시헌은 이를 부드득 갈았다.

"망할 놈의 땡중. 만일 그 땡중이 사형에게 도전해 온다면 그 전에 반드시 내 손으로 쓰러뜨리고 말겠어요."

남호는 씁쓸하게 웃으며 입을 열었다.

"그들이 다시 온다면 그때는 그들도 조 소협의 검과 맞닥뜨릴 각오를 했다는 말이지. 소림사는 누가 뭐래도 당금 무림에서 가장 강력한 문파일세. 이런 일로 그들과 등을 지게 된다는 건 결코 바람직한 일이 아닐세."

풍시헌은 볼멘 표정으로 말했다.

"하지만 그들이 굳이 우리에게 시비를 걸어온다면 어쩔 수 없는 일 아닙니까?"

남호는 무거운 한숨을 내쉬었다.

"그런 일이 없기만을 바라야겠지."

* * *

주루는 굳게 닫혀 있었다.

닫힌 주루의 문 입구에서 서성이는 하나의 인영이 있었다.

'이상하군. 쌍쌍인랑의 흔적이 이 근처에서 사라져 버리다니……'

그는 주루를 뚫어지게 쳐다보았다.

'틀림없이 이 안으로 들어간 것 같은데 주루의 문까지 닫혀 있다니 무언가 심상치 않은 일이 일어난 게 분명하다.'

그 인영은 주위를 한 차례 두리번거리더니 지나가는 사람이 없음을 확인하고는 재빨리 몸을 날려 후원의 담을 훌쩍 넘어갔다.

주루의 후원에 내려선 그 인영은 후원에서 주루로 통하는 작은 문을 지나 주루 안으로 들어섰다. 주루 안에는 부서진 탁자와 나무 파편들이 여기저기 흩어져 있었고, 바닥에는 말라붙은 핏자국이 드러나 있었다. 게다가 한쪽 벽은 금시라도 무너질 듯 움푹 파여 있어 그야말로 난장판이 따로 없었다.

그는 바닥과 벽에 나 있는 흔적들을 보고는 눈을 번쩍 빛냈다.

'이건 분명히 이랑(二狼)의 귀왕무영륜이 남긴 흔적이다. 과연 그들은 이곳에 왔었구나.'

그의 시선이 한 차례 가볍게 흔들렸다.

'그들이 기문병기를 꺼내 들어야 할 정도로 상대의 무공이 고강했단 말인가? 그녀는 아닐 테고, 대체 그들은 누구와 싸운 것일까?'

그의 시선이 바닥에 나 있는 핏자국으로 향했다. 그 핏자국은 대충 닦기는 했으나 아직도 선명하게 남아 있는 것으로 보아 적지 않은 양의 피가 흘렀음을 알 수 있었다.

'그렇다면 저 핏자국은 쌍쌍인랑의 것이란 말인가?'

그는 한동안 그 자리에서 꼼짝도 않은 채 무언가 상념에 잠겨 있다가 갑자기 몸을 돌려 후원으로 되돌아왔다. 그리고는 후원의 여기저기를 조사하기 시작했다.

그는 이내 자신이 찾고 있는 것을 발견할 수 있었다. 후원의 중앙에 있는 커다란 감나무 앞에 있는 흙의 색깔이 주위와 미묘하게 차이가 났던 것이다. 그는 그것이 그 부근의 흙을 새로 팠다가 다시 덮었기 때문임을 알아보았다.

그는 오른손을 슬쩍 휘둘렀다.

팡!

흙먼지가 사방으로 흩날리며 깊은 구덩이가 파였다. 몇 차례 더 손을 휘두르자 곧 흙 속에 덮여 있는 두 구의 시신이 모습을 드러냈다.

그들은 남삼을 입은 중년인과 웃통을 벗은 봉두난발의 청년이었다.

그 시신을 발견한 인영의 표정이 무척 어두워졌다. 그는 재빠른 손길로 두 구의 시신의 상흔을 살펴보았다. 남삼 중년인과 청년의 시신에는 수십 개의 시커먼 흔적들이 나 있었다. 무언가 뭉툭한 것에 가격당해 피부가 시커멓게 죽어 버린 것이다.

'이게 무슨 흔적일까? 도나 검은 물론 아니고, 봉(棒)이나 곤(棍)의 일종 같은데…….'

그는 잠시 생각에 잠겨 있었다.

'당금 무림에서 쌍쌍인랑을 격살할 만한 곤의 고수가 있었던가? 더구나 이들이 기문병기까지 꺼내 들었는데도 이런 꼴로 만들 만한 자가 있더란 말인가?'

그는 한참 동안이나 머리를 굴려 보았으나 뚜렷하게 떠오르는 사람이 없었다.

'혹시 죽장(竹杖)의 흔적인가? 개방에서 이들을 쓰러뜨릴 만한 인물은 방주(幇主)인 만리무영개 나자행과 두 명의 호법 장로(護法

제95장 결전전야(決戰前夜) 149

長老), 그리고 삼대 비밀 조직의 우두머리 정도인데 그들이 장안에 나타났다는 말은 아직 들은 적이 없다. 게다가 이 흔적은 죽장 치고는 지나치게 무거워 보인다.'

그는 고개를 절레절레 흔들었다.

'아무래도 일이 꼬이는 느낌이군. 누군가가 쌍쌍인랑을 제거하고 그녀를 구해 갔는데, 전혀 행방을 알 수 없다니……'

한동안 묵묵히 허공을 응시하고 있던 그의 눈에서 점차로 무시무시한 신광이 번뜩이기 시작했다.

'그자가 누구든 반드시 찾아내어 우리의 일을 방해한 대가를 치르게 하고야 말겠다. 누구도 우리의 계획은 저지할 수 없다. 어느 누구도……'

그는 이내 두 구의 시신을 옆구리에 끼고는 후원의 담을 넘어 어딘가로 사라져 버렸다.

* * *

양전은 하남성(河南省) 개봉(開封) 출신이다. 대대로 하남성에서는 이름난 검객들이 많이 배출되었는데, 양전 또한 어려서부터 검재(劍才)가 탁월하기로 이름이 높았다.

양전의 스승은 당시 하남성의 십대검객(十大劍客) 중 하나로 명성을 날리던 대풍검(大風劍) 간조명(簡彫明)이었는데, 간조명은 웅혼하고 패도적인 검법으로 상당한 명성을 날린 인물이었다. 간조명을 십여 년 동안 사사(師事)한 양전은 무림에 출도한 지 얼마 되지 않아 하락쌍검(河洛雙劍)을 격파하여 사람들을 놀라게 했고, 이후 싸우는 족족 승리하여 한때는 상승검객(常勝劍客)으로 불리기도 했다.

삼십 대 중반에 그는 우연히 한 사람과 비무를 하여 십여 초 만에 어이없는 참패를 했는데, 그가 바로 초가보의 보주인 무영신군 초관이었다. 초관에게 치욕적인 패배를 한 후, 양전은 스스럼없이 그의 수하로 들어갔다.

그로부터 칠 년여 동안 그는 초가보의 사패(四覇) 중 하나로 손꼽히며 명성을 떨쳐 왔다.

그의 성격은 침착하고 냉정하며, 말을 아꼈기 때문에 따르는 사람들이 적지 않았다. 때문에 초관이 종남파의 본산을 지킬 책임자로 그를 지명하자 자발적으로 그를 따라 나선 사람들이 이십여 명이나 될 정도였다.

지금 양전은 뜻밖에 찾아온 사람을 보고 살짝 눈살을 찌푸리고 있었다.

그를 찾아온 사람은 모두 네 명이었다.

그중 두 명은 얼굴이 비슷하게 생긴 쌍둥이 형제였고, 한 명은 오십 대 후반의 체구가 유난히 호리호리한 중노인이었다. 하나 양전이 주목하고 있는 사람은 그들과 동행한 사십 대 중반의 체구가 건장한 중년인이었다.

그 중년인은 입가에 자신에 찬 미소를 짓고 있었는데, 그 미소만큼이나 태도 또한 거칠 것이 없어 보였다.

"양 형. 그동안 수고 많았소. 앞으로는 내가 일을 담당할 테니 양 형은 좀 쉬시구려."

"총관의 지시요?"

"그렇소. 아무래도 요즘 종남파 잔당들의 움직임이 심상치 않은 것 같아 총관께서 우려하고 계시오."

총관의 지시라는데 양전이 더 무어라고 할 수도 없었다.

"알겠소. 그럼 종리 형께서 일을 맡아 주시오."

건장한 중년인은 수석 총관인 소면호리 악종기의 최측근 중 한 사람으로, 철혈수사(鐵血秀士) 종리황(鍾里皇)이라 한다. 그의 공식적인 직급은 초가보의 순찰(巡察)이었으나, 사람들은 그를 총관인 악종기와 비슷하게 취급을 했다. 악종기의 의중을 가장 잘 알고 있고, 악종기에게 상당한 신임을 받는 인물이었기 때문이다.

그래서 비슷한 서열인 사패에 속한 양전도 그의 명령에 따를 수밖에 없었다.

하나 양전은 종리황에 대한 인식이 그다지 좋지 않았다. 그가 평소에 악종기의 신임을 믿고 너무 거들먹거린다고 생각했던 것이다. 지금도 그는 마치 개선장군처럼 다짜고짜 밀고 들어와 양전의 지휘권을 빼앗다시피 가져가 버렸다.

악종기의 명령이 있다는 걸 알고 있었지만 양전으로서는 입맛이 씁쓸할 수밖에 없었다. 그것은 악종기가 양전의 힘으로는 이곳을 지키기 힘들다고 판단했다는 방증(傍證)이 아니고 무엇이겠는가?

게다가 종리황과 동행한 세 사람도 모두 양전이 소홀히 할 수 없는 인물들이었다.

쌍둥이 형제는 각각 혈염라(血閻羅) 정혼(程琿)과 청염라(靑閻

羅) 정탁(程琢)이라 했다. 초가보에서는 그들을 쌍염라라고 불렀는데, 그 의미는 그들이 지옥의 염라대왕만큼이나 무서운 인물들이라는 뜻이었다. 그들은 특이한 혈염신공(血焰神功)과 청염신공(靑焰神功)을 연마하여 전신이 거의 도검불침(刀劍不侵)의 경지에 올라 있을 뿐 아니라, 손속이 잔인하고 매서워서 사패보다 오히려 강하다고 알려져 있었다.

양전이 보는 견지에서 그들은 인간 백정과 다름없는 인물들이었다. 무공에만 빠져 있고, 일단 손을 쓰면 절대로 상대를 살려 두는 법이 없어서 양전도 그들에게는 얼마쯤 두려운 마음을 가지고 있었다.

노인의 내력은 쌍염라보다 오히려 더 대단했다.

노인은 초가보에서 최근 들어 포섭한 다섯 명의 호법(護法) 중 한 사람이었는데, 초가보주가 그들을 끌어들이기 위해 기울인 노력은 대단한 것이었다.

노인은 등에 천으로 둘둘 만 기다란 물체를 메고 있었는데, 눈이 날카로운 사람이라면 그것이 창(槍)의 일종임을 알아차릴 수 있을 것이다.

'저것이 강북에서 다섯 손가락 안에 꼽힌다는 패왕신창(覇王神槍)이로군.'

양전은 직접 본 일은 없었지만 노인의 창에 대해서는 귀가 따갑도록 들어왔다.

노인은 패왕창(覇王槍) 전괴(典魁)라는 인물로, 하남성과 섬서성 일대에서는 거의 전설적인 무명(武名)을 떨친 절세 고수였다. 그가 사용하는 창은 무게가 거의 팔십 근이나 되는데, 그것은 여타 창에 비해서 세 배 이상이나 무거운 것이다. 그 창이 일단 움직이기 시작하면 그 패도무쌍(覇道無雙)한 위력은 가히 무시무시할 정도라고 했다.

겉으로 보아서는 호리호리한 몸매인 전괴가 팔십 근이나 되는 창을 무섭게 휘두르는 광경은 언뜻 상상이 되지 않는 것이었으나, 강호의 소문이 사실이라면 전괴는 젊은이 못지않은 강인한 근력(筋力)을 지니고 있음이 분명했다.

종리황이 손뼉을 치며 활기찬 음성으로 입을 열었다.

"자, 어디부터 시작할까? 양 형, 우선 이 일대의 지형에 대해 간략하게 설명해 주지 않겠소?"

양전은 품속에서 한 장의 지도를 꺼내어 탁자 위에 펼쳐 놓았다.

"종남파의 건물은 모두 아홉 채이며, 외부에서 이곳으로 들어오는 길은 세 군데가 있소."

그는 지도에 붉게 표시된 세 개의 화살표를 가리켰다.

"우선 제일 큰 출입구는 자오진에서 올라오는 길이오. 이 길이 사실상의 주로(主路)라고 할 수 있소. 이곳은 현재 귀혼적 악평이 여덟 명의 무사를 데리고 지키고 있소."

"다른 두 곳은 어디요?"

"서쪽의 규봉에서 능선을 타고 내려오면 조사전(祖師殿) 뒤쪽에 도달할 수 있소. 여기는 신망 곡풍과 혈봉 시일해가 여섯 명의 부하들을 데리고 잠복해 있소."

양전은 손가락으로 가장 우측의 화살표를 짚었다.

"마지막으로 동쪽의 취화산(翠華山)을 넘어오는 길이 있소. 이쪽이 사실 종남파로 몰래 잠입하기에는 제일 적합한데, 그래서 독수금륜 낙무인이 육태세(六太歲)와 함께 이곳을 맡게끔 조치하고 있소."

"이들 세 곳 외에는 종남파로 들어오는 길이 없소?"

"남쪽에서 절벽이라도 타고 내려오지 않는 한 다른 길은 없소."

종리황은 빙긋 웃으며 양전의 어깨를 가볍게 쳤다.

"양 형의 솜씨도 보통이 아니구려. 적절하게 안배를 한 것 같소."

양전은 자신을 아랫사람 대하듯 하는 그의 태도가 못마땅했으나 겉으로는 아무런 내색도 하지 않았다.

"나머지 스물두 명은 이 태화전(太和殿)에서 대기하며 수시로 그들과 교대를 하고 있소. 지금까지는 이 교대를 했으나, 부하들이 너무 피곤해하니 인원을 보충해서 삼교대를 했으면 하오."

"지금 당장은 힘들 거요. 양 형도 알다시피 이제 며칠 후면 삼보회동이 있지 않소? 그 회동이 끝나면 이곳에 대해서도 총관께서 다른 지시를 내릴 테니 그때까지는 힘들어도 어쩔 수 없소."

종리황은 잠깐 생각하더니 다시 입을 열었다.

"이렇게 합시다. 서쪽 규봉에서 조사전으로 내려오는 길은 지세가 험해서 굳이 그렇게 많은 인원이 지킬 필요가 없을 듯하오. 그러니 곡풍과 시일해에게 각기 세 명씩의 수하를 맡겨 그들 자체만으로 이 교대를 하게 하시오. 그러면 다른 쪽의 교대가 조금 더 수월해질 거요. 그리고 남쪽 절벽도 그냥 방치해 놓을 게 아니라 눈치가 빠른 자 두세 명을 잠복시켜 만약의 사태에 대비하는 게 좋겠소."

"그렇게 하겠소."

"서로 간에 연락 신호를 좀 더 명확히 하고, 정해진 시간 내에 아무 연락이 없으면 그쪽으로 즉시 고수들을 파견해서 사태를 파악할 수 있도록 하시오."

"알겠소."

양전은 내심 종리황의 판단에 감탄하는 마음이 들었다. 확실히 건방진 면이 있기는 했지만 종리황은 일처리만큼은 누구보다도 분명한 인물이었다. 그런 점이 악종기가 그를 신임하는 이유일 것이다.

종리황은 지도를 들여다보더니 혼잣말처럼 중얼거렸다.

"지형 자체는 나무랄 데 없는 복지(福地)로군. 그런데 어째서 그렇게 별 볼일 없는 놈들만 모여 있다가 망하고 말았는지 모르겠군."

그는 이내 고개를 쳐들고 양전과 다른 세 사람을 바라보았다.

"앞으로 며칠이 고비요. 삼보회동이 무사히 끝날 때까지 종남파에서 아무런 움직임이 없다면 이제 그들에게는 신경 쓰지 않아도 될 것이오. 그때쯤에는 누구도 종남파 따위는 기억도 하지 않을 테니 말이오."

* * *

"이 아래를 곧장 내려가면 조사전이 나옵니다."

동중산은 손으로 가파른 능선의 아래를 가리켰다.

"문제는 저곳이 몹시 험준해서 웬만한 사람은 쉽게 내려가지 못한다는 것이지요. 저곳은 아무래도 방 사고께서 수고해 주셔야겠습니다."

종남파의 제자들 중 신법이 가장 뛰어난 사람은 방취아였다.

방취아는 주저 없이 고개를 끄덕였다.

"맡겨 둬. 그런데 그들도 틀림없이 지키고 있을 텐데……."

"그래도 다른 곳보다는 경비가 소홀할 게 틀림없습니다. 더구나 다른 곳에서 소란이 벌어진다면 아무래도 그쪽으로 신경을 쏟을 테니 어렵지 않게 조사전으로 잠입할 수 있을 겁니다."

"알았어. 그런데 왜 하필 조사전이야? 그 근처에는 태화전과 청풍각(淸風閣)이 있는데, 그쪽이 더 낫지 않겠어?"

"그래야 할 이유가 있습니다."

"그게 뭔데?"

"조사전은 본 파의 다른 건물에 비해 가장 구석진 곳에 자리하고 있습니다. 따라서 그곳에 있으면 최악의 경우에도 퇴로(退路)를 확보할 수 있습니다."

"그랬군. 하지만 공격도 하기 전에 도망칠 곳부터 먼저 알아보다니 너무 비관적인 생각 아니야?"

"그게 병법(兵法)의 기본입니다. 그리고 조사전은 단순히 퇴로뿐 아니고 본 파 선조들의 영령(英靈)이 깃든 곳이므로 하루 빨리 되찾아야 할 필요가 있습니다. 거리상으로도 태평각(太平閣)과 가까워서 나중에 일을 도모하기에도 적합하고 말입니다."

방취아는 그제야 알겠다는 듯 싱긋 웃었다.

"이제 보니 아주 복잡 미묘한 문제가 있었군그래."

동중산은 외눈을 번쩍이며 진중한 음성으로 말을 이었다.

"이번 계획의 핵심은 장문인께서 얼마나 신속하고 은밀하게 태평각으로 들어가시느냐 하는 것입니다. 태평각의 잠입에 성공하기만 한다면 그들을 혼란스럽게 해서 목표한 바를 이룰 수 있을 것이라 생각합니다."

동중산의 계획은 상당히 단순하면서도 정교한 것이었다. 그 중심축에는 물론 진산월이 있다. 하나 그 외의 다른 사람들의 역할도 무척 중요한 것이었다.

그때 서문연상이 불쑥 입을 열었다.

"나한테도 좀 더 그럴싸한 일을 맡겨 주세요."

"소저에게는 조금 전에 할 일을 이야기해 줬지 않소?"

서문연상은 퉁퉁 부은 모습이었다.

"그게 일이에요? 심부름이지. 나는 좀 더 멋진 역할을 하고 싶어요. 저 여자처럼 건물 하나를 차지하거나 아니면 정문으로 쳐들어가서 솜씨를 보여 주고 싶단 말이에요."

방취아가 냉소를 날렸다.

"남들에게 주목을 받고 싶어 안달이 났군."

서문연상이 그녀를 쏘아보았다.

"누가 당신에게 물었어요? 남이야 주목을 받든 말든 당신이 상관할 일이 아니잖아요."

"뭐라고?"

방취아가 쌍심지를 곤두세울 때, 동중산이 조용히 웃으며 그녀들 사이에 끼어들었다.

"소저의 일도 무척 중요하오. 경우에 따라서는 건물 하나를 빼앗는 것보다 더 중요할 수도 있소."

서문연상은 귀가 솔깃한지 표정이 풀어졌다.

"그게 정말이에요?"

"내가 왜 소저에게 거짓말을 하겠소? 소저가 자신의 역할을 얼마나 잘 소화해 내느냐에 따라 우리의 일이 한층 더 수월해질 수도 있소."

서문연상은 잠깐 생각하는 듯하더니 이내 고개를 끄덕였다.

"당신 말을 한번 믿어 보죠. 하지만 다음에는 좀 더 비중 있는 역할을 맡겨 줘야 해요."

그녀는 아마도 이번 일을 한 문파의 존망을 가름하는 중대사가 아니라 뒷골목에서 벌어지는 무대의 공연쯤으로 생각하고 있는 듯했다. 하나 동중산은 조금도 화를 내거나 못마땅해하지 않고 진지한 표정으로 대답했다.

"물론이오. 다음에는 소저도 자신의 역할에 만족하게 될 거요."

이번에는 장승표가 툴툴거리며 나섰다.

"왜 나한테는 아무것도 안 시키는 거요? 내가 사냥만 할 줄 아는 무지렁이라서 무시하는 거요?"

"장 형도 물론 할 일이 있소."

장승표가 눈을 동그랗게 뜨며 반색을 했다.

"오! 과연 동 형은 날 실망시키지 않는구려. 내가 할 일이 뭐요?"

"우리가 올 동안 산짐승들을 잔뜩 잡아서 음식을 푸짐하게 마련하는 거요. 일을 마치면 무척 시장할 테니 가급적이면 많이 준비해 주었으면 좋겠소."

장승표의 얼굴이 확 구겨졌다.

"뭐야? 날 보고 음식이나 만들라고? 이제 보니 동 형이 날 아주 우습게 보는구려. 그런 하찮은 일이나 시키고……."

"그건 하찮은 일이 아니오. 장 형이 우리를 위해서 음식을 만들고 있다는 생각만 해도 온몸에서 힘이 솟구쳐 오르고 있소. 그건 아주 큰 도움이 될 거요."

진산월이 담담한 어조로 말했다.

"예전에 끓여 주었던 꿩고깃국을 먹고 싶소. 그때의 맛은 잊을 수가 없을 거요."

장승표의 얼굴에 다시 화색이 돌았다.

"그래? 진 아우의 부탁이라면 들어줘야지. 걱정 말게. 이제껏 먹어 보지 못했던 최고의 음식들을 준비하겠네. 물론 꿩고깃국도 잊지 않고 만들어 두지. 대신……."

장승표가 갑자기 눈을 부라리며 평소의 그답지 않게 묵직하고 단호한 음성으로 말했다.

"한 사람도 빠짐없이 모두 돌아와야 하네. 기껏 음식을 만들어 놨는데 돌아오지 않는 사람이 있다면 내가 절대로 용서치 않을 걸세."

모두들 묵묵히 고개를 끄덕였다.

동중산이 그의 어깨를 가만히 쓰다듬었다.

"걱정 마시오. 무슨 일이 있어도 당신이 만든 음식을 먹고야 말테니……."

서문연상이 재빨리 조잘거렸다.

"하나는 간을 조금만 넣고 싱겁게 해 주세요."

장승표가 히죽 웃었다.

"맵지도 짜지도 않게 말이지? 알았으니 염려는 붙들어 매 놓게, 아가씨."

모두들 각자의 맡은 바 역할을 되짚어 보았다. 아무 일도 맡지 않은 사람은 방화와 유소응뿐이었다. 방화는 그 점이 못내 아쉬웠던지 진산월을 향해 우물쭈물하며 무어라 말하려 했다.

"저……."

진산월은 그의 의중을 짐작하고 유소응과 그를 조용히 불렀다.

"너희 둘은 나를 따라와라."

그는 그들을 데리고 동굴을 벗어났다.

동굴 주위는 유난히 기암괴석들이 많았고, 산세가 험해서 조금만 발을 잘못 놀려도 금세 미끄러져서 위험한 상황에 처하게 될 수가 있었다. 게다가 얇게 얼음이 깔려 있는 바위들이 많아서 더욱 조심해야 했다.

진산월은 그들을 동굴에서 삼십여 장쯤 떨어진 커다란 바위 위로 데리고 갔다. 그 바위는 거북이의 머리 모양을 하고 있었는데, 주위의 수많은 암석들 중에서도 유달리 앞으로 튀어나와 있어서 그 바위 위에 올라서자 종남파의 건물들이 한눈에 내려다보였다.

"내일 너희들은 이곳에 있어라."

방화는 어리둥절한 얼굴로 진산월을 쳐다보았다.

"이곳에는 왜?"

"방화. 너의 임무는 소응을 잘 지키고 있는 것이다. 그리고 소응은 일이 끝날 때까지 이곳에 머물러 있게 될 것이다."

이번에는 유소응이 진산월을 향해 물었다.

"제자는 이번 일에 동참할 수 없는 겁니까?"

"물론 너도 동참한다. 이곳에서 앞으로의 일을 빠짐없이 지켜보는 것이 네가 이번 일에 동참하는 길이다."

유소응의 작은 얼굴에 한 줄기 아쉬움의 빛이 떠올랐다.

진산월은 그의 어깨에 손을 올려놓았다.

"꼭 칼을 들고 싸움터에 뛰어드는 것만이 함께 싸우는 것은 아니다. 멀리서 마음속으로 성원을 보내는 것이야말로 진정으로 우리와 함께하는 것이다. 오늘 이 자리에 오지 못한 다른 사숙들과 사고도 모두 같은 생각일 것이다."

"……!"

"너는 이곳에서 우리들이 본 파를 되찾기 위해 어떻게 싸우는지 똑똑히 지켜보아야 한다. 비록 몸은 함께하지 못하지만 마음만은 우리와 같이 움직이고 있다는 것을 잊지 말도록 해라."

유소응은 힘주어 고개를 끄덕였다.

"명심하겠습니다."

진산월은 홀연 허공을 올려다보았다.

"이루지 못할 꿈이란 애초부터 없다. 진정으로 두려운 것은 꿈을 이루지 못하는 것이 아니라 꿈조차 꾸지 못하는 것이다. 꿈이란 그 자체만으로도 충분한 가치가 있는 것이다."

유소응과 방화는 무언가에 홀린 사람처럼 진산월을 쳐다보았다.

어느새 소지산과 방취아, 동중산, 장승표 등이 모두 나와 그들의 옆에 서서 진산월의 말에 귀를 기울이고 있었다. 오연히 허공을 응시하는 진산월의 얼굴에는 말로 형용키 어려운 괴이한 빛이 떠올라 있었다.

"우리는 모두 같은 꿈을 꾸고 있다. 그 꿈을 함께 가지고 있는 한, 우리는 같은 운명(運命)을 살게 되는 것이다. 어디에 있건, 어떤 상황에 처해 있건 마음속의 꿈을 잃지 않는 한 우리는 결국 하나인 것이다."

유난히 푸른 하늘이 진산월의 눈을 찔렀다. 진산월은 그 시리도록 파란 하늘을 응시하며 마음속으로 조용히 중얼거렸다.

'그렇지 않느냐, 일방, 계성…… 그리고 사매! 틀림없이 이 하늘 아래 살아 있다면 우리와 이 자리에서 함께하고 있는 것이겠지?'

하늘 멀리 어딘가에서 그들의 음성이 들리는 듯했다.

'물론입니다, 장문 사형! 우리도 본산을 되찾는 일에 기꺼이 동참하겠습니다.'

제96장 결전당일(決戰當日)

종남산에 아침이 밝았다.

새벽의 공기는 어느 때보다 차고 맑았다. 그 공기를 가슴 깊이 들이마시며 소지산은 산문(山門)을 향해 걸음을 옮겼다.

소지산은 절강성(浙江省) 산음현(山陰縣) 출신이다. 나이는 올해 스물넷. 응계성과 동갑이나, 입문이 석 달 빨라서 그보다 항렬이 높다.

그의 아버지는 관원(官員)이었는데, 옥사(獄事)와 연루되어 파면당하고 고문의 후유증으로 시름시름 앓다가 죽고 말았다. 당시 소지산의 나이는 열한 살이었다. 그 후 어머니와 함께 고향을 떠나 장강(長江) 일대를 전전하다가 삼 년 후의 대홍수(大洪水) 때 어머니마저 잃고 고아가 되었다.

어렸을 때는 무척 쾌활한 아이였던 그가 말을 잘 안 하게 된 것은 이때의 고통스러운 기억 때문이었다. 입에 발린 천 마디의 말보다는 꼭 필요할 때의 한 줌의 음식과 한 번의 손길이 훨씬 더 가치가 있다고 생각한 것이다.

그는 어머니의 장례를 치르기 위해 육 개월 동안 부둣가에서 막노동을 했다. 그러다 마침 장강을 건너기 위해 부둣가에 왔던 임장홍을 만나 그의 제자가 되었다.

임장홍이 그를 제자로 거두어들인 것은 나이답지 않게 의지견정(意志堅定)한 그의 눈빛이 마음에 들었기 때문이다. 임장홍은 그에게 말했다.

"나를 따라가면 부귀(富貴)나 영화(榮華)와는 거리가 먼 삶을 살게 된다. 하지만 추위와 굶주림은 벗어날 수 있으며, 적어도 한 명의 인간으로서 존재 가치를 느끼며 살 수 있지. 나를 따라가겠느냐?"

소지산은 임장홍의 선량한 눈과 부드러운 미소가 떠올라 있는 마른 얼굴을 한참 동안이나 쳐다보고 있더니 나직한 음성으로 말했다.

"그거면 충분합니다."

소지산이 삼 개월 동안의 긴 여정(旅程)을 거쳐 임장홍과 함께 종남산에 도착한 것은 추운 겨울날이었다. 그곳에는 세 명의 사형과 한 명의 사저가 있었다.

소지산은 지금도 진산월을 처음 만났을 때의 일을 똑똑히 기억하고 있었다.

"잘 왔다. 배고프지? 내가 맛있는 닭죽을 끓여 주마."

자신보다 서너 살 많아 보이는 듬직한 체구의 소년이 밝게 웃으며 주방으로 들어가는 모습을 소지산은 어안이 벙벙한 얼굴로 바라보고 있었다. 명색이 한 문파의 대사형인 자가 어찌 저리도 경박하단 말인가?
오히려 이사형(二師兄)이 훨씬 더 과묵하고 믿음직스러워 보였다. 나중에 알고 보니 이사형이 나이도 대사형보다 몇 살이 더 많았다. 단지 입문이 조금 늦어서 아래 서열이 된 것이다.
조금 후에 다시 나타난 진산월의 손에는 과연 뜨거운 김이 모락모락 나는 닭죽이 들려 있었다. 그 닭죽을 한 모금 먹은 소지산은 다시 한 번 놀랐다. 지금까지 먹어 본 적이 없을 정도로 훌륭한 맛이었던 것이다.
진산월은 한쪽에 서서 소지산이 정신없이 닭죽을 먹는 모습을 미소 띤 얼굴로 바라보고 있었다. 닭죽을 다 먹은 다음 소지산은 딱 한 마디만 했다.

"맛있었습니다."

그 말을 들었을 때 진산월의 얼굴에는 말로 표현할 수 없는 흐뭇한 미소가 떠올랐다.

"너는 좋은 사제가 될 것이다."

인사치고는 참으로 이상하기 짝이 없었으나, 소지산은 그 어떤 칭찬보다도 뿌듯한 느낌을 받았다.

그로부터 석 달 뒤에 응계성이 들어왔고, 다시 석 달 뒤에 이사형이 사문을 나갔다. 그리고 적지 않은 세월이 흘렀다. 그동안 종남파에는 크고 작은 일들이 끊이지 않고 일어났으며, 소지산의 개인 신상에도 많은 변화가 있었다.

두 명의 사형과 한 명의 사저가 차례로 떠나고 그는 진산월에 이은 종남파의 이인자(二人者)가 되었다. 진산월마저 실종된 삼 년여 동안은 아예 종남파를 실질적으로 이끌어야만 했다. 그 위치에 있게 되자 비로소 그는 그 자리가 얼마나 부담스럽고 사람을 힘들게 하는지 뼈저리게 느낄 수 있었다.

한 문파를 책임진다는 것은 다른 사람으로서는 상상도 할 수 없는 고통과 시련을 안고 사는 것이었다. 그 어깨에 지워지는 막중한 책무(責務)는 겪어 보지 않은 사람은 도저히 알 수 없는 것이었다.

종남파를 위해서, 그리고 자기 자신을 위해서 그는 진산월의 귀환을 진심으로 기뻐했다. 그리고 이제 진산월이 자신에게 맡긴 지시를 완수하기 위해 이른 아침에 종남파의 산문을 찾아온 것이다.

진산월의 지시는 간단했다. 최대한 소란스럽게 하고 시간을 끌라는 것이었다.

산문으로 다가가니 눈에 익은 그리운 풍경들이 나타났다.

몇 년 전에 매상의 손에 의해 파괴되었던 산문은 응계성의 노력으로 제 모습을 되찾았었다. 하나 육 개월 전에 초가보의 침입 때 다시 한 번 파괴되어야만 했다.

지금은 당시의 부서진 산문 대신 오동나무에 붉은 칠을 한 거대한 문이 자리하고 있었다. 그 산문 너머로 태화전과 청풍각 등의 건물들이 보였다.

태화전은 종남파의 건물들 중에서 가장 큰 것으로, 중요한 회의를 하거나 연회를 할 때 주로 이용하던 장소였다. 몇 년 전에 진산월이 중원행을 떠나기 전에 마지막으로 성대한 주연(酒宴)을 베풀던 곳도 저곳이었다. 그때의 풍경과 웃음소리가 지금도 귓전에 들리는 듯한데, 그들 중 지금 남아 있는 사람은 절반도 되지 않는다.

청풍각은 두기춘과 소지산이 거처로 사용하던 건물이었다.

그다지 크지는 않았으나, 이름 그대로 깨끗하고 정갈해서 사람의 마음을 편안하게 해 주는 곳이었다. 여름날에 이 층 누각에 앉아 있으면 사방에서 불어오는 바람에 취해 시간 가는 것도 잊을 정도였다.

두기춘이 만년삼정을 훔쳐 달아난 후 그 건물은 소지산 혼자 사용하고 있었는데, 소지산은 늦은 봄부터 초가을까지는 아예 이 층에 침상을 놓고 거기에서 잠들곤 했다.

소지산은 붉은색 대문 앞에 우뚝 선 채로 잠시 허공을 응시하다가 한 차례 깊은 심호흡을 했다. 그런 다음 전력을 다해 오른손으로 대문을 후려쳤다.

꽝!

이른 새벽의 정적을 깨는 굉음이 종남산 전체를 뒤흔드는 듯했다.

그 소리에 놀란 듯 주위가 소란스러워지더니 이내 한 무리의 인영들이 산문 앞에 나타났다. 그들은 부서진 산문을 보더니 재빨리 소지산을 에워쌌다.

"웬 놈이냐?"

소지산은 그들을 천천히 살펴보더니 조용한 음성으로 말했다.

"책임자가 누구냐?"

장한들 중 얼굴이 유달리 검은 인물이 한 발 앞으로 나섰다.

"나다."

"이름은?"

"흑면호(黑面虎) 나달(羅達)이다. 너는 누구냐?"

소지산은 그들이 모두 여덟 명이며, 그들 중 다섯 명은 그저 그런 자들이지만 나달을 비롯한 세 명은 상당한 실력을 지닌 고수들임을 알아보았다.

소지산이 아무 대꾸도 하지 않고 자신들을 살펴보고만 있자 나달의 눈썹이 찡그려졌다.

"네가 누구냐고 묻지 않느냐?"

소지산은 짤막하게 말했다.

"나는 본산을 되찾으러 온 사람이다."

나달의 옆에 서 있던, 얼굴이 길쭉하고 눈빛이 날카로운 중년인이 나달의 귀에 무어라고 소곤거렸다. 나달의 검은 얼굴에 한 줄기 냉소가 떠올랐다.

"누군가 했더니 종남파의 떨거지로군. 혼자 제 발로 이곳까지 찾아오다니 그 담력은 인정해 주겠다. 하지만 명년 오늘이 네 제삿날이 될 테니 안타깝구나."

 나달이 슬쩍 눈짓을 하자 소지산의 뒤쪽에 있던 무사 두 명이 소리 없이 달려들었다. 소지산은 그들의 공격이 지척에 올 때까지 가만히 있다가 벼락같이 몸을 돌리며 검을 뽑았다.

 팟!

 눈부신 검광이 주위를 밝힘과 동시에 비명 소리가 터져 나왔다.

 "악!"

 "크윽!"

 소지산의 뒤에서 달려들던 두 명의 무사들이 제각기 가슴과 옆구리에 일검씩을 맞고 비틀거리며 뒤로 물러났다. 나달의 눈꼬리가 쭈욱 찢어지며 눈빛이 살기로 번들거렸다.

 "제법 한 수가 있구나. 하지만 그 정도 솜씨로 혼자 이곳에 찾아오다니 죽고 싶어 환장을 한 놈이로구나."

 나달이 눈짓을 하자 소지산을 에워쌌던 장한들 중 세 명이 한 걸음씩 뒤로 물러났다. 그와 함께 나달의 양쪽 옆에 서 있던 얼굴이 길쭉한 중년인과 체구가 커다란 중년인이 어슬렁거리며 소지산에게로 다가왔다.

그들은 나달과 함께 파동삼호(巴東三虎)라 불리는 인물들로, 얼굴이 길쭉한 중년인이 냉혈호(冷血虎) 학비(鶴丕)였고, 체구가 큰 중년인이 패력호(覇力虎) 우위광(禹威光)이라 했다. 파동삼호는 하남성에서는 적지 않은 명성을 쌓은 고수들이며, 특히 그들 중 우두머리인 흑면호 나달은 투박하게 생긴 외모와는 달리 손속이 날카롭고 매서워서 상당한 명성을 날리고 있었다.

나달은 소지산의 검술을 한 번 보고는 자신들 파동삼호만이 그의 상대가 될 수 있다고 판단하고 부하들을 뒤로 물러나게 한 것이다. 이것만 보아도 그가 상당히 냉정하고 상황 판단이 빠른 인물임을 알 수 있었다.

파동삼호는 쓸데없는 말은 한마디도 하지 않고 곧장 소지산을 향해 달려들었다.

먼저 손을 쓴 사람은 냉혈호 학비였다. 학비는 어느 틈에 빼 들었는지 손에 삼첨양인도(三尖兩刃刀)를 들고 소지산의 정면으로 돌진해 들어왔다. 단순무식한 것 같아도 그가 덤벼드는 기세가 무척이나 흉포해서 소지산으로 하여금 심한 압박감을 느끼게 했다.

소지산은 피하지 않고 장검으로 학비의 앞가슴을 찔러 갔다.

땅!

삼첨양인도와 장검이 정면으로 격돌하며 불똥이 튀었다. 학비의 신형이 한 차례 휘청거리며 뒤로 물러났다. 반면에 소지산은 계속 돌진하며 그의 앞가슴으로 뛰어들었다. 그때 패력호 우위광이 우렁찬 고함을 내지르며 오른 주먹으로 소지산의 등을 후려쳐 왔다.

"우와압!"

소지산이 계속 학비의 앞가슴을 향해 검을 날리면 아마 학비의 가슴을 벨 수 있겠지만, 그도 또한 우위광의 주먹에 등을 격중당할 것이 뻔했다. 더구나 우위광의 주먹은 위력이 강한 통배권(通背拳)의 일종이어서, 제대로 맞으면 등뼈가 박살 날 것이 분명했다.

할 수 없이 소지산은 옆으로 몸을 움직여 우위광의 주먹을 피하며 천하삼십육검 중의 천하성진(天河星震)과 천하도괘(天河道卦)의 초식을 거푸 펼쳐서 우위광과 학비의 몸을 검세에 휘감아 갔다.

한데 막 그들의 몸을 향해 검을 휘날리던 소지산은 갑자기 머리 위쪽에서 한 줄기 강력한 압력이 다가오는 것을 느끼고 황급히 검을 회수하며 뒤로 물러섰다.

쾅!

벼락이 치는 듯한 음향과 함께 방금 전까지 그가 있던 자리가 움푹 파여 버렸다. 어느새 나달이 허공에서 떨어져 내리며 강력한 일장을 퍼부었던 것이다. 나달이 사용하는 장력은 쇄심장(碎心掌)이라는 것으로, 일격에 사람의 가슴뼈를 으스러뜨리는 무시무시한 위력을 지니고 있었다.

나달까지 싸움에 가세하자 소지산도 일시지간은 제대로 공세를 취할 수가 없었다. 나달의 쇄심장에 우위광의 통배권, 그리고 학비의 삼첨양인도가 교묘한 배합을 이루며 지금까지와는 달리 소지산을 무섭게 압박해 들어갔던 것이다.

한동안 네 사람은 치열한 격전을 벌였다.

누구도 특별히 우세하지 않은 가운데 장풍과 검광이 장내를 뒤덮고 있었다.

그때 어디선가 하나의 휘파람 소리가 들려왔다.

"휘익!"

그 휘파람 소리는 상당한 공력이 실려 있어서 모든 이들의 귀에 선명하게 들렸다. 나달 등의 얼굴에 일제히 희색이 떠올랐다.

바로 그 순간, 소지산의 검세가 갑자기 급격한 변화를 일으키기 시작했다. 지금까지와는 달리 눈이 부시도록 현란하고 변화무쌍한 움직임이었다.

나달의 안색이 딱딱하게 굳어졌다.

"크악!"

비명이 터져 나오며 우위광이 양팔을 잘린 채 뒤로 물러나다가 바닥에 쓰러져 버렸다.

나달과 학비는 대경실색하여 전력을 다해 대항했으나, 소지산의 갑작스레 변한 검법은 그 위력이 상상을 불허할 정도였다.

"억!"

학비가 삼첨양인도를 떨어뜨리고 옆구리를 부여잡은 채 바닥에 털썩 주저앉고 말았다. 나달 또한 오른쪽 팔이 피투성이가 된 채 뒤로 물러났다.

"멈춰라!"

멀지 않은 곳에서 누군가가 벼락같은 고함을 내지르며 무서운 속도로 날아왔다. 하나 소지산의 검은 조금도 망설이지 않고 나달의 뒤를 집요하게 쫓아왔다.

"크흑!"

마침내 나달은 견디지 못하고 앞가슴에 피분수를 뿌리며 바닥에 나뒹굴고 말았다.

그와 함께 장내에 검은 장포를 걸친 괴인이 나타났다. 괴인은 자신이 휘파람 소리를 내며 날아오는 그 짧은 순간에 파동삼호가 모두 피를 뿌리며 쓰러진 것을 보고는 이를 부드득 갈았다.

"악독한 놈이로군."

검은 장포의 괴인은 오십 대 후반의 중노인으로, 눈꼬리가 쭉 찢어져서 음독하고 잔인해 보이는 인상이었다. 흑포 노인의 옆구리에는 은은한 검은빛을 띠는 피리 하나가 꽂혀 있었다.

흑포 노인의 시선이 장내에 우뚝 서 있는 소지산에게로 향했다.

"네놈은 지금까지 노부가 오기만을 기다리며 시간을 끌고 있었구나."

흑포 노인의 음성은 표정만큼이나 음산하고 칙칙했다.

소지산은 그의 말에는 대꾸도 하지 않고 그의 모습을 살피더니 이내 허리춤에 꽂혀 있는 피리를 발견하고는 조용한 음성으로 물었다.

"당신이 귀혼적 악평이오?"

"그렇다. 네놈은 누구냐?"

소지산은 수중에 들고 있는 장검을 한 차례 흔들었다.

"나는 종남파의 소지산이오."

"네놈이 소지산이구나. 몇 달 동안 꽁꽁 숨어 있던 놈이 제 발로 찾아왔길래 이상하다 했더니 그동안 몇 가지 재주를 배운 모양이구나."

　소지산이 조금 전에 파동삼호를 쓰러뜨린 수법은 진산월에게서 최근에 배운 낙하구구검이었다. 소지산은 그중에서 전반부의 삼 초를 거푸 펼쳤는데, 그 위력은 실로 흡족할 정도였다.
　하나 귀혼적 악평은 파동삼호와는 차원이 다른 고수였다.
　그는 초가보의 칠대빈객 중 한 명으로, 소지산이 일전에 손속을 겨루었던 칠살추명조 손익보다 오히려 무공이 뛰어나다고 알려진 인물이었다. 당시 소지산은 손익의 손가락 무공을 감당하지 못하고 물러났었는데, 오늘 그보다 강한 악평을 상대하게 된 것이다.
　악평은 소지산이 파동삼호를 쓰러뜨릴 때 사용한 검법이 약간 꺼림칙하게 생각되었다. 워낙 빨리 벌어진 일이라 제대로 파악하지는 못했으나, 무척 변화무쌍하고 절묘한 위력이 있는 검법 같았던 것이다.
　'이놈이 종남파의 실전된 절학이라도 익힌 것일까? 아무리 그래도 혼자 이곳에 온 것은 이상한 일이구나.'
　그는 재빨리 주위를 둘러보았으나, 특별히 수상한 점은 눈에 띄지 않았다.
　'종남파에 잔당이 남아 있어 봤자 두세 명에 불과하다. 이놈이 검법 하나를 새로 배워 호기(豪氣)만을 앞세우고 이곳에 온 모양인데, 그것이 얼마나 큰 실수였는지를 곧 뼈저리게 깨닫게 해 주겠다.'
　악평은 허리춤에 꽂혀 있던 피리를 뽑아 들며 소지산을 향해 천천히 다가갔다. 그의 두 눈에서는 진득한 살광이 흘러나오고 있었다.

　소지산은 장검을 힘주어 잡은 채 자신을 향해 다가오는 악평을 뚫어지게 응시하고 있었다. 두려움 따위는 없었다. 다만 어떻게 해서든 악평을 끈질기게 물고 늘어져 자신의 임무를 다하고 싶을 뿐이었다.

　악평은 귀혼적을 손에 든 채 악귀와 같은 음산한 미소를 지으며 날아오고 있었다.

　삐이익!

　귀혼적이 움직이면서 고막을 찢어 놓을 듯한 괴이한 음향이 발출되었다. 그것이 바로 듣는 순간 사람의 마음까지 멈추게 한다는 귀혼성(鬼魂聲)이었다.

　소지산의 몸이 순간적으로 굳어졌다. 그때를 놓치지 않고 악평의 몸은 한 줄기 빛살처럼 소지산을 향해 쏘아져 갔다.

*　*　*

　방취아는 몇 번이나 심호흡을 했다.
　이미 소지산이 정문으로 들어간 지 일각(一刻)이나 경과했다.
　'열을 센 다음에 시작하자.'
　그녀는 다시 한 번 마음속으로 중얼거렸다.
　문득 고개를 내려다보니 자신의 손가락 끝이 가늘게 떨리고 있었다.
　두려운 마음이 없다면 거짓말일 것이다. 그녀는 사실 무서웠다. 원래 남과 싸우는 걸 그다지 좋아하지 않을 뿐 아니라, 실제로 검을 들고 죽기 살기로 싸워 본 것은 육 개월 전 초가보의 습격 때가 유일한 경험이었다.

하지만 지금은 싸워야만 할 때였다.

단 네 명의 인원으로 수십 명의 고수들이 지키고 있는 종남파의 본산에 쳐들어간다는 것 자체가 무리한 발상이었지만, 그래도 꼭 해야만 하는 일이었다. 이럴 때 쓰려고 그토록 오랜 세월 동안 무공 수련에만 열중해 오지 않았던가?

장문 사형이 절정 고수가 되어서 돌아온 게 그렇게 든든하게 느껴질 수가 없었다. 자신은 자신이 맡은 일에만 충실하면 된다. 나머지는 모두 장문 사형이 알아서 할 것이다. 그런 생각을 하자 마음이 한결 가라앉았다.

그녀는 다시 심호흡을 했다.

'셋…… 둘…… 하나……!'

그녀는 비호처럼 몸을 날려 산 아래를 내려가기 시작했다.

규봉의 능선에서 종남파로 내려가는 길은 유달리 경사가 가파르고 산세가 험해서 평상시에는 잘 사용하지 않았다. 종남파에서 조사전을 이쪽에 둔 것도 외부인이 함부로 들어오지 못하는 지형적인 이점 때문이었다.

그런데 이제 자신이 마치 외부의 침입자처럼 가파른 산길을 내려가서 조사전으로 들어가려는 것이다.

방취아는 한 마리 새처럼 날렵한 동작으로 험한 산길을 빠르게 치달려 갔다. 그녀가 익힌 것은 종남파의 비전인 비연신법이었다.

비연신법은 점창파(點蒼派)의 응조칠식경공(鷹爪七式輕功)이나 화산파의 청운신법(靑雲身法)에 비길 만한 뛰어난 경공신법으로, 완벽하게 익히면 말 그대로 한 마리 제비처럼 자유자재로 허공을 선회할 수 있었다.

그녀의 비연신법에 대한 조예는 종남파의 제자들 중 단연 뛰어나서, 적어도 신법에 관한 한은 그녀를 능가하는 사람이 없었다. 지금은 상상하기도 힘든 절정 고수가 된 진산월을 제외하고는 그야말로 종남제일영(終南第一影)이라 할 만했다.

방취아가 신법에 매진하게 된 것은 천부적으로 몸이 가벼운 탓도 있었으나, 자신만의 장점을 갖고 싶은 욕심 때문이기도 했다. 검법으로는 사저인 임영옥을 따라갈 수 없고, 그 외의 나머지 면으로도 다른 사형들을 능가할 수 없다고 판단한 방취아는 남들이 소홀히 하기 쉬운 신법과 지법에 몰두해서 상당한 성취를 이루어 냈던 것이다.

문제는 그녀가 종남파에만 있는 바람에 남들과 싸워 본 경험이 거의 없어서 실전(實戰)에서의 적응력이 떨어진다는 것이었다. 이런 점에서 육 개월 전의 일은 그녀에게 무공에 대한 새로운 눈을 뜨게 한 소중한 경험이라고 할 수 있었다.

얼마 되지 않아 방취아는 험한 산길을 거의 내려가서 조사전이 지척에 보이는 곳까지 도달했다.

'이쯤에서 매복이 있을 거라고 했지.'

그녀는 동중산의 말을 기억해 내고는 바짝 신경을 곤두세운 채 조금 전보다 한결 신중해진 동작으로 전진했다.

아니나 다를까?

급격한 경사를 이룬 커다란 바위 사이를 막 지나려 할 때, 거친 숨소리와 함께 두 개의 인영이 그녀를 양옆에서 덮쳐 왔다.

그녀는 이미 마음의 준비를 하고 있었기 때문에 조금도 당황하지 않고 오른발로 왼발의 발등을 밟으며 몸을 회전시켰다.

"아!"

두 인영 중 누군가의 입에서 탄성이 터져 나왔다. 빠른 속도로 내려오던 그녀의 몸이 허공에서 아름다운 곡선을 그리며 그들의 머리 위를 훌쩍 뛰어넘었던 것이다.

하나 상황은 아직 끝난 게 아니었다.

그녀의 신형이 채 제자리로 돌아오기도 전에 다시 하나의 인영이 허공에 떠 있는 그녀를 향해 달려들었다. 이제 보니 매복해 있는 사람은 모두 세 명이었던 것이다.

허공에 고정된 듯했던 방취아의 몸이 한 차례 미묘하게 떨렸다. 그러더니 갑자기 믿을 수 없을 정도로 빠르게 아래로 뚝 떨어져 내리는 것이 아닌가? 마치 무거운 돌멩이를 매단 듯한 그 초식은 비연신법 중의 비연천림(飛燕穿林)이라는 수법이었다.

순식간에 그녀의 몸은 세 명의 암습자를 피해 바닥에 내려섰다.

그녀가 재빨리 주위를 둘러보니 그들 세 명은 방취아의 뛰어난 신법에 놀랐는지 어리둥절하고 당혹스러운 표정으로 그녀를 쳐다보고 있었다. 그들은 모두 황삼(黃衫)을 걸친 삼십 대 중반의 장한들이었는데, 그다지 뛰어난 고수들 같지는 않았다.

'다행이다. 이곳에는 그냥 감시자들만 세워 놓은 모양이구나.'

그녀의 얼굴에 막 희색이 돌려 할 때, 그녀의 등 뒤에서 음산한 웃음소리가 들려왔다.

"흐흐…… 누군가 했더니 종남파에서 유일하게 살아남은 아가씨로군. 과연 듣던 대로 상당히 뛰어난 신법을 가지고 있군그래."

방취아는 가슴이 덜컥 내려앉음을 느끼고 뒤를 돌아보았다.

언제 나타났는지 시뻘건 장포를 걸친 우람한 체구의 중년인이 그녀의 뒤에 우뚝 서 있었다. 그 홍포 중년인은 얼굴도 피처럼 붉었고, 턱에 나 있는 수염도 붉어서 그야말로 붉은 정령(精靈)과도 같은 모습이었다.

방취아는 그의 특이한 모습과 두 눈에서 이글거리는 혈광(血光)에 움찔 놀라더니 이내 싸늘한 코웃음을 날렸다.

"흥! 팔수 중 혈붕 시일해로구나."

혈붕 시일해의 얼굴에 한 줄기 비릿한 미소가 내걸렸다.

"흐흐…… 조금 전에 산문 근처에서 소란이 있길래 이상하다 싶었는데, 결국 네가 이곳으로 숨어들기 위해 수작을 부린 것이었군. 이런 얄팍한 수법으로 우리들을 속일 수 있을 것 같으냐?"

"주인이 자기 집 들어가는데 무얼 속이고 자시고 한단 말이냐?"

방취아가 날카롭게 쏘아붙이자 시일해의 혈광이 이글거리는 눈빛이 한층 강렬해졌다.

"이제는 아니지. 주인 바뀐 지가 몇 달이 지났는데 아직도 사정을 모르는군."

"사정을 모르는 건 네놈이다. 주인이 바뀐 게 아니라 잠시 외출

나갔다가 돌아온 거다. 이제 주인이 왔으니 네놈들은 어서 빨리 짐 싸 들고 떠나도록 해라."

방취아와 입씨름을 하는 것이 피곤하다고 생각했는지 시일해는 더 이상 아무 대꾸도 하지 않고 그녀를 향해 몸을 날렸다. 방취아는 겉으로는 큰소리를 쳤으나 속으로는 바짝 긴장하고 있었다.

시일해는 팔수 중에서도 분랑 척시림과 함께 가장 무공이 강한 인물이었다. 특히 그는 혈정신공(血霆神功)이라는 특이한 내공을 익혀서 맨손으로도 능히 병장기를 휘두르는 것 같은 위력을 발휘할 수 있었다. 지금도 시일해가 단지 주먹을 앞으로 쭈욱 내뻗었을 뿐인데도 방취아는 마치 거대한 철추(鐵鎚)가 날아오는 듯한 착각이 들었다.

방취아는 양쪽 어깨를 흔들었다.

보법(步法)의 생명은 물론 다리의 움직임이나, 어깨 또한 무시할 수 없는 요소다. 어깨와 다리를 얼마나 잘 움직이느냐에 따라 보법의 효과를 극대화할 수 있다.

하나 강호에는 아주 간혹 어깨를 전혀 사용하지 않고 다리만을 이용한 보법이 있기도 했다. 그런 보법은 하나같이 천하에 보기 드문 뛰어난 절학(絕學)들이었다. 종남파에도 그런 보법이 하나 있었다. 그것은 무염보(無艶步)라는 것인데, 이백 년 전에 여중제일고수였던 비선 조심향 이후 실전되어 지금은 누구도 익히는 사람이 없었다.

방취아의 실력은 물론 조심향에 비할 수 없었다. 하나 나름대로는 상당히 뛰어나서 시일해의 무시무시한 일권(一拳)은 헛되이 허공을 가르고 지나가 버리고 말았다.

시일해는 조금도 실망하거나 머뭇거리지 않고 계속 방취아에게 다가서며 주먹을 휘둘렀다. 그가 휘두르는 것은 혈정권(血鼎拳)이라는 무공으로, 패도적인 위력을 지니고 있었다.

쉭! 쉭!

혈정권이 바람을 가르는 소리만 들어도 모골이 송연할 정도였다.

방취아는 처음에는 몸을 이리저리 움직여 그의 주먹을 피하기만 했다. 하나 차츰 시일해의 공세가 눈에 익자 반격을 꾀하기 시작했다.

방취아가 주로 사용하는 무공은 비파지(琵琶指)라는 것이었다.

원래 종남파의 무공 중 여인들이 익히기 적합한 지법은 모두 세 가지가 있었다. 비파지, 옥잠지(玉簪指), 그리고 난화지(蘭花指)가 그들이었다. 그중의 최고봉은 난화지였고, 그 난화지를 종남파 사상 최초로 완벽하게 익힌 인물도 비선 조심향이었다.

난화지는 사실 조심향이 창안했다고 해도 과언이 아니었다. 단순한 개요로만 전해져 내려오던 난화지의 요결(要訣)을 오랫동안 각고의 노력 끝에 실제로 형상화시킨 사람이 조심향이었기 때문이다.

당년에 조심향이 무염보를 전개하며 난화지를 펼칠 때면 주위 사방이 온통 난화의 물결로 뒤덮여서 아무것도 보이지 않는다고 했다. 그 선연(鮮然)한 난화의 한 가닥만이라도 몸에 닿는다면 어떠한 호신강기(護身罡氣)도 예외 없이 파괴되고 시뻘건 피 구멍이 뚫린다고 했다. 그래서 당시 사람들은 난화지를 혈화지(血花指)라고 부르기도 했다.

조심향이 사라진 후 난화지 또한 절전되어 지금은 단지 그 이름만이 종남파 문하들의 입에서 입으로 조심스레 전해져 내려오고 있는 형편이었다.

방취아가 익힌 비파지는 비파를 튕기는 듯한 가벼운 손동작만으로 능히 상대를 살상(殺傷)할 수 있는 뛰어난 무공이었다. 비록 위력은 옥잠지보다 떨어지나, 현묘하고 빠르다는 점에서는 훨씬 뛰어난 면이 있었다. 그래서 방취아는 위력이 강한 반면에 단순한 옥잠지보다는 변화무쌍한 비파지를 더 선호했던 것이다.

지금도 방취아가 몸을 흔들며 시일해의 시야를 어지럽힌 후 오른손가락을 튕기자 두 줄기의 지풍(指風)이 소리도 없이 시일해의 관자놀이와 가슴팍을 향해 쏘아져 갔다. 시일해는 뒤늦게 이 사실을 알고 머리를 움직여 관자놀이로 날아오는 지풍만을 피했을 뿐이었다.

팍!

다른 하나의 지풍은 정확하게 시일해의 가슴팍을 가격했다.

하나 인상을 찌푸리며 뒤로 물러난 사람은 뜻밖에도 방취아였다. 지풍이 그의 가슴을 가격하는 순간, 손가락이 부러지는 듯한 통증을 느꼈던 것이다.

"흐흐…… 손길이 참으로 야들야들하구나. 이왕이면 제대로 주무르도록 해라."

시일해가 비릿하게 웃으며 털이 숭숭 난 가슴을 활짝 열어젖힌 채로 방취아를 향해 달려들었다.

"죽일 놈!"

방취아는 이를 부드득 갈아붙였으나 자신의 지법이 상대의 혈정신공을 뚫지 못한다는 사실에 의기소침해져서 함부로 공격을 하지 못했다. 사실 그녀의 신법은 종남파의 제자들 중 가장 뛰어났으나, 내공은 반대로 가장 약한 축에 속했다. 지법은 정순(精純)한 내공이 바탕이 되어야만 위력을 발휘하는 무공이기 때문에 그녀가 혈정신공 같은 강력한 호신강기를 익힌 시일해를 상대하기에는 어려움이 많았다.

한동안 방취아는 제대로 반격도 하지 못하고 이리저리 몸을 피하기만 했다. 그녀의 신법이 워낙 뛰어나서 시일해도 단시일 내에 그녀를 어쩌지는 못했으나, 시간이 흐를수록 그녀가 조금씩 뒤로 몰리고 있는 것도 사실이었다. 게다가 전권(戰圈) 밖에는 시일해보다는 못하지만 세 명의 고수들이 에워싼 채 호시탐탐 그녀를 노리고 있어서 부담이 점점 가중되었다.

'이러다 이들의 후속 세력이라도 오게 되면 빼도 박도 못하겠구나.'

방취아는 이런 식으로 가다가는 자신이 크게 낭패를 보겠다고 생각하고 입술을 다부지게 깨물었다.

마침 그때 시일해는 가슴을 훤히 드러낸 채 그녀를 향해 두 주먹을 번갈아 가며 휘두르고 있었다. 수비는 거의 도외시한 그의 모습만 보아도 그가 그녀를 얼마나 얕보고 있는지 충분히 짐작할 수 있는 일이었다.

제96장 결전당일(決戰當日)

그녀는 마음을 다부지게 먹고 그의 가슴팍으로 뛰어들었다.

시일해는 이번에도 그녀가 피할 줄 알고 무심코 주먹을 휘두르다 그녀가 자신의 앞으로 돌진해 오자 눈을 번뜩였다.

'이년이 죽음을 자초하는구나.'

그는 즉시 한 발을 뒤로 움직여 몸을 옆으로 비틀어 그녀에게 노출된 부분을 최소한으로 좁히며 주먹을 종횡(縱橫)으로 마구 내질렀다.

쉭! 쉭!

무시무시한 파공음이 귓전을 스치는 가운데 그녀는 시일해의 강력한 권풍을 뚫고 그의 코앞으로 육박해 들어갔다. 그녀의 하얀 손이 허공에서 기이한 궤적을 그리며 시일해의 목덜미를 후려쳐 갔다.

시일해는 지법만 펼칠 줄 알았던 그녀가 장법(掌法)을 펼치리라고는 상상도 못했는지 그대로 목덜미를 가격당하고 말았다.

펑!

"음……."

시일해의 몸이 뒤로 두 걸음이나 물러나며 한 차례 휘청거렸다. 시일해의 얼굴이 딱딱하게 굳어졌다. 뜻밖에도 그녀의 장력은 상당한 위력이 있어서 하마터면 목뼈가 그대로 부러져 나갈 뻔했던 것이다.

"이년이……!"

시일해가 발연대노하여 그녀에게 달려들려는 순간, 그녀의 몸이 먼저 움직였다.

이번에도 그녀의 손은 허공에서 갑자기 사라졌다가 다시 나타났다. 사람의 손이 어찌 사라질 수 있겠는가? 단지 그녀의 손이 급격하게 움직이는 바람에 순간적으로 시일해의 시야에서 보이지 않았던 것뿐이었다. 하나 그 효과는 실로 커서 시일해가 움찔하는 순간 그녀의 손은 다시 그의 앞가슴을 사정없이 가격하고 말았다.

 꽝!

 방취아가 뒤로 훌쩍 물러났다. 하나 시일해도 충격을 받았는지 술 취한 사람처럼 비틀거리며 다섯 걸음이나 물러나는 것이었다. 그의 앞가슴에는 그녀의 손 모양이 선명하게 찍혀 있어 조금 전의 장력이 상당한 위력을 지녔음을 여실히 나타내고 있었다.

 '이년의 내공이 조금만 더 심후했다면 내 혈정신공이 깨어져 큰일 날 뻔했다.'

 시일해의 얼굴에 지금까지와는 다른 신중한 표정이 떠올랐다. 무심결에 당한 두 번의 공격으로 기혈(氣血)이 끓어오르고 가슴 부위에 상당한 통증을 느꼈던 것이다. 웬만한 사람이었다면 이번의 공격으로 가슴뼈가 부러져 즉사하고 말았을 것이다.

 방취아 또한 그의 가슴을 정통으로 가격하여 충격을 입혔으나 자신의 손바닥도 빨갛게 부어올라 얼얼함을 느끼고 있었다. 하나 그녀는 시일해가 주춤거리는 모습에 용기를 내어 다시 그를 향해 덤벼들었다.

 자칫 시간을 끌었다가 초가보의 지원 세력이 도착하기라도 하면 좁은 이 공간에서 꼼짝없이 갇히게 될지도 모르는 일이었다.

 그녀는 천둔장법이 예상대로 놀라운 위력이 있음을 확인한지라 용기백배하여 시일해를 공격해 들어가기 시작했다. 그 순간, 시일해가 몰리는 것을 알아차린 세 명의 장한들이 일제히 그녀를 향해 덤벼들었다.

제 97 장
성동격서(聲東擊西)

제97장 성동격서(聲東擊西)

"상황은 어떻소?"

종리황은 옷을 걸치며 자신의 방에 불쑥 들어온 양전을 향해 물었다.

양전은 다소 부스스한 모습이었다.

"산문 쪽에 종남파의 고수 하나가 나타난 모양이오. 비명 소리가 들린 것으로 보아 누군가가 다치거나 죽은 모양인데, 아직 긴급을 알리는 신호가 나오지 않은 걸 보니 위험한 상황은 아닌 듯싶소."

종리황은 옷을 모두 입고 동경을 한 차례 본 다음 냉소를 날렸다.

"그 녀석이 아주 시기를 잘 골랐군. 이른 새벽에 급습을 하다니 머리가 좋은 녀석이오."

새벽에는 누구나 몸 상태가 썩 좋지 않기 마련이다. 더구나 잠자리에서 반강제적으로 일어났다면 더욱 그러할 것이다. 상대편은 미리 완벽한 준비를 하고, 이쪽은 억지로 잠자리에서 일어났다면 적어도 삼 할은 지고 들어가는 상황이라고 할 수 있었다.

양전의 표정은 의외로 심각했다.

"육 개월 동안 모습을 드러내지 않던 종남파의 고수가 갑자기 나타났다는 게 왠지 마음에 걸리오. 아무래도 무언가 꿍꿍이속이 있는 것 같은데, 선뜻 산문으로 쳐들어왔다는 게 쉽게 이해가 되지 않는구려."

종리황은 대수롭지 않은 듯 웃었다.

"서툰 술수를 쓰는 거겠지. 틀림없이 다른 쪽으로 침입하는 놈들이 있을 거요."

"나도 그럴 것이라 생각하고 태화전에 있던 고수들 중 일부를 세 군데의 출입구로 보내어 상황을 파악케 했소. 곧 그들이 자세한 소식을 가지고 올 거요."

"잘했소. 그런데 정씨 형제에게는 알렸소?"

양전은 고개를 끄덕였다.

"그들은 조금 전에 일어나서 대청에서 당신이 내려오기를 기다리고 있소."

"전 노괴는?"

양전의 얼굴에 쓴웃음이 떠올랐다.

"상황이 급해지면 그때 부르라며 깨우러 온 사람을 호통쳐서 돌려보냈다고 하오. 아마 지금도 침상에 있을 거요."

종리황의 얼굴에 차가운 미소가 떠올랐다.

"전 노괴다운 짓이로군. 이번 일은 그의 힘을 빌리지 않고도 해결할 수 있을 테니 굳이 그를 귀찮게 할 필요는 없을 것 같소."

"하지만 나는 왠지 불안한 생각이 드는구려. 그토록 꽁꽁 숨어 있던 그들이 이렇듯 무모한 행동을 벌인다는 게 자꾸 마음에 걸리오."

"그들로서도 다른 수가 없었겠지. 설사 다른 수가 있다 해도 내가 이곳에 온 이상 아무 소용이 없을 거요."

종리황은 자신에 찬 어조로 말을 이었다.

"오늘이야말로 눈엣가시 같던 종남파의 뿌리를 완전히 뽑아 버릴 수 있는 절호의 기회요. 그러니 불안한 생각은 마음 한구석에 접어 두고 눈앞의 일에만 집중하도록 합시다."

양전은 묵묵히 고개를 끄덕였다. 그때 밖에서 누군가의 음성이 들려왔다.

"양 대야(楊大爺), 선궁(宣宮)입니다."

"들어오너라."

문을 열고 안으로 들어온 사람은 눈매가 날카로운 이십 대 후반의 청년이었다.

청년은 종리황에게 형식적인 인사를 하고는 이내 양전의 앞으로 다가갔다. 종리황은 이 모습을 보고 내심 냉소를 날렸다. 이곳에 있는 대부분의 고수들이 자신에게 은근한 반감을 가지고 있고, 양전의 말에만 따른다는 것을 알고 있었던 것이다. 하나 일이 터진 상황에서 괜히 그런 일을 들춰내어 분란(紛亂)을 조장할 필요는 없었다.

"어찌 되었느냐?"

"산문 앞에 나타난 자는 소지산이라는 인물인데, 지금 악 대협과 치열한 싸움을 벌이고 있습니다."

양전의 눈꼬리가 꿈틀거렸다.

"소지산이라면 몇 년 전에 갑자기 종적을 감추었다는 종남파 장문인의 사제라는 자일 텐데, 악평의 실력으로 아직까지도 그를 물리치지 못했단 말이냐?"

"그자의 솜씨가 예상보다 뛰어나서 악 대협이 조금 고전하는 모양입니다. 하지만 날수표(辣手彪) 종기(宗其)와 삼랑검(三狼劍) 한충(韓沖)이 갔으니 곧 결판이 날 것입니다. 그보다는 후원 쪽에 조금 문제가 생긴 듯합니다."

"후원 쪽이라면…… 조사전 말이냐?"

"예. 그쪽에서도 누군가가 침입하다가 발각되어 시 대협과 싸우고 있다고 합니다. 후원에서 잠시 휴식을 취하던 신망 곡 대협이 황급히 그쪽으로 달려가는 광경을 보았습니다."

양전은 종리황에게로 시선을 돌렸다.

"종리 형의 말씀대로 그들이 양동작전(兩動作戰)을 벌인 것 같소."

종리황은 잠시 생각에 잠겨 있다가 고개를 갸웃거렸다.

"그 정도뿐이라면 너무 실망인데……."

그는 선궁이라는 청년에게 물었다.

"동쪽에서는 별다른 움직임이 없었느냐?"

선궁은 슬쩍 양전을 쳐다보다 양전이 고개를 끄덕이자 그제야 입을 열었다.

"그쪽은 낙 대협과 육태세가 지키고 있습니다. 조금 전에 낙 대협에게 연락을 해 보았더니 사냥꾼인 듯한 행색이 수상한 인물이 얼쩡거려서 조사 중이라는 대답을 들었습니다."

종리황은 그 광경을 뻔히 보고 있으면서도 별다른 내색을 하지 않은 채 혼잣말처럼 중얼거렸다.

"삼면합공(三面合攻)이라 이거지? 냄새가 좀 나는군."

"그들이 앞과 뒤에서 소란을 피우고는 동쪽을 통해서 들어오려는 모양이오. 그쪽으로 인원을 보충해야 하지 않겠소?"

종리황은 고개를 저었다.

"그렇지 않소. 그곳이 주공격 대상이었다면 일부러 사냥꾼 행세를 하여 종적을 발각당했을 리가 없소. 좀 더 은밀하게 움직였거나 신속하게 돌파를 했겠지."

"그럼 종리 형의 생각은 어떻소?"

종리황의 눈이 어느 때보다도 예리하게 번쩍였다.

"남쪽에 절벽이 있다고 하지 않았소?"

"그렇소. 하나 그곳은 거의 천 길 낭떠러지에 가까워서 누구도 그곳을 통해서는 접근할 수가 없소."

종리황은 빙긋 미소 지었다.

"총관께서는 종종 강호에서는 어떠한 일도 일어날 수 있다고 말씀하셨지. 강호에는 가끔 세인(世人)들의 상상을 뛰어넘는 자들이 나타나곤 하는데, 종남파에도 그런 자가 없다고 할 수는 없지 않겠소?"

양전의 몸이 움찔거렸다.

"종리 형의 말씀은 종남파에 가공할 절대 고수가 있다는 것이오?"

종리황은 이곳에 오기 전에 악종기와 자신이 나눈 대화를 그대로 전해 주었다. 그의 말을 듣고 있던 양전의 표정이 점점 심각하게 굳어졌다.

"만일 그렇다면 종리 형의 생각이 이해가 가는구려. 세 방면에서 소란을 일으켜 우리의 병력을 그쪽으로 분산시킨 다음 절대적인 무공을 가진 자가 절벽을 타고 내려와 우리의 배후를 노린다는 말이오?"

"그렇지. 양 형은 확실히 머리가 좋아서 말하기 쉽구려."

종리황이 칭찬을 했으나 양전의 얼굴은 그다지 밝아지지 않았다. 어제도 그러더니 지금도 꼭 아랫사람을 격려하는 것처럼 느껴졌던 것이다.

종리황은 양전의 표정이 어떻든 신경을 쓰지 않고 말을 이었다.

"아무리 가파른 낭떠러지라고 해도 절정의 무공을 지닌 고수가 몇 가지 장비를 이용한다면 못 내려올 것도 없소. 그러니 우리가 주목해야 할 곳은 다른 어디도 아닌 바로 남쪽이오."

양전은 묵묵히 고개를 끄덕였다.

종리황은 그를 똑바로 쳐다보았다.

"양 형은 정씨 형제와 함께 남쪽의 절벽 아래에 잠복하고 있으시오. 가급적이면 낙무인도 부르는 게 좋겠소. 동쪽은 육태세만으로도 충분히 지킬 수 있을 테니 말이오."

양전이 무어라고 말하려 했으나 종리황은 손을 들어 그를 제지시킨 후 분명하고 단호한 어조로 말했다.

"그자가 대왕루에서 봉월 등을 살해한 자라면 가급적 많은 고수들이 가는 게 좋소. 절벽을 내려오기 전에 손을 써서 치명상을 입힌다면 의외의 수고를 덜게 될 수도 있으니 각별히 명심하도록 하시오."

그것은 명백한 명령권자(命令權者)의 말이었다.

양전은 고개를 끄덕일 수밖에 없었다.

"분부대로 하겠소."

양전이 선궁과 함께 방을 벗어나자 종리황은 허공을 응시하고 있더니 조용히 웃었다.

"성동격서…… 비록 약은 수를 썼다만 오늘은 상대를 잘못 만났다. 내가 이곳에 있는 이상 네놈들이 무슨 수를 쓰든 오늘 살아서 이곳을 벗어나지 못할 것이다."

* * *

"이런 짓을 해서 대체 무슨 소용이 있다는 거야?"

서문연상은 혼자 툴툴거리며 아미를 찡그렸다.

그녀는 아무리 생각해도 이해가 되지 않았다. 동중산이 그에게 부탁한 일은 규봉의 능선을 가로질러 반대편 봉우리까지 가서 돌을 몇 개 아래로 굴리라는 것이었다.

처음에 그녀는 동중산이 자신을 놀리거나 따돌리기 위해서 하는 말인 줄 알았으나, 부탁할 때의 모습이 너무 진지해서 무심코 승낙을 하고 말았다. 하나 막상 봉우리 위로 올라가서 돌을 굴릴 생각을 하니 자기가 생각해도 너무 한심한 일이라 선뜻 내키지 않았다.

"아무래도 내가 사기를 당한 건가?"

그녀는 고개를 갸웃거리며 하늘을 올려다보았다.

심란한 그녀의 마음과는 달리 하늘은 오늘따라 청명(靑冥)하기 그지없었고, 멀리 아침 해가 떠오르는 광경은 장엄하기조차 했다.

그녀는 다시 투덜거렸다.

"이렇게 좋은 날에 나같이 예쁜 여자가 이런 짓을 하고 있어야 되는 거야?"

그녀는 봉우리에 쭈그리고 앉은 채 못마땅한 표정을 짓고 있다가 근처에서 주먹만 한 돌 하나를 주워 아래로 던져 보았다. 돌은 가파른 산길을 굴러가더니 이내 아래로 뚝 떨어져 내렸다.

그녀는 호기심이 일어 봉우리 아래를 조금 내려가 보았다. 아찔할 정도로 깊은 낭떠러지가 입을 쩍 벌린 채 그녀를 쏘아보고 있었다.

"여기에 이런 절벽이 다 있었네."

그녀는 눈을 동그랗게 뜨고 신기한 듯 절벽을 내려다보았다. 절벽의 길이는 어림잡아도 이삼백 장은 될 듯했다. 까마득히 내려다보이는 아래에 종남파의 건물들 몇 개가 놓여 있는 모습이 마치 장난감을 보는 듯했다.

휘잉!

한 차례 차가운 바람이 불자 그녀는 두려운 듯 절벽에서 멀찌감치 떨어졌다.

"이런 곳에서 한 시진이나 죽치고 앉아 돌 장난을 해야 하다니…… 이게 만일 나를 놀리기 위한 것이었으면 그 애꾸의 나머지 눈마저 못 쓰게 만들어 버릴 테다!"

그녀는 소녀답지 않은 흉악한 소리를 하며 다시 바닥에서 돌멩이 몇 개를 집어 들었다.

"천천히 백까지 센 다음 하나씩 던지라고 했지만, 나는 구십까지만 세겠어. 왜? 내 맘이니까. 그리고 돌도 두 개씩 던질 거야. 그것도 내 맘이니까."

그녀는 조잘거리면서 돌멩이 두 개를 다시 아래로 던졌다.

그리고는 이내 심드렁한 표정으로 바닥에 앉아 숫자를 헤아리기 시작했다.

* * *

"무슨 소리지?"

"글쎄. 뭐가 떨어지는 소리 같은데……."

두풍(杜豊)과 진호(秦昊)는 서로를 마주 보았다.

그들은 양전의 지시를 받고 어젯밤부터 절벽 아래를 지키고 있었다. 초가보에 가입한 지는 이 년쯤 되었으나, 그동안 통 활동할 기회를 찾지 못해 고민하던 두 사람은 종남파를 지키는 일에 자원하여 이곳으로 오게 되었다.

하나 이곳에서도 일이 없기는 마찬가지였다.

실망에 잠겨 있던 두 사람에게 기회가 찾아온 것은 어젯밤이었다. 양전이 부하들을 소집해 절벽 아래를 감시할 사람을 찾자 그들은 서로 누가 먼저랄 것도 없이 그 일을 하겠다고 나섰다.

종남산의 겨울밤은 제법 추웠으나, 그들은 첫 임무를 맡았다는 흥분에 힘든 줄도 모르고 밤을 꼬박 새웠다. 이제 몇 시진만 있으면 그들을 교대할 사람이 올 것이고, 다시 또 그들에게까지 차례가 돌아오려면 한참을 기다려야 할 것이다.

그들은 밤사이에 천지(天地)가 개벽(開闢)할 일이라도 일어나길 기대했으나 아무런 일도 벌어지지 않았다. 그런데 아침 해가 훤히 떠오르는 시간에 무언가 이상한 소리가 들려온 것이다.

두풍은 절벽 위를 올려다보았다. 너무 까마득해서 끝은 제대로 보이지도 않았다. 그는 이내 고개를 떨구었다. 아침 햇살이 눈을 찔러 왔던 것이다.

"특별히 움직이는 건 없는 것 같은데……."

"새가 지나가는 소리겠지."

"그런가 보군. 하긴…… 밤에도 아무 일 없었는데 아침에 무슨 일이 생기겠어?"

두풍은 멋쩍게 웃으며 허리를 쭉 폈다.

그때 다시 소리가 들렸다. 이번에는 두 사람 모두 똑똑히 들을 수 있었다.

두 사람의 시선이 서로 마주쳤다.

"들었지?"

"분명히 들었네. 돌 구르는 소리였어."

두풍은 흥분된 표정을 감추지 못했다.

"위에서 누군가가 내려오는 게 아닐까?"

진호는 고개를 갸웃거렸다.

"그럴 리가? 이 겨울에 어떤 미친놈이 저 높은 절벽을 타고 내려올 생각을 하겠나?"

"그런데 그럴 수 있다고 보았으니까 우리에게 이곳을 지키라고 한 게 아닌가?"

"아무튼 조금만 더 지켜보세. 공연히 아침부터 양 대야를 깨웠다가 산짐승 몇 마리에 놀란 바보라는 소리를 듣고 싶지는 않으니 말일세."

하나 그들의 걱정은 기우(杞憂)에 불과했다. 그들이 또 다른 징후를 발견하기도 전에 양전이 몇 명의 고수들과 함께 그들의 앞에 나타났던 것이다.

양전과 함께 온 사람은 쌍염라 정씨 형제와 십여 명의 고수들이었다. 두풍과 진호가 양전에게 보고를 하기도 전에 세 번째 돌 구르는 소리가 들려왔다. 그 소리는 장내의 모든 사람들이 들을 수 있었다.

양전은 까마득한 절벽을 올려다보고 있다가 두풍에게 말했다.

"동봉(東峯)으로 가서 낙 대협을 오라고 해라."

* . * . *

"정말 날다람쥐 같은 놈이로군."

장태(章泰)는 이를 부드득 갈아붙였다. 장태는 육태세 중의 셋째로, 누구보다도 신법이 빠르다고 알려진 인물이었다. 그런데 눈앞에서 이리저리 몸을 피하는 사냥꾼을 영 따라잡을 수 없는 것이다.

차라리 사냥꾼의 신법이 그보다 훨씬 뛰어나다고 한다면 그다지 기분이 나쁘지 않았을 것이다. 그런데 아무리 보아도 사냥꾼은 신법이 그다지 뛰어난 것도 아니고, 장태보다 몸이 날쌘 것도 아니었다. 단지 주위의 지형지물을 기가 막히게 꿰뚫고 있어서 미끄러운 산길을 자기 집 안방처럼 요리조리 빠져나가고 있는 것이다.

처음 그 사냥꾼을 발견한 사람은 육태세 중의 막내인 뇌인(雷寅)이었다. 이곳을 책임진 독수금륜 낙무인은 육태세를 두 명씩 한 조(組)를 이루게 해서 동봉의 세 군데에 배치를 했다. 이곳은 능선이 비교적 완만하고 샛길이 많아서 그런 식으로 배치를 하지 않으면 자칫 잠입하는 자를 발견하지 못할 수도 있기 때문이었다.

장태와 뇌인은 육태세 중에서도 서로 사이가 좋아서 자연스레 한 조가 되었다.

새벽 동이 터 올 무렵, 산문 쪽에서 미약한 폭음이 들려왔다. 그때부터 장태와 뇌인은 바짝 긴장하여 경계를 소홀히 하지 않았다.

그리고 반 시진이 지날 무렵, 뇌인은 동쪽 산등성이를 가로질러 이쪽으로 접근해 오는 그림자 하나를 발견하게 된 것이다. 자세히 보니 그 그림자는 털옷을 입고 머리에는 털가죽으로 된 모자를 깊게 눌러쓰고 있어서 평범한 여느 사냥꾼처럼 보였다.

하나 평범한 사냥꾼이 이른 새벽부터 종남산 근처의 산등성이를 서성일 리는 없었다. 이 일대는 산세(山勢)가 그리 깊지 않아서 산짐승이 많이 서식하지도 않고, 무엇보다 초가보가 종남파를 접수한 후로는 모두들 이쪽으로의 출입을 삼가고 있었다.

더욱 이상한 것은 그 사냥꾼의 행동이었다. 마치 누군가에게 발각당할 것을 두려워하는 사람처럼 커다란 나무 사이로 몸을 숨기며 조금씩 전진해 오고 있었던 것이다.

장태와 뇌인은 그 사냥꾼을 일단 사로잡기로 결정하고 그가 자신들에게 가까이 올 때까지 숨어서 기다리기로 했다. 하나 사냥꾼의 눈치가 보통이 아니었던지, 십 장쯤 떨어진 곳까지 왔을 때 그들의 종적을 알아차리고 도망가기 시작했다.

"내가 저자를 쫓을 테니 자네는 다른 사람들에게 상황을 알리도록 하게."

장태는 뇌인에게 말하고는 재빨리 사냥꾼의 뒤를 쫓기 시작했다.

처음 장태는 도약질 몇 번으로 쉽사리 사냥꾼을 잡을 수 있을 거라고 생각했다. 하나 자신의 판단이 잘못된 것을 알아차리기까지는 그리 오랜 시간이 소요되지 않았다. 사냥꾼은 능숙한 발길로 눈 덮인 산비탈을 이리저리 가로질러 가며 좀처럼 그의 추격을 허용하지 않았던 것이다.

이곳은 산비탈이라 워낙 눈이 많이 쌓여 있어 발이 푹푹 빠지는 데다, 바위마다 얼음이 얼어 있어 자칫 잘못하면 제풀에 나가떨어지기 십상이었다. 그런데도 사냥꾼의 행동은 거침이 없었다. 분명 그다지 빠른 동작은 아닌 것 같은데, 장태는 그와의 거리를 좁힐 수 없었다. 결국 뇌인이 다른 두 명의 태세를 불러올 때까지도 장태는 사냥꾼의 십 장 밖에서 그를 쫓는 형세를 유지하고 있었다.

뇌인 등이 가세하자 추적은 훨씬 수월해졌다. 장태는 그를 잡기만 하면 일단 저놈의 다리부터 분질러 버리리라 작심하고 거친 숨을 몰아쉬며 바람처럼 달려갔다.

'조금만 더…… 조금만 더…….'

사냥꾼은 사태가 위급함을 알아차렸는지 조금 전보다 더욱 움직임이 빨라져서 그야말로 눈 위를 달려가는 한 마리 여우 같았다.

"이얍!"

참지 못한 뇌인이 비수(匕首)를 꺼내 던졌으나, 사냥꾼은 재빨리 방향을 바꾸어 비수를 피했다. 그 모습은 틀림없는 강호의 고수였다.

'역시 무림인이구나. 종남파의 잔당임에 틀림없다.'

장태는 더욱 흥분하여 뇌인에게 눈짓을 했다. 뇌인은 그의 의중을 알아채고 다른 한 명의 태세와 함께 방향을 삥 돌아 반대편 능선을 향해 달음질쳐 갔다. 장태와 또 다른 태세는 일부러 요란한 소리를 내며 사냥꾼의 뒤를 추적해 갔다. 마침 사냥꾼이 도망가고 있는 방향은 다른 조의 태세 두 명이 잠복해 있는 부근이었다.

장태는 내심 쾌재를 불렀다.

'이번에야말로 네놈은 독 안에 든 쥐다!'

장태와 태세 한 명은 간격을 삼 장 정도로 넓힌 다음 사냥꾼의 뒤를 바짝 쫓아갔다. 멀리서 보면 누가 사냥꾼이고 누가 먹잇감인지 분간이 가지 않을 정도였다.

때마침 반대편을 가로질러 갔던 뇌인과 태세가 사냥꾼의 앞쪽을 막아섰다. 사냥꾼은 움찔하더니 조금 전보다 더욱 빠른 속도로 방향을 바꾸어 미끄러지듯 비탈길을 내려갔다. 그 방향은 정확하게 다른 조의 태세 두 명이 숨어 있는 쪽이었다.

'이놈. 넌 끝이다!'

장태의 시야에 잠복해 있던 두 명의 태세가 몸을 일으키는 광경이 들어왔다. 꼼짝없이 삼면(三面)이 포위된 사냥꾼이 사로잡히는 것은 시간문제로 보였다.

그런데 그 순간, 사냥꾼의 몸이 갑자기 허깨비처럼 그 자리에서 사라져 버렸다.

"엇?"

장태는 물론이고 추적을 하고 있던 다른 태세들도 모두 놀란 외침을 토해 냈다.

"이게 어찌 된 일이냐?"

장태는 안색이 변해 황급히 사냥꾼이 있던 곳으로 달려갔다. 사냥꾼이 신(神)이 아닌 다음에야 뻔히 여섯 명이 쳐다보고 있는데 홀연히 사라질 수는 없는 일이었다.

"으음……."

사냥꾼이 있던 곳에 도착한 장태의 입에서 나직한 신음성이 흘러나왔다. 그곳에는 하나의 깊은 동혈(洞穴)이 뚫려 있었던 것이다.

그 동혈은 커다란 나뭇등걸과 바위 틈새에 교묘하게 위치해 있어서 멀리에서는 전혀 보이지 않았다. 이런 곳에 동혈이 있으리라고는 누구도 예상치 못했다. 하필이면 사냥꾼을 막다른 곳으로 몰아넣었다고 생각한 곳에 동혈이 있다니 이게 우연인지, 아니면 사냥꾼이 그것을 알고 일부러 이쪽으로 도망친 것인지 쉽게 분간이 가지 않았다.

장태는 씹어뱉듯이 말했다.

"안으로 들어가야겠네. 여기까지 왔는데 그놈을 놓칠 수는 없네."

뇌인과 다른 태세들도 같은 심정인지 누가 먼저랄 것도 없이 일제히 고개를 끄덕이며 동혈 앞으로 몰려들었다.

동혈은 사람 하나가 허리를 숙인 채 간신히 들어갈 수 있을 정도로 좁았다. 안은 짙은 어둠에 잠겨 있어서 아무리 안력을 돋우어도 아무것도 볼 수 없었다.

그들은 서로 눈짓을 하고는 일제히 동혈 속을 향해 암기를 발출하기 시작했다.

쐐쐐쐐!

빗발치는 듯한 암기의 세례들이 퍼부어졌다. 그러다 어느 한순간, 암기의 모습이 뚝 끊기고 장태가 동혈 속으로 뛰어들었다. 그 뒤를 뇌인과 다른 한 명의 태세가 따라 움직였고, 나머지 세 명의 태세들은 동혈을 에워싸듯 조금 떨어진 곳에서 반원형으로 버티고 서 있었다.

동혈로 뛰어든 장태의 코를 찌르는 것은 퀴퀴한 냄새와 역겨운

비린내였다. 아마도 짐승들의 거처로 사용되던 곳인 모양이었다.

장태는 만약의 사태에 대비해 병기를 꺼내 든 채 신중한 동작으로 전진했다. 다행히 동혈은 비어 있었는지 짐승들의 모습은 보이지 않았다. 얼마쯤 가니 동혈이 조금 더 넓어져서 두 사람이 나란히 걸을 수 있을 정도가 되었다.

뇌인이 다가와서 그와 어깨를 나란히 했고, 다른 한 명의 태세는 그들을 호위하듯 뒤에서 바짝 따라왔다.

동굴은 상당히 깊었다. 수십 장은 족히 걸어 들어왔는데도 그 끝이 보이지 않았다. 뇌인이 나직하게 소곤거렸다.

"이거 지하(地下)로 한없이 들어가는 무저갱(無底坑) 같은 곳이 아닐까요?"

"그런 소리 말게. 종남산에 그런 곳이 있다는 말은 들어 본 적이 없네."

문득 장태의 눈이 번쩍 빛났다.

저 멀리에 아득하나마 희미한 빛이 보이기 시작했던 것이다.

"끝이 멀지 않았군. 암습을 조심하게."

장태는 손에 든 검을 힘껏 움켜잡으며 속도를 높여 그 빛을 향해 달려가기 시작했다. 그 빛은 과연 출구(出口)를 가리키는 것이었다.

안광을 번뜩이며 출구를 빠져나오던 장태의 신형이 갑자기 멈추어졌다.

"왜 그러십니까, 형님?"

막 그의 뒤를 따라오던 뇌인이 흠칫 놀라 외쳤다. 하나 뇌인 또한 몸을 굳힌 채 그 자리에 우뚝 서 버렸다. 동굴을 빠져나온 그들의 앞에 펼쳐진 것은 자신들이 처음 사냥꾼을 발견했던 산비탈이었다.

한 시진 가까이나 숨바꼭질하여 결국 그들은 제자리를 뺑뺑 맴돌았던 것이다.

* * *

동중산이 여섯 명의 태세들을 유인하여 환선 동굴(環旋洞窟)로 사라지는 광경을 본 후 진산월은 천천히 자리에서 일어났다.

지금까지 그는 산등성이가 빤히 내려다보이는 봉우리의 은밀한 구석에 앉아서 장내의 광경을 지켜보고 있었던 것이다.

상대보다 종남산 일대의 지리에 훤하다는 것은 이럴 때 큰 도움이 되었다. 특히 동중산같이 두뇌 회전이 비상하고 몸이 빠른 사람에게는 더욱 커다란 힘이 되는 것이다. 비록 부상이 완쾌되지는 않았지만, 남과 싸우지만 않는다면 동중산의 재치로 충분히 감당할 수 있을 것이다.

걱정되는 사람은 오히려 산문을 공격했던 소지산과 조사전으로 잠입해 들어간 방취아였다. 특히 방취아는 신법이 뛰어난 데다 그녀가 향한 곳이 좁은 협곡이어서 오래 버틸 수 있을지 모르나, 합공을 받기 딱 좋은 넓은 산문으로 쳐들어간 소지산은 도움이 시급한 형편이었다.

이제는 자신이 나설 차례였다.

한시라도 빨리 목적한 바를 이루고 소지산과 방취아를 구출해 내어야 한다.

진산월은 수중에 들고 있는 보자기를 풀었다. 이백 년 만에 처음으로 모습을 드러내는 용영검(龍影劍)은 아침 햇살을 받아 어느 때보다 찬연하게 빛나고 있었다.

진산월은 손잡이에 박힌 여의주 모양의 구슬을 가만히 쓰다듬었다.

"오늘은 너의 신세를 톡톡히 져야겠다."

진산월은 용영검을 허리에 차고 천천히 몸을 일으켰다. 그런 다음 소리 없이 산봉우리를 내려오기 시작했다. 그의 몸은 곧 여섯 명의 태세가 모두 자리를 비워 감시망이 뻥 뚫린 동봉의 능선을 타고 종남파의 본산으로 사라져 갔다.

제 98 장
검풍혈풍(劍風血風)

제 98 장 검풍혈풍(劍風血風)

종남파의 십오 대(十五代) 장문인이었던 풍운신룡(風雲神龍) 담명(譚明)은 여러 가지 면에서 특이한 인물이었다.

그는 당시 강호에서 굉장한 명성을 날리던 고수였고, 종남파 또한 아직은 구대문파로서의 위치에 흔들림이 없던 때였다.

담명은 누구보다도 강호를 주유(周遊)하는 것을 좋아했는데, 그것은 한 문파의 장문인에게는 별로 어울리지 않는 성격이었다. 문파를 다스려야 할 시기에 그는 강호의 구석구석을 누비고 다녔고, 제자들을 가르치거나 문파의 세(勢)를 확충시키는 일에는 전혀 관심이 없었다.

당시의 종남파는 비록 구대문파 중 하나로 명성을 떨치고 있었으나, 수십 년 전에 일어난 종남오선의 거듭된 실종으로 상당한 위기감을 느끼고 있었다. 즉, 문파의 최고 절기들을 익힌 종남오선이 실종되면서 문파의 각종 절기들이 적지 않게 유실(流失)되었고, 천하제일을 구가하던 문파의 힘도 덩달아 약해져서 다른 구대문파들과 비슷한 수준으로 떨어져 있었던 것이다.

이럴 때일수록 문파의 제자들을 더욱 확고히 장악하고 새로운 의욕을 고취시켜야 하는데, 장문인이란 자가 툭하면 강호의 여기저기를 쏘다니며 별 상관도 없는 일에만 신경을 쓰고 있으니 종남파의 고수들로서는 속이 터질 일이 아닐 수 없었다. 담명의 재질 자체는 누구나가 인정하는 바여서, 그의 노력 여하에 따라 종남오선 시대의 영화를 다시 누릴 수도 있는 상황이었다.

이에 종남의 장로들이 긴급히 회의를 열어 담명과 담판을 짓게 되었다. 결국 담명은 선배 고수들과 문하 제자들의 거듭된 독촉과 압박에 못 이겨 그들의 제안을 승낙하고 말았다.

그것은 담명이 강호에 출도하고자 할 때는 장로들 과반수의 찬성을 얻어야 하며, 이를 어길 시에는 장문인 직을 박탈당하고 참회옥(懺悔獄)에서 십 년의 수도(修道)를 해야 한다는 것이었다.

한 문파의 장문인에게 문파 제자들이 내건 조건으로는 지나치게 가혹한 것이었으나, 그만큼 종남파의 모든 고수들은 어떤 절박감을 느끼고 있었다. 지금이 아니면 종남파는 이대로 주저앉고 말아 영원히 재기(再起)를 할 수 없다는 게 모든 종남파 문인들의 한결같은 생각이었다.

그 약속 이후 담명의 모습은 더 이상 강호에서 찾아볼 수 없었다. 떠돌아다니기 좋아하여 '신룡'이란 별호까지 붙은 담명으로서는 정말 대단한 각오를 한 셈이었다.

발에 족쇄가 채워진 담명은 이후 종남파 고수들의 바람대로 제자 양성과 실전된 절기의 복원에 전력을 기울였다. 하나 세월이 흐를수록 그의 마음속에는 누구에게도 털어놓지 못할 공허함이 가득 자리 잡았다.

광활한 강호를 부평초처럼 떠돌며 더욱 넓은 가슴으로 많은 것을 보고자 했던 자신의 소박한 꿈이 문파의 기대에 짓눌리는 현실이 그에게 점차 삶의 의욕까지 빼앗아 가고 말았다.

결국 담명은 한 가지 결심을 하게 되었다.

이대로 내 인생(人生)을 포기하며 살 수는 없다!

그날부터 그는 저녁마다 신공(神功)을 수련한다는 명목하에 문을 걸어 잠그고 자신의 거처에 아무도 출입을 하지 못하게 했다.

그러던 어느 날, 장경각(藏經閣)에 화재가 발생하여 많은 서적들이 불에 타 버렸다. 그 소식을 급하게 알리려고 장문인의 방문을 열어젖힌 종남파의 제자들이 발견한 것은 온몸이 흙투성이인 채로 땅굴에서 황급히 뛰쳐나오는 장문인의 모습이었다.

담명은 비밀 통로를 만들어서라도 바깥 세계로 나가고 싶었던 것이다.

자신의 비밀을 들켜 버린 담명은 수치심을 이기지 못하고 스스로 목숨을 끊었고, 종남파의 쇠퇴는 돌이킬 수 없는 것이 되고 말았다.

장경각의 화재는 진압되었으나, 그 소란의 와중에 상당수의 절학 비급들이 없어졌다. 일부는 화재로 소실되었으나, 적지 않은 비급들이 장문인의 죽음에 실망한 제자들의 손에 의해 외부로 새어 나가 버린 것이다. 심지어는 그 화재 자체도 비급을 훔친 누군가가 그 흔적을 숨기기 위해 일부러 저지른 것이란 말까지 나돌 정도였다.

채 한 달도 되지 않아 종남파 제자들의 수는 절반 가까이 줄어들어 버렸다.

그로부터 종남파는 구대문파로서의 위용을 급격히 상실하고 몰락의 길로 접어들게 된 것이다.

당시 담명이 기거했던 곳의 이름은 풍운각(風雲閣)이라 했다. 종남파의 제자들은 강호 무림을 질타하는 거대한 풍운이 시작되기를 기대하는 의미로 생각했으나, 담명은 한 줄기 바람과 구름이 되어 세상을 떠돌고 싶었던 자신의 소박한 꿈을 나타내고자 그런 이름을 붙인 것이었다.

그 후로도 풍운각은 여러 차례 주인이 바뀌었고, 그때마다 이름도 바뀌었다. 하나 사 년 전부터 이곳은 주인도 없고 기거하는 사람도 없이 방치되어 있었다.

사람들은 이곳을 태평각이라 불렀다.

* * *

태평각은 아늑하고 조용한 장소였다.

후원에서도 가장 깊숙한 곳에 위치해 있었고, 그리 크지 않은 아담한 전각이어서 일파의 장문인의 거처라고 하기에는 다소 초라해 보이기도 했다. 그럼에도 불구하고 대대로 종남파의 장문인들은 이곳에 머무르기를 주저하지 않았다.

그것은 아마도 같은 고민을 짊어졌던 사람으로서 한 줄기 바람처럼 자유롭고 싶어 했던 담명에 대한 동경(憧憬)과 종남파의 영화 중 마지막 시절에 대한 아련한 향수(鄕愁) 때문이었을 것이다.

태평각이란 이름이 붙은 것은 이십일 년 전이었다. 당시 장문인이 된 임장홍은 이곳을 거처로 삼으면서 아주 흡족해했었다.

임장홍이 죽고 난 후 이곳은 진산월의 거처가 되었으나, 그가 이곳에 머무른 기간은 채 몇 달도 되지 않았다.

지금 사 년 만에 다시 태평각을 보게 되자 진산월의 마음속에는 사부에 대한 그리움과 애틋함이 샘물처럼 솟구치고 있었다.

하나 감상(感傷)에 젖어 있을 시간은 없었다.

진산월은 태평각의 문을 열고 안으로 들어갔다. 먼지가 자욱하게 쌓인 텅 빈 공간이 그를 맞이하고 있었다. 별로 화려하지도 않고 후원의 구석진 곳에 위치한 태평각을 초가보에서는 지키는 사람도 없이 내버려 두어서 얼핏 보기에는 폐가(廢家)를 연상케 했다.

그나마 부서지거나 훼손된 곳이 없다는 것이 다행스러운 일이었다.

진산월은 태평각의 대청을 지나 우측에 있는 작은 방으로 들어섰다. 사부가 기거했던 방이고, 자신이 머물렀던 방이었다. 그리고 백여 년 전에는 바람을 닮고 싶었던 사나이 담명이 사용하던 방이기도 했다.

진산월은 방의 한쪽 구석에 있는 침상을 들어 올렸다. 그러자 침상 밑에 두꺼운 석판(石板)이 나타났다. 석판은 몇 개의 커다란 못으로 단단히 고정되어 있었다.

진산월은 손으로 일일이 그 못들을 제거하고 석판을 움직였다. 메케하고 텁텁한 냄새와 함께 검은 공동(空洞)이 나타났다.

이 공동이야말로 담명이 자유를 찾아 뚫었던 바로 그 비밀 통로였다.

담명은 밤마다 이곳에서 바닥을 파 내려갔으며, 그 기간은 석 달 가까이 되었다. 하나 그가 파 내려간 거리는 불과 사십여 장밖에 되지 않았고, 그의 꿈을 실현시키기에는 턱없이 부족했다.

아마도 발각되지 않았다면 담명은 숨이 끊어지는 그날까지 이 통로를 팠을 것이다. 이 통로를 파는 순간이야말로 그가 자신의 꿈을 잃어버리지 않는 유일한 시간이었기 때문이다.

진산월은 서슴없이 그 공동 속으로 뛰어내렸다. 공동은 그리 넓지 않았으나 한 사람이 어깨를 펴고 걷기에는 충분한 공간이었다.

사십여 장쯤 가자 공동이 끝나고 거친 흙벽이 시야에 들어왔다. 그 흙벽 너머에 무엇이 있는지는 종남파 장문인들 사이에서 오래된 비밀이었다.

담명이 자진(自盡)한 후 이 통로를 조사했던 종남파의 고수들은 이 통로가 정확히 산문 쪽으로 나 있으며, 공교롭게도 종남파의 가장 중앙에 있는 태화전을 지나고 있다는 것을 알아냈다. 담명은 장문인답게 떳떳이 산문을 지나 밖으로 나가고 싶었던 것이었을까?

진산월은 흙벽을 마주 보고 우뚝 섰다.

그런 다음 오른손을 내밀어 흙벽을 조심스레 밀었다.

벽이 무너지며 탁 트인 공간이 나타났다. 태화전의 지하 창고였다.

    * * *

종리황은 동경을 바라보며 머리를 빗었다.

하루에 몇 번씩 동경을 쳐다보고 멋을 내는 것은 총관에게서 배운 오래된 습관이었다. 물론 총관이 보고 있을 때는 결코 동경에 눈길조차 주지 않았다. 자신을 흉내 낸다는 것을 알면 누구라도 별로 기분 좋아하지는 않을 것임을 알고 있기 때문이었다.

종리황도 일부러 그의 흉내를 내는 것은 아니었다. 단지 그의 행동거지에 신경을 집중하다 보니 자신도 모르게 자꾸 동경을 쳐다보게 되었고, 그러던 어느 순간부터 동경을 보고 머리를 빗거나 옷을 매만지고 있는 자신을 발견하게 된 것뿐이었다.

'오늘로 종남파는 강호에서 영원히 사라지게 될 것이다.'

종리황은 동경에 비친 자신의 얼굴을 향해 빙긋 미소 지었다.

설사 봉월과 손익을 살해한 절세의 고수가 종남파의 남은 잔당들을 모두 이끌고 이곳에 온 것이라 해도 조금도 두려울 게 없었다.

그가 어느 방향으로 공격해 들어오든 이내 종적이 발각될 것이며, 그 순간 양전과 쌍염라를 비롯한 수십 명의 고수들의 집중 공격을 받게 될 것이다. 만에 하나 운 좋게 그들의 공세를 뚫는다 해도 결국은 전괴나 자신의 손에 쓰러지게 될 것이다.

지금 종남파에 있는 초가보 고수들은 어지간한 강호의 방파(幇派) 하나쯤은 어렵지 않게 없앨 수 있는 규모였다. 게다가 종남파의 본산이라는 천험(天險)의 요새로 보호받고 있으니 승패(勝敗)는 누가 봐도 뻔한 것이었다.

'이왕이면 그들과 싸우다 피해가 발생하여 양전이 희생되는 것도 괜찮겠군.'

종리황의 입가에 차가운 미소가 떠올랐다.

양전이 비록 사패 중의 일인이라 해도 무공으로 보나 초가보에서의 위치로 보나 자신의 상대는 아니었다. 단지 그는 양전을 보면 이상한 경쟁의식이 느껴졌다. 그것은 아마도 자신에게는 두려움의 빛만 보이는 수하들이 양전에게는 은근한 복종과 경모를 보내기 때문일 것이다.

양전이 살든 죽든 중요한 일은 아니었으나, 죽게 된다면 자신은 꼴 보기 싫은 얼굴 하나를 안 보게 되니 그것만으로도 적지 않은 이점이라고 할 수 있었다.

종리황이 이런 생각을 하고 있을 때, 누군가가 이 층으로 올라왔다.

종리황은 전황(戰況)을 보고하기 위해 양전이 보낸 인물인가 하고 고개를 돌렸다.

그곳에는 머리를 허리까지 늘어뜨리고 허리에는 고색창연한 장검을 찬 껑충한 키의 괴인이 우뚝 서 있었다. 괴인의 두 눈을 보는 순간, 종리황은 자신도 모르게 몸을 떨었다.

'고수구나!'

이 괴인처럼 차갑게 가라앉은 눈을 가진 자는 일찍이 본 적이 없었다.

자신의 수하 중에 이런 눈을 가진 자는 없었다. 물론 양전의 수하들 중에서도 마찬가지일 것이다.

종리황은 한 차례 숨을 몰아쉬고는 이내 냉정을 되찾았다.

"종남파의 인물인가?"

괴인은 묵묵히 고개를 끄덕였다.

"아래층에 몇 사람이 있었을 텐데……."

"여섯 명."

"그들을 어떻게 했나?"

"몰라서 묻는 건 아닐 텐데."

종리황의 눈꼬리가 가늘게 떨렸다.

괴인의 말대로 몰라서 묻는 건 아니었다. 다만 그는 확인을 하고 싶었을 뿐이다.

원래 태화전의 일 층에는 스물두 명의 고수들이 대기하고 있었다. 그러다 오늘 세 군데서 벌어진 소란 때문에 양전이 대부분을 데리고 가고 여섯 명이 남아 있었던 것이다.

여섯 명의 고수들을 쓰러뜨린 건 대단한 게 아니다. 종리황이 놀란 건 여섯 명이나 되는 고수들이 쓰러졌는데도 이 층에 있는 자신이 전혀 알아차리지 못했다는 것이었다. 그것은 그들이 미처 반격하거나 경보를 알릴 사이도 없이 단숨에 쓰러지고 말았다는 것을 뜻하기 때문이다.

종리황은 다시 물었다.

"며칠 전에 봉월과 손익 등을 살해한 것도 당신 솜씨인가?"

괴인의 고개가 천천히 끄덕였다.

"어떻게 여기까지 들키지 않고 왔는지 말해 줄 수 있겠나? 외부에서 종남파로 들어오는 비밀 통로라도 있는 건가?"

"그런 건 없소."

"그럼 어디로 들어왔나?"

"동봉."

종리황은 고개를 갸웃거렸다.

"그곳을 지키는 사람들이 있었을 텐데……."

"내가 올 때는 없었소. 사냥꾼을 쫓느라 모두 자리를 비웠더군."

종리황은 그제야 상황을 파악한 듯 한숨을 내쉬었다.

"그런 거로군. 내가 너무 경솔하게 생각했어. 단순한 성동격서인 줄 알았더니 이중(二重)으로 계략을 꾸몄군. 당신이 생각한 건가?"

"내 제자가."

종리황은 뜻밖인지 눈을 살짝 치켜떴다.

"당신은 벌써 제자를 둘 나이로는 보이지 않는데……."

"들어 보았는지 모르겠군. 동중산이라고."

"비천호리!"

"잘 아는군."

종리황의 눈빛에 서서히 신광이 번뜩이기 시작했다. 그는 괴인을 뚫어지게 쳐다보더니 이내 고개를 끄덕였다.

"이제 알겠군. 당신은 실종되었다던 종남파의 장문인이로군. 삼절무적 진산월……."

"그게 바로 나요."

막상 괴인의 정체를 알고 나자 종리황은 마음의 여유를 되찾았는지 입가에 희미한 미소마저 떠올랐다.

"총관의 예측은 귀신과도 같군. 이래서 경외(敬畏)하지 않을 수 없다니까. 당신이 이곳까지 잠입한 수단은 칭찬해 마지않지만 돌아온 시기가 너무 나빴네. 왜 하필이면 오늘 돌아온 건가?"

"오늘이라고 특별할 건 없지."

"아니. 오늘은 내가 이곳에 있지 않나? 게다가……."

진산월의 등 뒤에서 늙수그레한 음성이 들려왔다.

"노부도 있지."

진산월은 별로 놀라지도 않고 천천히 등 뒤를 돌아보았다.

언제 나타났는지 삼 층으로 올라가는 계단 초입에 한 명의 노인이 그림처럼 조용히 서 있었다. 노인의 등 뒤에 삐져나온 기다란 창이 유난히 시선을 끌었다.

진산월은 노인의 얼굴을 쳐다보더니 담담한 음성으로 입을 열었다.

"당신은 패왕창 전괴로군."

전괴의 눈이 번쩍 빛났다.

"어떻게 노부를 아는가?"

"예전에 소림사의 대집회 때 멀리서 보았지. 한 지역을 대표하여 무림맹(武林盟)의 지단(支壇)을 맡고 있던 자가 초가보의 일개 수하가 되었다니 스스로 부끄럽다는 생각이 들지 않소?"

전괴의 얼굴이 살짝 굳어졌다.

"사람마다 생각이 다른 법이니 자신의 생각을 남에게 강요하지 말게."

"생각은 달라도 염치란 누구에게나 공통된 것이지."

전괴의 얼굴에 엷은 홍조 비슷한 것이 떠올랐다가 사라졌다.

전괴는 무림맹이 창설될 때 하락지단(河洛支壇)의 단주로 추대되었던 인물이다. 하락지단은 하남성의 고수들을 통합한 곳이었다.

비록 무림맹이 서장 천룡사와의 대결을 위한 한시적인 조직이었을지라도 한때 천하 무림의 모든 정예들이 뜻과 힘을 합쳤던 곳이었다. 그곳에서 하남성의 모든 고수들을 대표하여 책임을 맡았던 전괴가 일개 보의 휘하로 들어갔다는 것은 확실히 뜻밖의 일이 아닐 수 없었다.

전괴는 진산월의 말에 순간적으로 수치심을 느꼈고, 그것은 이내 분노로 변해 버렸다. 전괴의 얼굴 표정이 굳어지며 음성 또한 싸늘해졌다.

"젊은 친구가 말을 잘하는군. 하지만 말만으로는 어떤 것도 이룰 수 없는 법이지."

진산월의 음성은 여전히 담담했다.

"그래서 그렇게 떠들고 있는 거요?"

전괴는 무서운 눈으로 진산월을 쏘아보더니 등 뒤에 메고 있던 창을 뽑아 들었다.

팔십 근에 달하는 패왕신창을 손에 쥐자 전괴는 더 이상 볼품없고 호리호리한 노인이 아니었다. 한 자루 창으로 대강남북(大江南北)을 주름잡았던 절세 고수의 풍모가 나타났다. 그의 전신에서는 칼날처럼 날카로운 예기(銳氣)가 솟구쳐 올라 주위의 공기를 싸늘하게 식히고 있었다.

어느새 종리황도 진산월을 향해 다가오고 있었다.

"어디 사 년 만에 다시 나타난 장문인께서 그동안 얼마나 놀라운 무공을 배워 오셨는지 한번 볼까?"

다분히 빈정거리는 말이었으나, 표정만큼은 심각할 정도로 진지했다. 그의 손에는 언제 뽑아 들었는지 한옥(寒玉)으로 만든 섭선(摺扇)이 쥐어져 있었다. 그 섭선은 모두 스물 네 개의 부챗살로 이루어져 있었는데, 각 부챗살마다 신축(伸縮)이 자유로운 은사(銀絲)로 연결되어 있어 수발(收發)을 자유자재로 할 수 있었다.

이 섭선은 칠교선(七巧扇)이라는 것으로, 일곱 가지의 놀라운 묘용이 숨어 있었다.

종리황은 칠교선을 무척 아껴서 평소에는 남들 앞에서 꺼내 보이지도 않았다. 그런데 오늘은 처음부터 칠교선을 뽑아 든 것으로 보아 말과는 달리 진산월을 잔뜩 경계하고 있음이 분명했다.

진산월은 천천히 용영검을 뽑아 들었다.

이상하게도 검이 뽑혀 나오는데 아무런 소리도 들리지 않았다.

제98장 검풍혈풍(劍風血風) 227

이 광경을 보자 전괴와 종리황의 얼굴은 더욱 딱딱하게 굳어졌다.

검이 검집을 빠져나오는데 아무 소리도 들리지 않는다는 것은 그만큼 날카롭고 예리하게 만들어졌다는 것을 뜻한다. 이런 검이 무서운 실력을 지닌 검객의 손에 쥐어지는 것을 보고 누군들 마음이 무거워지지 않겠는가?

진산월은 용영검을 든 채로 조용히 말했다.

"종남파의 무공이 어떤 것인지 보여 주겠소."

종남파의 무공이라?

예전에 종리황이나 전괴가 이런 말을 들었다면 코웃음을 치거나 허리를 잡고 웃었을 것이다. 하나 지금은 아무도 웃는 사람이 없었다.

검을 든 순간, 진산월의 전신은 그 자체가 하나의 예리한 신검(神劍)처럼 보였다. 전괴는 수십 년간 강호를 종횡하면서 많은 검객들을 보아 왔지만, 지금 눈앞의 이자처럼 가슴을 떨리게 하는 자를 보지 못했다.

'검귀(劍鬼)로구나…… 종남파의 무공으로 이렇게까지 강해질 수 있단 말인가?'

전괴는 수중에 들고 있는 패왕신창을 힘껏 움켜잡았다.

'하지만 아직은 애송이일 뿐이다. 수백 번이나 생사(生死)가 오가는 격전을 치른 나를 당해 낼 수는 없다.'

강호에서의 승부가 항상 무공만으로 판가름 나는 것은 아니다. 승부에는 여러 가지 요소가 있으며, 무공은 그중 한 일부분일 뿐이었다.

전괴의 시선이 슬쩍 종리황에게 향했다.

종리황은 전괴의 눈빛을 보고 이내 그의 마음을 알아차렸다.

'저 늙은이가 갈등하는군.'

전괴의 신분으로 한 사람을 협공(挾攻)한다는 것은 선뜻 내키지 않는 일이었다. 그렇다고 일대일로 싸우자니 반드시 이긴다는 보장도 없었다. 그래서 전괴는 종리황에게 의중을 묻고 있는 것이다.

'바보 같은 늙은이. 이런 상황에서 체면을 차리려 하다니……'

종리황은 내심 못마땅했으나 겉으로는 아무렇지도 않은 듯 고개를 끄덕였다. 당연히 합공해야 한다는 의미가 담긴 동작이었다.

전괴는 마음을 굳혔는지 패왕신창으로 중단(中段)을 겨눈 채 진산월을 향해 한 걸음을 내딛었다. 그것이 시작이었다.

팟!

특별히 그가 창을 움직인 것 같지도 않았는데, 한 조각 섬광처럼 창날이 진산월의 목덜미를 향해 날아들었다. 흔히 패왕창이라고 하면 무겁고 패도(覇道)적인 위력만을 생각하는데, 실제로 전괴의 패왕창은 무겁기보다는 빠른 것을 생명으로 하는 창법(槍法)이었다. 단지 패왕창 자체의 무게 때문에 무거움이 돋보이는 것뿐이었다.

변화무쌍하지는 않지만 빠르고 강력한 창법!

그것이 바로 전괴가 익힌 패왕십팔창(覇王十八槍)이었다.

지금 전괴가 펼친 것은 패왕일별(覇王一瞥)이라는 초식으로, 지금처럼 서로 대치하고 있는 상태에서 손가락 힘과 창의 무게를 이용하여 창날을 상대에게 쏘아 보내는 무서운 수법이었다. 이것은 펼치기 전에 아무런 사전 동작이 없기 때문에 거리가 떨어져 있다고 방심하다가는 영문도 모른 채 목이 꿰뚫리기 일쑤였다.

진산월은 목을 옆으로 반 자쯤 움직였다. 딱 창날을 피할 수 있을 만큼의 거리였다. 섬광이 사라지며 패왕창은 다시 전괴의 수중으로 되돌아갔다. 전괴의 얼굴은 더욱 냉엄하게 굳어졌고, 종리황 또한 신광이 이글거리는 눈으로 진산월의 등을 쏘아보고 있었다.

다음 순간, 세 사람은 누가 먼저랄 것도 없이 거의 동시에 움직였다.

전괴는 진산월을 향해 창을 쭉 내뻗었다. 얼핏 보기에는 창을 한 번 내찌른 것 같았는데, 창날이 여덟 개로 변하며 진산월의 앞가슴에 있는 여덟 곳 대혈을 모두 노리고 들어왔다. 이것이 바로 패왕십팔창법 중의 절초인 패왕팔비(覇王八臂)였다.

진산월은 수중의 용영검을 들어 그 여덟 개의 창날을 모두 막아 냈다. 그 순간, 그의 뒤쪽으로 차갑고 예리한 기운이 다가왔다. 소리 없이 그의 뒤로 접근하고 있던 종리황이 마침내 출수를 한 것이다.

종리황이 사용하는 무공은 현천팔선(玄天八扇)이라는 것으로, 팔십 년 전에 일대 기인(一大奇人)으로 명성을 떨쳤던 현천자(玄天子)가 남긴 무공 비급에서 익힌 절학이었다.

진산월은 이번에도 몸을 비스듬히 돌리며 용영검으로 자신의 목을 향해 날아오는 종리황의 칠교선을 막아 냈다.

한데 막 용영검이 칠교선과 닿는 순간, 칠교선이 갑자기 활짝 펴지며 그 안에서 쇠털 같은 암기가 진산월의 눈을 노리고 쏘아져 오는 것이 아닌가?

그것은 칠교선에 내장된 구독봉미침(九毒鳳尾針)으로, 일단 격중되면 해약(解藥)도 없이 상처 부위가 썩어 들어가 버리는 무서운 극독(劇毒)이 발려 있었다.

칠교선을 막았던 용영검의 검날이 갑자기 번쩍거렸다. 그와 함께 금시라도 진산월의 눈을 멀게 할 것 같았던 구독봉미침이 위력을 잃고 바닥에 떨어져 버렸다.

진산월은 용영검을 살짝 비틀어 검날의 방향을 바꾸는 것만으로 무형의 검기를 발출하여 자신을 향해 날아오는 구독봉미침을 물리쳤던 것이다.

종리황은 자신의 기습적인 공격이 무위(無爲)에 그치자 황급히 칠교선을 회수했다가 재차 떨쳐 냈다.

파파파팍!

예리한 바람 소리가 거푸 터져 나오며 그의 몸 주위가 온통 선영(扇影)으로 뒤덮여 버렸다. 하나 그때 진산월의 몸은 종리황이 아닌 전괴를 향해 날아가고 있었다.

전괴는 진산월이 자신과 종리황의 공격을 가볍게 막아 내고 곧장 자신에게로 다가오자 두려움과 흥분이 교차된 표정으로 고함을 내질렀다.

"와라!"

그의 손에 들린 패왕신창이 무섭게 선회하며 가공할 선풍을 일으키기 시작했다.

휘이이잉!

마치 태풍이라도 다가오는 듯한 거센 바람 소리와 함께 빗발치는 듯한 공격이 진산월에게로 퍼부어졌다. 전괴는 마음속의 두려움을 떨쳐 내려는 듯 미친 듯이 손을 휘둘러서 장내는 그야말로 번쩍거리는 창날의 그림자에 휩싸여 아무것도 보이지 않을 정도가 되었다.

진산월의 검이 처음으로 움직였다. 그리고 이내 구름 같은 검광이 피어오르기 시작했다.

차차차창!

창영과 검광이 마주치며 눈 깜짝할 사이에 수십 번의 격돌을 일으켰다. 그 격돌은 순식간에 끝났으나, 두 사람에게 닥친 결과는 판이했다. 진산월은 여전히 처음의 위치에 그대로 서 있는 반면, 전괴는 앞가슴이 너덜너덜해진 채 경악에 가득 찬 표정으로 연신 뒷걸음치고 있었다.

병기의 무게나 길이로 보아 정면으로 격돌하면 전혀 불리할 리가 없었는데, 오히려 전괴가 일방적인 손해를 입고 만 것이다.

그때 다시 종리황의 칠교선이 진산월을 향해 날아들었다. 진산월은 이번에도 주저하지 않고 그 자리에 우뚝 선 채로 검을 휘둘러 칠교선을 가격했다.

촤르르······.

마치 옥구슬이 굴러가는 듯한 음향과 함께 칠교선의 부챗살이 쫘악 갈라지며 부챗살 하나하나가 마치 살아 있는 생명체처럼 제

각기 진산월의 전신을 향해 날아왔다. 진산월의 손에 들린 용영검이 한 차례 회전을 하더니 눈부신 속도로 움직이기 시작했다.

파파파팍!

주위가 환하게 밝아지는 것 같았다. 조금 전까지 그토록 무서운 기세로 날아들던 부챗살들은 어딘가로 사라져 보이지 않았다. 대신 이가 빠진 칠교선을 든 종리황만이 안색이 시퍼렇게 변한 채 주춤거리며 뒤로 물러서고 있을 뿐이었다.

전괴가 무섭게 굳어진 얼굴로 패왕신창을 휘두르며 달려들었다. 이번에 전괴는 패왕십팔창법 중의 절초인 패왕희봉(覇王戱鳳), 패왕선무(覇王煽舞), 패왕휘과(覇王揮戈)의 초식들을 연거푸 펼쳐냈다. 그야말로 한 치의 물러섬도 없는 용맹무쌍한 모습이었다.

이 모습에 용기를 얻었는지 종리황도 입술을 질끈 깨물며 진산월을 향해 현천팔선 중의 초식들을 쏟아 냈다. 이번에는 칠교선의 자랑인 일곱 가지 암기를 사용할 생각을 포기하고 본신(本身)의 실력으로만 상대하려는지 그의 공세는 조금 전보다 훨씬 적극적이고 매서웠다. 진산월의 사방은 온통 휘몰아치는 창영(槍影)과 선풍(扇風)에 가려 아무것도 보이지 않을 지경이었다.

"진즉에 이렇게 나왔어야지."

진산월은 담담한 음성으로 중얼거리며 수중의 용영검을 휘둘러 그들에 맞서 갔다. 그는 유운검법 중의 몇 가지 초식을 집중적으로 펼쳤다.

한동안 그들 사이에는 치열한 공방(攻防)이 계속되었다. 전괴의 패왕신창이 진산월을 무섭게 압박해 들어오는가 싶으면 진산월의 용영검이 어느새 그의 요혈(要穴)을 노리고 있고, 종리황의 칠교선이 진산월을 위협하는 듯하더니 용영검의 변화무쌍한 초식에 막혀 격퇴되기도 했다.

장내는 삽시간에 그들이 뿜어낸 검풍과 경기로 수라장이 되고 말았다.

순식간에 오십여 초가 지나갔다.

그러던 한순간, 진산월의 검법이 갑자기 빨라지기 시작했다. 지금까지는 약간은 느리다 싶게 전개되던 검법의 속도가 급격히 변하면서 그와 함께 구름 같은 검광이 삽시간에 주위를 휘감아 갔다.

전괴와 종리황은 안색이 변해 다급히 전력을 기울여 그의 검법을 막으려 했으나, 조금 전과는 비교도 할 수 없을 만큼 신속하게 변하는 검의 움직임을 도저히 따라잡을 수가 없었다. 분명 조금 전과 똑같은 검법이고 똑같은 초식인데, 그 위력은 가히 천양지차(天壤之差)였다.

'이…… 이럴 수가!'

전괴는 사색이 되어 패왕신창을 미친 듯이 휘둘렀.

그의 머리띠는 어느새 잘려 나가 백발성성한 머리카락이 폭포수처럼 풀어 헤쳐졌으나 그는 전혀 의식도 하지 못했다. 종리황의 사정은 더욱 다급했다. 그는 전괴보다 무공도 약간 떨어지는 데다 짧은 병기를 사용하고 있기 때문에 무섭게 찔러 오는 검광에 제대로 대항할 수가 없었다.

조금 전만 해도 이 정도라면 충분히 승산이 있겠다고 생각하던 참이었는지라 그들의 놀라움과 경악은 한층 더 큰 것이었다.
"우야야얍!"
전괴가 괴이한 고함을 내지르며 패왕신창으로 곧장 진산월의 목덜미를 찔러 왔다. 언뜻 단순해 보이는 공격이었으나, 창날에 실린 역도(力道)와 기세는 가히 좀처럼 볼 수 없는 살인적인 것이었다. 이 초식이야말로 패왕십팔창법의 정수(精髓)라 할 수 있는 패왕격정(覇王擊鼎)의 일식이었다.

종리황 또한 이판사판이라는 생각에서 현천팔선 중에서 제일 위력이 강한 현천파황(玄天破荒)을 펼치며 진산월을 향해 달려들었다.

진산월의 용영검이 한 차례 꿈틀거리더니 이내 짙은 검광이 운무(雲霧)처럼 주위에 퍼져 가기 시작했다. 그것은 이내 무섭게 확대되어 순식간에 폭풍노도와 같은 기세로 사방을 휩쓸어 버렸다.

차차창!
"크아악!"
귀청이 찢어지는 듯한 파열음 속에 몇 가닥의 비명이 묻혀 버렸다.

진산월은 천천히 용영검을 거두고 주위를 둘러보았다.

전괴는 자신의 상징과도 같았던 패왕신창으로 몸을 지탱한 채 연신 휘청거리고 있었다. 그의 앞가슴과 옆구리, 양쪽 어깨에는 깊은 검상(劍傷)이 파여 있어 허연 뼈가 드러나 보였다.

전괴는 눈을 부릅뜬 채 진산월을 쏘아보았다.
"너…… 조금 전에 우리와 연습을 했던 거로구나……."

진산월은 그의 말에는 대꾸하지 않고 왼쪽 팔을 들어 보였다. 겨드랑이 사이에 구멍이 뚫려 있었다. 그것은 패왕신창이 남긴 유일한 흔적이었다.

"당신의 마지막 일식(一式)은 상당히 훌륭했소."

"너…… 정말…… 너무 강해……."

전괴는 미처 말을 잇지 못하고 그대로 허물어지듯 바닥에 쓰러지고 말았다.

쿵!

그의 쓰러지는 충격에 패왕신창이 한 차례 흔들리더니 반으로 부러져 나갔다.

진산월은 싸늘히 식어 가는 그의 시신을 내려다보고 있다가 혼잣말처럼 조용하게 중얼거렸다.

"제대로 된 고수와 싸워 본 건 사 년 만이었거든. 당연히 연습을 안 할 수가 없었지."

진산월은 천천히 몸을 돌렸다. 그의 시야에 질편한 피바다 속에 누워 있는 종리황의 시신이 들어왔다. 종리황은 양팔이 잘려 나가고 미간이 베인 채로 두 눈을 부릅뜬 채 숨이 끊어져 있었다. 죽는 순간까지도 그는 자신의 죽음을 믿지 못하는 모습이었다.

진산월의 신형은 그의 시신을 지나 이내 어딘가로 사라져 버렸다.

제 99 장
본산수복(本山收復)

제99장 본산수복(本山收復)

또로록…….

여덟 번째 돌멩이가 굴러 내렸다.

양전은 눈썹을 잔뜩 찌푸렸다.

"철저히 놀림감이 되었군."

반 시진 넘게 팽팽한 긴장감에 휩싸여 절벽 아래에서 기다렸으나 결국 아무런 소득도 얻지 못했다. 금시라도 절벽에서 누군가가 모습을 드러낼 것 같았지만, 보이는 것이라고는 가끔 한 번씩 떨어져 내리는 돌멩이뿐이었다.

다른 사람들의 표정도 모두 굳어져 있었다.

양전은 힐끗 고개를 돌려 정씨 형제를 쳐다보았다.

"이곳에서 시간을 낭비할 필요가 없을 것 같소. 태화전으로 돌아갑시다."

정씨 형제는 팔짱을 낀 채로 무표정한 얼굴로 서 있었다. 그들 중 얼굴이 유난히 붉은 사람이 맏이인 혈염라 정혼이었고, 시체처럼 푸르뎅뎅한 얼굴을 한 자가 둘째인 청염라 정탁이었다. 그들의 피부색이 특이한 것은 그들이 좀처럼 보기 힘든 괴이한 신공을 연마했기 때문이었다.

혈염라 정혼이 고개를 저었다.

"이왕 온 김에 조금만 더 기다려 보지. 어차피 그곳에 가 보았자 종리황의 잔소리나 듣고 있을 텐데……."

청염라 정탁이 작은 눈을 매섭게 번뜩였다.

"이곳에 죽치고 있을 게 아니라 산문으로 가 봅시다. 모처럼 나왔으니 한 놈이라도 죽이고 가야겠소."

섬뜩한 말을 아무렇지도 않게 하는 정탁을 보고 양전이 쓴웃음을 지었다.

"그곳에 가도 정 이형(程二兄)의 차례까지 돌아오지는 않을 거요. 어쩌면 벌써 상황이 종료되었는지도 모르고. 아무튼 오늘은 이래저래 헛물만 켜게 될 것 같소."

양전의 옆에 서 있던 체구가 건장한 외팔이 중년인이 불쑥 입을 열었다.

"종남파가 아무리 별 볼일 없는 놈들의 집합체라고 해도 이런 정도로 끝날 리는 없소. 무언가 다른 꿍꿍이속이 있을 거요."

그 외팔이 중년인은 칠대빈객 중의 하나인 독수금륜 낙무인이었다. 낙무인은 자신의 수족과 같은 육태세만을 동봉에 남겨 두고 이곳에 불려 왔기 때문에 불만이 가득 차 있는 모습이었다. 그깟 돌멩이 굴러 오는 소리에 놀라 동봉에서 여기까지 사람을 오라고 했단 말인가?

양전도 머쓱하기는 마찬가지였다.

종리황의 예측은 자신이 생각하기에도 무척 타당하고 이치에 맞는 것이었는데 어디에서 일이 잘못되었는지 쉽게 판단이 서지 않았다.

그렇다고 언제까지 이곳에서 돌멩이 떨어지는 소리나 듣고 있을 수는 없었다.

"낙 형은 미안하지만 다시 동봉으로 돌아가 주시고, 정씨 형제 두 분께서는 산문으로 가서 일을 마무리 지어 주셨으면 하오. 나는 조사전 부근으로 가서 그곳의 상황을 알아보겠소."

"그게 좋겠군. 그럼 나 먼저 가보겠소."

아까부터 마음이 급했던 낙무인이 휑하니 몸을 돌렸다. 하나 낙무인은 이내 다시 제자리로 돌아왔다.

"낙 형. 무슨 일로……."

어리둥절한 얼굴로 묻던 양전의 표정이 굳어졌다. 낙무인이 왜 다시 돌아왔는지를 알아차린 것이다.

정씨 형제도 천천히 몸을 돌렸다.

그들에게서 십여 장 떨어진 곳에서 한 사람이 그들을 향해 걸어오고 있었다.

양전이 처음 보는 사람이었다. 그래서 오히려 양전은 그의 정체를 쉽사리 짐작할 수 있었다.

'저쪽은 태화전이 있는 곳인데…….'

양전은 앙상하게 마르고 키가 큰 괴인을 응시하다가 불쑥 물었다.

"어디서 오는 거요?"

괴인은 짤막하게 대답했다.

"태화전."

양전은 자신의 짐작이 맞았음을 느끼고 가슴이 덜컥 내려앉았다.

"그곳에서 누구를 만나지 않았소?"

"몇 사람이 있더군."

"그들은 어떻게 되었소?"

괴인의 입가에 담담한 미소가 떠올랐다.

"조금 전에도 누군가가 똑같은 질문을 하더군. 내 대답도 똑같소. 정말 몰라서 묻는 거요?"

양전의 눈꼬리가 가늘게 떨렸다.

태화전에는 그가 두고 온 여섯 명의 수하들뿐 아니라 종리황과 전괴도 있었다. 설마 그들 모두 이 괴인을 막지 못하고 쓰러졌단 말인가?

그것은 아무리 생각해도 믿어지지 않는 일이었다. 철혈수사 종리황과 패왕창 전괴가 함께 있는데 누가 감히 그들을 쓰러뜨릴 수 있단 말인가?

'암습(暗襲)을 했거나, 그들이 방심했을 것이다.'

양전은 이런 식으로라도 자신을 위로할 수밖에 없었다. 하나 강호의 도산검림 속에서 수십 년을 살아온 종리황과 전괴가 암습이나 방심으로 쓰러질 리 없다는 것은 자신이 더 잘 알고 있었다.

양전이 지시를 하기도 전에 그의 수하 십여 명이 이미 괴인을 에워싸고 있었다.

"물러서라."

양전은 손을 흔들어 그들을 물러나게 했다. 쓸데없는 부하들의 희생은 가급적 억제하고 싶었기 때문이다.

부하들이 어쩔 수 없다는 듯 주춤주춤 물러나자 양전은 괴인의 얼굴을 찬찬히 살펴보았다.

앙상할 정도로 비쩍 마른 얼굴은 왼쪽 뺨에 깊은 흉터까지 나 있어 험상궂어 보였으나, 의외로 나이는 그다지 많지 않은 듯했다. 두 눈은 비정하리만치 차갑게 가라앉아 있었고, 두 팔은 자연스레 늘어뜨려 방심한 것처럼 보이기도 했다. 허리춤에는 고색창연한 장검을 차고 있었는데, 장검의 검집에 하늘로 승천하는 용의 모습이 새겨져 있어 한눈에 보아도 절세의 보검(寶劍)임을 어렵지 않게 짐작할 수 있었다.

괴인의 모습을 살핀 양전은 신중한 음성으로 물었다.

"종남파의 어느 귀인(貴人)이시오?"

괴인은 짤막하게 말했다.

"이곳의 주인이오."

모든 사람의 표정이 조금씩 변했다.

십여 명의 수하들은 어리둥절한 빛을 감추지 못했고, 낙무인은 거친 숨을 몰아쉬었으며, 정씨 형제는 가뜩이나 날카로운 안광을 더욱 매섭게 번뜩였다. 그리고 양전은 한숨을 내쉬었다.

"귀하가 오래전에 실종되었다던 종남파의 장문인이란 말이오?"

"그렇소."

양전은 정중하게 포권을 했다.

"뵙게 되어 반갑소. 나는 검패 양전이라 하오."

진산월은 담담하게 고개를 끄덕였다.

"알고 있소. 내가 없는 동안 당신이 본 파를 관리해 왔다고 들었소."

모르는 사람이 보았다면 이들이 적대 관계가 아니라 서로 친분이 두터운 사이로 착각했을 것이다.

양전의 얼굴에 씁쓸한 미소가 떠올랐다.

"관리라니 당치 않소. 원래 주인이 돌아온 이상 다시 비워 주는 것이 도리이겠으나, 상황이 그렇지 못하니 안타깝구려."

그때 정탁의 냉혹한 음성이 들려왔다.

"무슨 쓸데없는 소리를 지껄이는 거요? 어서 해치웁시다."

양전이 무어라고 입을 열려 하자, 이번에는 정혼이 차갑게 말했다.

"적수(敵手) 간에 예의는 공염불일 뿐이지. 어차피 둘 중 하나는 쓰러져야 하는데, 일부러 투쟁심을 약화시킬 필요는 없지 않겠나?"

낙무인도 한마디 거들었다.

"저자가 종남파의 장문인이라면 오늘로서 이곳에서의 지긋지긋한 잠복 생활도 끝나는 셈이오. 지금 결판을 냅시다."

"좋소. 그럼 누가 먼저……."

낙무인이 어처구니없다는 표정으로 그를 흘겨보았다.

"정말 계속 이럴 거요? 여기에 우리밖에 없는데 눈치 볼 게 뭐 있소? 함께 달려들어 저자를 요절내 버립시다."

낙무인이 거칠게 소리치며 등 뒤로 손을 가져갔다.

창!

날카로운 음향과 함께 그의 손에는 금색 빛이 휘황찬란한 륜이 쥐어져 있었다. 낙무인이 애지중지하는 금화신륜(金華神輪)이었다.

그 소리에 저절로 반응되듯 정혼과 정탁 형제도 진산월의 양쪽으로 어슬렁거리며 움직여 갔다. 양전은 어쩔 수 없이 자신도 낙무인과 나란히 선 채 검을 뽑아 들었다.

스릉!

검광이 어른거리자 순식간에 장내의 분위기가 살벌하게 변해 버렸다. 양전이 채 자세를 취하기도 전에 양전의 옆에 있던 낙무인이 돌연 출수를 했다.

쒸아앙!

고막을 후벼 파는 듯한 괴이한 음향과 함께 그의 손에 들려 있던 금화신륜이 눈부신 금광을 뿌리며 진산월에게로 날아갔다. 진산월은 피하지 않고 금화신륜을 장검으로 후려쳤다.

이 광경을 본 낙무인의 입가에 음산한 미소가 떠올랐다. 금화신륜은 곤륜산(崑崙山)의 깊숙한 곳에서만 나는 특이한 오금(烏金)에 만년정모(萬年精母)를 섞어 만들어서 웬만한 병장기는 간단하게 부숴 버릴 정도로 단단했던 것이다.

깡!

불똥이 튀기며 무언가가 튕겨 올랐다. 낙무인의 얼굴에 떠올라 있던 미소가 씻은 듯이 사라진 것은 그 직후였다. 튕겨 나간 것은 다름 아닌 금화신륜이었던 것이다. 낙무인이 황급히 회수하지 않았다면 금화신륜이 바닥에 떨어져서 낙무인은 망신을 당하고 말았을 것이다.

이번에는 정혼과 정탁 형제가 움직이기 시작했다. 일단 움직이자 그들의 모습은 어딘가로 사라지고 말 그대로 붉고 푸른 두 개의 그림자밖에는 보이지 않았다.

쾅!

갑자기 귀청 떨어지는 듯한 폭음과 함께 자욱한 흙먼지가 사방으로 날렸다. 중인들이 놀라 보니 조금 전까지만 해도 진산월이 서 있던 자리에 두 자가 넘는 웅덩이가 파여 있는 것이 아닌가? 그것이 혈염라 정혼이 펼친 장력의 흔적임을 깨달은 사람은 낙무인과 양전뿐이었다.

진산월의 몸은 허공에 떠 있었다. 푸른 그림자가 일직선으로 허공에 있는 진산월을 향해 쏘아져 갔다. 진산월의 몸이 갑자기 허공에서 일 장쯤 더 위로 쑤욱 올라가며 푸른 그림자를 피했다.

양전의 입에서 자신도 모르는 탄성이 흘러나왔다.

"어기부운(御氣浮雲)!"

삼 장 높이까지 솟구쳐 오른 진산월의 몸이 갑자기 아래로 뚝 떨어지며 눈부신 검광을 뿌려 댔다. 그것은 마치 하나의 구름이 피어오르는 것 같은 광경이었다.

진산월의 몸을 공격했던 청염라 정탁은 무언가 차갑고 예리한 기운이 좀처럼 보기 힘든 빠른 속도로 자신을 에워싸고 있는 것을 깨닫고 양손을 질풍처럼 휘둘렀다. 푸르스름한 강기(罡氣)가 사방으로 퍼져 나갔다.

두 검광과 강기가 허공에서 격돌하는 소리는 의외로 그리 크지 않았다. 다만 그 결과는 모두를 놀라게 하기에 충분했다.

"큭!"

정탁의 신형이 한 차례 휘청거리며 세 걸음이나 물러섰던 것이다. 정탁의 앞가슴은 어느새 검기에 모두 잘려 나가 맨살이 그대로 드러나 보였다. 그 가슴에 종횡으로 그어진 검 자국은 십여 개나 되었다.

비록 깊이가 얕아서 가슴이 갈라지거나 하는 치명상은 입지 않았으나 정탁은 어지간히 놀랐던지 가뜩이나 푸르스름한 얼굴이 더욱 시퍼렇게 변해 있었다.

정탁이 익힌 청염신공은 사람을 살상하는 데도 뛰어날 뿐 아니라 호신강기로도 그 위력이 상당한 무공이었다. 그런데 너무도 허망하게 상처를 입고 보니 오히려 허탈해질 지경이었다.

정탁이 푸르스름한 안광을 번뜩이며 재차 진산월을 향해 몸을 날렸다. 이미 신호가 되어 있었는지 정혼도 어느새 진산월의 앞으로 날아오고 있었다.

낙무인도 금화신륜을 들고 달려들었으며, 양전도 이번에는 아무 소리 없이 그를 따라 진산월을 공격해 들어갔다. 일대일로는 누구도 진산월을 이길 수 없다는 무언의 공감대가 형성된 것이다.

네 명의 절정 고수가 동시에 합공(合攻)을 하자 그 위력은 가히 상상을 불허할 정도로 가공스러운 것이었다. 특히 정혼과 정탁의 장력은 그 위력이 엄청나서 그들이 쌍장(雙掌)을 휘두를 때마다 주위가 지진이라도 만난 듯 마구 뒤흔들릴 정도였다.
　진산월의 장검이 움직이며 다시 예의 가공스러운 검광을 뿜어내기 시작했다.
　휘익!
　그의 검이 한 줄기 휘파람 같은 소리를 내며 정혼의 장력을 뚫고 그의 미간(眉間)을 향해 날아갔다. 그 속도가 어찌나 빠른지 정혼은 순간적으로 자신의 몸이 이미 그 검광에 꿰뚫려 버린 듯한 착각이 들었다.
　"형, 위험해!"
　정탁이 다급한 외침을 토해 내며 청염장(靑焰掌)을 거푸 세 번이나 날렸다. 정혼 또한 황급히 정신을 차리고 신형을 옆으로 이동시켰다.
　하나 그때 그의 미간으로 날아오던 검광이 어딘가로 사라지고 대신 전혀 다른 검광이 그의 목덜미를 향해 쏘아져 오는 것이 아닌가? 이제 보니 처음의 검광은 허영(虛影)이었고, 두 번째 것이 진짜 검광이었던 것이다. 이것은 유운검법 중의 추운축전(追雲逐電)이란 초식으로, 일직선으로 움직이는 검영(劍影) 속에 진검을 숨긴 무서운 살수였다.
　강호에서 수십 년을 살아오면서 누구도 두렵지 않던 정혼도 이때만큼은 모골이 송연해졌다.

정혼은 도저히 피할 수 없다고 판단하고 한 손을 희생할 작정으로 왼손을 앞으로 쭉 내밀었다. 때마침 양전의 장검이 날아들어 그의 목덜미를 향해 날아오는 검광을 막지 않았다면 정혼은 목이 꿰뚫리거나 최소한 왼손을 잃고 말았을 것이다.

하나 그 대신에 양전은 검광을 막은 충격을 이기지 못하고 비틀거리며 뒤로 두 걸음이나 물러서고 말았다. 양전의 얼굴에는 어두운 그림자가 가득했다.

그도 검을 익히고 있는 사람이기 때문에 검광에 이런 위력을 실어 보낸다는 것이 얼마나 어렵고 힘든 일인지 너무도 잘 알고 있었다. 눈앞의 이 종남파 장문인은 아무리 보아도 서른도 넘지 않은 나이에 측량도 할 수 없는 고강한 검술을 익혔음이 분명했다.

검으로 평생을 살아온 사람으로서 솔직히 양전은 그에게 부러움과 함께 어떤 외경심(畏敬心)을 느꼈다. 도대체 어떤 수련을 했기에 젊은 나이에 저토록 가공할 검술을 터득했단 말인가?

하나 경탄만 하고 있을 수만은 없었다.

그가 물러서는 그 짧은 순간에도 진산월의 검은 정탁을 무섭게 압박하고 있었던 것이다. 정탁은 형을 구할 욕심에 앞뒤를 돌보지 않고 덤벼들었다가 허점을 보여 금시라도 검광에 피를 뿌리며 쓰러질 것만 같았다.

쌍염라 정씨 형제는 초가보는 물론이고 섬서성 전체를 통틀어도 누구도 무시하지 못할 실력을 지닌 절정의 고수들인데 진산월이 한 번 검을 휘두를 때마다 연신 위태로운 상황에 처했다.

하나 그것도 정씨 형제가 뛰어난 무공의 소유자들이었기에 그 정도였지, 정씨 형제가 아닌 다른 사람이었다면 진즉에 피를 뿌리며 쓰러지고 말았을 것이다.

정탁을 구해 준 것은 낙무인이었다. 낙무인은 적시에 금화신륜을 날려 정탁을 위기에서 벗어나게 했다. 하나 그 대신에 이번에는 그가 진산월의 검세(劍勢)에 노출되었다. 낙무인은 금화신륜을 휘둘러 결사적으로 대항했으나, 이내 옆구리가 피범벅이 되어 휘청거렸다.

정혼과 정탁이 거의 동시에 쌍장을 휘두르며 달려들었다. 그들 형제의 장력은 정말 무서워서 정통으로 격중당하게 되면 천하에 다시없는 고수라 해도 견디지 못한다는 소문이 자자했다. 그들이 단지 두 개의 육장(肉掌)만으로 사패보다 더한 명성을 떨치고 있는 이유도 그 때문이었다.

과연 진산월도 그들의 장력을 함부로 대할 수 없었는지 슬쩍 몸을 뒤로 뺐다. 하나 그들이 채 안심하기도 전에 진산월은 조금 전보다 훨씬 빨리 앞으로 나아가며 수중의 검을 빠르게 흔들었다.

쉬악!

도저히 검에서 나오는 소리라고는 믿기지 않을 정도로 거센 음향과 함께 강력한 네 줄기의 검광이 정혼과 정탁 형제의 눈을 어지럽혔다.

그들은 이미 조금 전에 진산월의 검에 혼쭐이 난 적이 있으므로 이와 같은 무시무시한 검광을 보자 가슴이 덜컥 내려앉았다.

'대체 이건 무슨 검법이란 말인가?'

그들의 뇌리에는 똑같은 질문이 떠올랐으나, 그 질문의 해답을 구할 겨를은 없었다. 그들은 황급히 양쪽으로 갈라지며 진산월의 왼쪽과 오른쪽을 공격해 들어갔다. 그런데 피한 줄 알았던 네 줄기의 검광들이 갑자기 각기 두 개씩 갈라져 여덟 개의 검광으로 변하더니 그들의 전신을 휘감아 오는 것이 아닌가?

"으헛!"

두 사람의 입에서 거의 동시에 다급한 헛바람 들이켜는 소리가 흘러나왔다. 그들은 공격하려고 내뻗었던 손을 재빨리 거두며 검광을 피하기 위해 최대한 몸을 비틀었다.

다음 순간, 여덟 개의 검광이 갑자기 하나로 합쳐지더니 우측에 있는 정탁의 몸을 사정없이 가격해 버렸다. 그것은 너무도 창졸지간에 벌어진 변화라 누구도 예상치 못했던 일이었다.

"크아악!"

정탁의 입에서 처절한 비명 소리가 터져 나왔다. 정탁은 가슴을 부여잡은 채 휘청거리더니 그대로 바닥에 쓰러지고 말았다.

"탁아!"

정혼이 그의 몸을 안아 들었을 때는 이미 정탁은 가슴에 커다란 구멍이 뚫린 채 눈을 부릅뜨고 죽어 있었다. 그 구멍은 정탁의 몸을 완전히 관통하여 등 뒤까지 같은 크기로 뚫려 있었다.

검으로 이와 같은 위력을 발휘한다는 것은 눈으로 보고도 믿을 수 없는 일이었다.

그것이 유운검법에서도 가장 익히기 어렵다는 유운검봉(流雲劍峯)임을 그들이 어찌 알겠는가? 이 초식은 검봉이 발출되는 개수에 따라서 명칭이 달라지는데, 조금 전과 같은 여덟 개의 검광이 하나로 합쳐질 경우에는 유운팔봉(流雲八峯)이라고 부른다.

이 검봉을 종남파 사상 가장 많이 발출한 사람은 유운검법의 창시자인 곽일산으로, 그는 일검에 열여섯 개의 검봉을 발출해 세인들을 경악시켰다고 한다. 최근의 백 년 동안 종남파에서 여덟 개 이상의 검봉을 만들어 내는 사람은 없었다.

그런 점에서 본다면 정탁의 죽음은 결코 억울한 것이 아니었다. 하나 정혼은 그렇게 생각하지 않은 것이 분명했다.

정탁의 시체를 안고 있던 정혼이 갑자기 몸을 별떡 일으키더니 무서운 기세로 진산월을 향해 덮쳐 가는 것이었다. 그때는 양전과 낙무인이 진산월의 검법에 필사적으로 대항하고 있던 상황이었다.

"이놈!"

정혼은 가슴에서 우러나오는 고함을 토하며 진산월의 앞가슴을 향해 폭포수 같은 쌍장을 퍼부어 댔다. 그 기세가 어찌나 살벌한지 양전과 낙무인조차 그 장력의 여파에 휩쓸려 몸을 휘청거릴 지경이었다.

진산월은 담담한 표정으로 검을 한 차례 휘둘렀다.

허공이 반으로 갈라지는 것 같았다. 그토록 가공스럽던 정혼의 혈염장(血焰掌)이 씻은 듯이 사라지며 눈부신 섬광 한 가닥이 그 자리를 대신했다.

……

정혼은 그 자리에 우뚝 선 채 진산월을 쏘아보다가 허물어지듯 바닥에 쓰러졌다. 그의 앞가슴은 어느새 쩌억 갈라진 채 시뻘건 핏물을 뿜어내고 있었다.

양전과 낙무인이 놀랄 사이도 없이 진산월의 장검은 또 다른 변화를 일으키며 그들의 머리 위로 떨어져 내렸다. 그 천변만화하는 검법에 질린 낙무인이 금화신륜을 진산월에게 내던지며 뒤로 물러나 도망치려 했다.

하나 그의 동작은 조금 늦었다. 검광이 갑자기 확산되며 그의 신형을 그대로 휩쓸어 버린 것이다.

"크악!"

낙무인은 허리가 두 동강이 난 채 처참한 모습으로 바닥에 나뒹굴었다.

양전 또한 무사하지는 못했다. 비록 그는 낙무인처럼 허리가 두 동강이 나는 신세는 면했으나, 왼쪽 팔이 팔꿈치 아래로 싹둑 잘려 버렸던 것이다. 수중에 들고 있던 장검마저 어느새 부러져서 반 토막이 나 있었다.

양전은 반 토막 난 검을 든 채 망연자실한 표정으로 진산월을 쳐다보고 서 있었다. 자신의 팔이 잘려 나간 통증도 느끼지 못하는 모습이었다.

"이렇게 강하다니…… 이렇게 강한 검법이 있다니……."

그는 마치 정신 나간 사람처럼 의미 모를 소리만 중얼거리고 있었다.

그제야 진산월은 천천히 검을 거두었다.

그가 네 명의 절정 고수와 싸운 시간은 채 일각도 되지 않았고,

제99장 본산수복(本山收復) 253

펼친 무공도 유운검법 중 아홉 초식에 불과했다. 그런데 네 명 중 세 사람은 검하고혼(劍下孤魂)이 되어 버렸고, 한 사람은 팔이 잘린 채 싸울 의욕을 상실해 버렸던 것이다.

장내에는 양전의 부하 십여 명이 있었지만 누구도 입을 여는 사람은 없었다. 그들의 눈에 비친 진산월은 사람이 아닌 검신(劍神)이었다. 인간의 몸으로 어찌 이런 위력을 발휘할 수 있단 말인가?

진산월은 아직도 팔을 지혈할 생각도 하지 않은 채 우두커니 있는 양전을 힐끗 쳐다보더니 몸을 돌리려 했다. 그때 양전이 불쑥 물었다.

"이게 종남의 검법이란 말이오?"

진산월은 고개를 끄덕였다.

"그렇소."

"검법의 이름은?"

"유운검법."

양전의 몸이 한 차례 부르르 떨렸다.

"유운검법…… 그래. 정말 거대한 구름이 움직이는 것 같았어……."

양전은 얼굴을 실룩거리더니 다시 물었다.

"왜 나를 저들처럼 죽이지 않고 살려 주는 거요?"

진산월은 담담한 시선으로 그를 응시하더니 천천히 입을 열었다.

"이곳에 오기 전에 태평각과 태화전을 둘러보았소. 약탈당하거나 파손된 곳이 없이 예전처럼 깨끗하게 정리되어 있더군."

"……!"

"지난 육 개월 동안 본 파를 잘 관리해 준 대가라고 생각하시오."

이어 그는 더 이상 망설이지 않고 신형을 날려 장내를 떠나갔다. 양전은 멀어져 가는 그의 뒷모습을 멍하니 바라보고 있더니 땅이 꺼질 듯한 무거운 한숨을 토해 냈다.

"후우…… 남의 동정으로 목숨을 건지다니…… 살아서 이런 꼴을 당하게 될 줄은 몰랐군."

그는 씁쓸하게 웃으며 한동안 못 박힌 듯 그 자리에 서 있었다. 그러다 쓸쓸히 몸을 돌렸다.

"보(堡)로 돌아가자. 이곳의 주인은 더 이상 우리가 아니다."

그의 음성은 얼굴에 떠올라 있는 표정만큼이나 우울하고 침통한 것이었다.

진산월이란 이름 세 글자가 강호의 전역에 널리 퍼지게 된 것은 이때부터였다. 하나 그때만 해도 이 이름이 나중에 신화와 전설로 뒤덮이게 되리라고는 아무도 예상하는 사람이 없었다.

* * *

"헉헉……."

방취아는 왼손에 흐르는 피를 지혈(止血)할 여유도 없이 계속 몸을 움직였다. 잠시만 멈춰도 독사의 이빨 같은 날카로운 채찍이

제99장 본산수복(本山收復) 255

그녀의 몸을 휘감아 왔기 때문이다.

그 채찍의 끝에는 수십 개의 가느다란 철침(鐵針)이 박혀 있어 스치기만 해도 치명상을 입을 게 분명했다. 과연 신망이라 불리는 곡풍이 사용할 만한 악독한 병기였다.

처음에 혈붕 시일해와 싸울 때만 해도 그녀는 시일해를 눕히고 조사전을 장악할 자신이 있었다. 천둔장법이 예상외의 위력을 발휘하여 시일해를 압도하고 있었기 때문이다.

일단 조사전만 장악하면 자신의 임무는 다한 셈이니 그때부터는 최대한 시간을 끌면서 장문 사형이 올 때까지 기다리기만 하면 되었다.

그런데 막 시일해를 눕히려는 순간, 어디선가 갑자기 채찍이 날아들었다. 그 채찍에 설마 철침이 달려 있으리라고는 생각지 못했던 게 실수라면 실수였다.

그녀는 무심코 여느 채찍처럼 생각하고 오른손으로 계속 시일해를 향해 장력을 날리며 왼손으로 채찍을 후려쳤던 것이다.

덕분에 시일해에게 적지 않는 부상을 입힐 수는 있었으나, 그녀의 왼손도 피투성이가 되고 말았다.

머리끝까지 솟구쳐 오르는 통증을 억누르며 고개를 돌린 그녀의 눈에 들어온 것은 철침이 가득 박힌 채찍을 들고 징그러운 웃음을 짓고 있는 비쩍 마른 해골 같은 인상의 중년인이었다.

그 중년인이 혈붕 시일해와 함께 팔수에 속해 있는 신망 곡풍임을 알아차린 것은 그다지 어렵지 않았다. 문제는 곡풍의 독아편(毒牙鞭)에 당한 왼손의 부상이 생각보다 심해서 팔을 제대로 움직일 수 없다는 것이었다.

　그녀처럼 신법을 장기로 하는 사람이 한쪽 팔을 마음대로 움직일 수 없게 되었으니 자연히 신법을 펼치는 데 지장을 초래할 수밖에 없었다.

　그 뒤로 그녀에게는 악몽 같은 시간이 계속되었다.

　시일해는 비록 옆구리의 갈비뼈가 부러져 나가는 부상을 입었으나 아직도 몸을 움직일 수는 있었다. 그는 그동안 그녀에게 당한 것을 만회라도 하려는지 부상에도 아랑곳하지 않고 미친 듯이 덤벼들었다. 게다가 곡풍이 수시로 독아편을 날려 그녀를 위협하는 바람에 그녀는 계속 수세에 몰리게 되었다.

　방취아는 왼손의 손바닥이 찢어져 피가 계속 흘러나오는데도 미처 지혈할 시간도 없이 이리저리 몸을 날려 시일해와 곡풍의 공격을 피해 다녔다.

　천만다행으로 시일해나 곡풍이나 신법에는 그다지 조예가 깊은 인물들이 아니어서 그녀는 그럭저럭 위급한 순간을 넘길 수 있었다. 하나 점차 시간이 흐를수록 그녀의 체력이 떨어지기 시작했다. 게다가 왼손으로 피를 너무 많이 흘려서 가끔씩 어지러움이 느껴지기도 했다.

　그녀는 이런 식으로 가다가는 얼마 되지 않아 그들의 손에 쓰러지고 말리라고 생각하고 비장한 결심을 했다.

　'이대로 허무하게 쓰러지지는 않겠어. 한 놈이라도 저승길의 길동무로 삼아야겠다.'

　그렇게 생각하자 오히려 마음이 가벼워졌다. 때마침 곡풍의 독아편이 예리한 소리를 내며 그녀의 허리를 휘감아 왔다.

'오냐, 아까부터 네놈은 꼭 손을 봐주려 했다.'

그녀는 곡풍 때문에 이러한 고초를 겪었는지라 그에 대한 원한(怨恨)이 사무쳐서 즉시 주저하지 않고 자신의 결심을 행동으로 옮겼다. 그녀는 몸을 허공으로 솟구쳐 독아편이 자신의 발밑을 스쳐 지나가게 했다.

기회를 놓치지 않고 시일해의 혈정권이 날아들었으나 그녀의 신형은 어느새 옆으로 일 장쯤 이동하여 그 주먹을 가볍게 피했다.

"정말 신법 하나는 귀신같은 계집이군."

곡풍이 투덜거리며 독아편을 회수했다가 재차 떨치려 할 때였다. 삼 장쯤 떨어진 바닥으로 내려서는 듯했던 방취아의 몸이 갑자기 회전을 하더니 하나의 팽이처럼 무서운 속도로 바닥에 낮게 깔린 채 곡풍을 향해 돌진해 오는 것이었다.

이것은 곤지룡(滾地龍)이라는 신법으로, 자신의 몸을 빠르게 회전시켜 그 회전력을 이용해 상대의 하체를 공격하는 수법이었다.

곡풍은 계속 피하기만 하던 그녀가 갑자기 공세로 전환할 줄은 몰랐는지 허가 찔려 뒤로 주춤 물러났다. 하나 빠르게 돌진해 오는 곤지룡 앞에서 뒤로 물러나는 것은 오히려 죽음을 자초하는 일이었다.

순식간에 그녀와의 거리가 좁혀지자 그제야 자신의 실책을 깨달은 곡풍은 황급히 허공으로 몸을 솟구치며 독아편을 휘둘렀다.

쉬아악!

한 마리의 독사처럼 독아편이 꿈틀거리며 방취아의 목덜미를 향해 허공을 미끄러져 갔다. 하나 그녀의 자세가 워낙 낮은 데다 바닥에 거의 닿을 듯한 높이로 움직이고 있기에 독아편은 그녀의 어깨를 아슬아슬하게 스치고 지나가 버렸다.

팟!

그녀의 어깨가 갈라지며 핏물이 솟구쳐 올랐다. 그 순간에 그녀는 곡풍의 발밑까지 바짝 다가설 수 있었다. 시일해가 곡풍의 위기를 알아차리고 전력을 다해 혈정권으로 그녀의 등줄기를 후려쳐 갔다.

하나 그녀는 그의 공격은 전혀 도외시한 채 곡풍의 발밑에서 머리 쪽으로 솟구쳐 오르며 천둔장법으로 그의 단전과 가슴팍을 향해 십여 장을 폭포수처럼 갈겨 댔다.

파파파팡!

"크억!"

곡풍은 앞가슴이 너덜너덜해진 채로 시커먼 핏줄기를 토해 내며 이 장 밖으로 나가 떨어졌다.

그와 거의 동시에 시일해의 혈정권이 그녀의 등을 강타하려 했다. 그 강력한 주먹에 격중되기만 하면 그녀의 등뼈가 산산이 부서질 것은 불을 보듯 뻔한 일이었다.

절체절명의 순간, 갑자기 어디선가 새하얀 섬광 하나가 날아들었다. 그 섬광이 날아오는 속도는 상상을 불허하는 것이었다.

팟!

섬광은 순식간에 사라져 버렸다.

방취아는 이제는 죽었구나 하고 눈을 꼬옥 감고 있다가 아무리 기다려도 등에 시일해의 주먹이 닿는 느낌이 없자 살짝 눈을 떠 보았다.

시일해는 그녀를 향해 주먹을 내뻗은 자세 그대로 미동도 않고 우뚝 서 있었다. 하나 그녀는 시일해의 뒤통수를 지나 목덜미 앞으로 하나의 장검이 삐져나와 있음을 발견했다.

무언가를 느낀 듯 그녀는 황급히 주위를 두리번거렸다. 그러더니 이내 비명 같은 외침을 토해 내며 한 사람의 품속으로 뛰어들었다.

"장문 사형!"

진산월은 자신의 품속에 안긴 방취아의 몸을 꼬옥 끌어안으며 부드러운 음성으로 말했다.

"내가 조금만 더 늦게 왔으면 큰일 날 뻔했구나."

방취아는 아무 말도 못 하고 몸을 바르르 떨고 있었다. 목숨을 잃을 뻔했다는 두려움과 이제는 살았다는 안도감 때문에 그녀는 거의 제정신이 아니었다. 진산월은 그녀의 어깨를 가만히 어루만져 주다가 그녀의 몸 곳곳이 피투성이임을 보고 그녀를 품에서 떼어 냈다.

"상처가 심하구나."

그녀는 천천히 고개를 쳐들었다. 배꽃 같은 얼굴에 한 줄기 눈물이 맺혔으나, 그녀는 이내 방긋 웃었다.

"괜찮아요. 이 정도는 충분히 참을 수 있어요."

"지혈부터 먼저 해야겠다."

진산월은 그녀의 왼손에서 아직도 흘러내리는 상처의 피를 지혈한 후 시일해의 목에 꽂혀 있는 용영검을 회수했다. 조금 전에 진산월은 방취아가 위기에 처한 것을 발견하고 십여 장 거리에서 홍단서천(虹斷西天)의 수법으로 용영검을 날려 시일해를 제거했던 것이다. 홍단서천은 종남파에서도 장문인만이 익힐 수 있는 비전 검술(秘傳劍術) 중 하나로, 검을 날려 적을 살해하는 최고 수준의 비검술(飛劍術)이었다.

한동안 진산월의 손에 구출된 것을 기뻐하며 울고 웃던 방취아는 다급하게 물었다.

"소 사형은 어떻게 되었어요? 동 사질은요?"

"지산은 여러 고수들의 합공을 받고 상당한 위기에 처해 있었는데, 다행히 중산이 때마침 도와줘서 간신히 버티고 있었다."

"지금은요?"

"산문 앞을 정리하고 있지."

그녀는 소지산과 동중산이 모두 무사하다는 말에 뛸 듯이 기뻐하다가 의아한 듯 다시 물었다.

"뭘 정리하는데요?"

"시체들."

그 말에 그녀는 몸을 움찔거리다가 갑자기 안색이 환해졌다.

"장문 사형. 그럼 결국……."

진산월은 고개를 끄덕였다.

"우리는 본산을 되찾았다."

그녀의 얼굴에 다시 눈물이 고이기 시작했다. 그녀는 아무 말도 못 하고 얼굴을 실룩거리더니 그 자리에 털썩 주저앉으며 손으로 얼굴을 가리고 울었다. 진산월은 그녀의 마음을 너무도 잘 알고 있기에 그녀의 어깨를 가만히 두드려 주었다.

한참을 소리 죽여 흐느끼던 그녀는 눈물을 훔치며 조그만 음성으로 말했다.

"언젠간 이렇게 될 줄 알았어요. 이제는 돌아가신 선사(先師)께 미안해하지 않아도 되겠군요."

"너희들이 고생해 준 덕분이다."

그녀는 도리질을 했다.

"장문 사형 때문이에요. 우리들만으로는 엄두도 내지 못했을 거예요."

그녀는 빨갛게 부은 얼굴을 소매로 문지르고는 자리에서 벌떡 일어났다.

"어서 가요. 소 사형과 동 사질을 빨리 보고 싶어요."

환하게 웃으며 달려가는 그녀의 머리 위로 유난히 눈부신 아침 햇살이 잘게 부서지고 있었다.

제 100 장
오리무중(五里霧中)

제100장 오리무중(五里霧中)

뎅…… 뎅…….

은은한 종소리가 자은사의 경내에 조용히 울려 퍼졌다.

이른 새벽. 희뿌연 안개가 자욱하게 깔려 있는 절간에 고적하게 울려 퍼지는 종소리는 사람의 심금을 울리는 힘이 있었다. 안개 위로 솟구쳐 있는 대안탑의 풍경과 종소리는 너무도 잘 어울려 보였다.

옛 사람들도 이것을 알았는지 '안탑신종(雁塔晨鐘)', 즉 대안탑에서 울려 퍼지는 새벽 종소리를 관중팔경(關中八景)의 하나로 꼽았다.

자은사의 주지인 백운은 오늘따라 팔다리가 뻐근함을 느꼈다. 아마도 짙은 안개 때문에 습기가 차서 오래전부터 앓아 온 관절염이 도지는 모양이었다.

"어허…… 노납도 이제 관 속으로 들어갈 때가 가까워 오는 것 같구나. 이른 새벽부터 온몸이 쑤시다니…….”

백운은 침상에서 일어나며 한숨 섞인 넋두리를 토해 냈다. 사미승이라도 부를까 했으나, 시간이 너무 일러 포기하고 스스로 자신의 팔다리를 주물렀다.

그때 방문이 소리 없이 열렸다. 그리고 한 줄기 그윽한 사향 냄새 같은 것이 풍겨 왔다.

고개를 돌린 백운의 눈에 면사를 쓴 세 명의 여인이 들어왔다.

선실(禪室)이 온통 그녀들로 인해 환해지는 것 같았다. 비록 얼굴을 알아볼 수는 없었으나, 늘씬한 키와 굴곡이 완연한 몸매만 보아도 그녀들이 하나같이 뛰어난 미녀들임을 어렵지 않게 짐작할 수 있을 정도였다.

아마도 젊은 남자였다면 이른 새벽에 느닷없이 자신의 방으로 세 명의 미녀가 찾아온 것을 보고 무척 당황했을 것이다. 하나 백운은 온화한 미소를 지은 채 중앙에 있는 탁자를 가리켰다.

"어서 앉으시오.”

세 명의 면사녀 중 오른쪽에 있는 다소 키가 작은 여인이 불쑥 물었다.

"우리가 누구인지 아시나요?”

그녀의 음성은 마치 옥구슬이 서로 부딪히듯 짤랑짤랑해서 듣는 사람의 마음을 절로 상쾌하게 만들었다.

백운의 얼굴에 온화한 미소가 떠올랐다.

"허허…… 노납을 찾아온 손님들 아니오? 이렇게 이른 아침에 냄새나는 노납의 방까지 온 걸 보니 어지간히 급한 일이 있는 모양인데, 차라도 한잔하면서 이야기를 나누도록 합시다."

세 명의 여인은 백운의 태도가 뜻밖인 듯 한동안 가만히 서 있었다. 그러다 중앙의 늘씬한 미녀가 먼저 탁자로 가서 앉자 다른 두 명의 여인들도 그녀의 뒤를 따랐다.

백운은 밤사이에 우려 두었던 차를 그녀들에게 한 잔씩 따라 주었다.

"맛이 좀 진하긴 하지만, 새벽의 빈속을 채우는 데는 제법 효과가 있을 거요."

중앙의 여인이 차를 한 모금 마시고는 이내 차분한 음성으로 말했다.

"호구로군요. 모처럼 마셔 보네요."

"허허…… 여시주의 차공력(茶功力)도 대단하구려. 며칠 전에 누군가가 들고 온 것인데, 노납 혼자 마시기에는 아까워서 같이 마실 사람을 찾고 있던 참이었소."

백운은 자신도 앉아서 느긋한 표정으로 차를 마셨다. 그런 다음 세 여인을 차분한 눈길로 쳐다보다가 이내 중앙의 여인에게 시선을 고정시켰다.

"단순히 불심(佛心)이 깊어서 부처님께 공양(供養)을 하러 노납을 찾아온 것 같지는 않구려."

중앙의 여인이 조용히 웃었다.

"물론 그렇습니다. 먼저 이렇게 불쑥 찾아와서 대사님의 심기를 어지럽힌 점을 사과드리겠습니다."

"허허…… 노납은 워낙 새벽잠이 없어서 심기가 어지럽고 말고 할 것도 없소."

중앙의 여인은 천천히 면사를 벗었다. 그러자 백옥같이 흰 피부에 눈빛이 유난히 영롱한 미녀의 얼굴이 나타났다. 그녀는 백운을 향해 공손하게 머리를 숙였다.

"인사가 늦었습니다. 저는 천봉궁(天鳳宮)의 금교교(琴巧巧)라고 합니다."

눈앞의 여인이 무림인이라면 누구나가 한 번이라도 만나기를 간절히 염원한다는 천봉팔선자(天鳳八仙子) 중 한 사람임을 알고도 백운은 별로 놀라지 않고 여전히 자상한 미소를 머금었다.

"이제 보니 일대 기녀(一大奇女)로 소문난 금 시주였구려. 다른 두 분도 같은 선자(仙子)들이시오?"

금교교는 고개를 끄덕였다.

"왼쪽이 제 다섯째 동생인 유화화(劉華華)라 하고, 오른쪽이 막내인 누산산(婁珊珊)입니다."

그녀가 소개하자 두 여인도 면사를 벗기 시작했다. 두 여인 모두 금교교 못지않은 미녀들이었다.

좌측의 여인은 유난히 새하얀 피부에 눈빛이 날카로운 여인이었다. 얼굴이 전형적인 계란형이었는데, 전체적으로 성격이 다소 급해 보이는 인상이었다.

반면에 우측의 여인은 이제 갓 소녀티를 벗은 나이에 흑백이 분명한 눈망울을 가지고 있었다. 그래서인지 활달하고도 건강해 보였다.

비봉(飛鳳) 유화화는 천봉팔선자 중에서도 가장 신법이 뛰어나기로 이름 높은 여인이었다. 심지어는 천하무림의 십대신법대가(十大身法大家)와 견주어도 손색이 없다는 것이 그녀를 알고 있는 사람들의 한결같은 평가였다.

막내인 옥봉 누산산 또한 몇 년 전부터 강호 무림에서 상당한 명성을 쌓고 있었다. 그녀는 톡톡 튀는 성격만큼이나 크고 작은 사건을 잘 일으켜서, 팔선자 중에서도 가장 널리 알려져 있었다.

자은사에 천봉팔선자 중의 세 사람이나 나타났다는 것이 알려진다면 장안이 온통 소란스러워지고 말 것이다.

백운도 그녀들의 갑작스러운 출현에 호기심이 이는지 차를 한 모금 마시고는 이내 평소의 성격을 나타내듯 단도직입적으로 물었다.

"세 분 여시주의 이름은 구석진 이곳에 처박혀 있는 노납도 익히 들었소. 이제 노납을 찾아온 이유를 듣고 싶구려."

금교교의 음성은 계류(溪流)처럼 부드럽고 맑았다.

"저희들이 실례를 무릅쓰고 이른 아침에 대사님을 찾아온 것은 한 가지 부탁드릴 게 있어서입니다."

"그게 무엇이오?"

금교교는 보석처럼 영롱한 눈으로 백운을 응시하며 조용히 입을 열었다.

"소문에 듣기로는 얼마 전에 취미사에 커다란 혈겁이 벌어졌다고 하더군요. 그때 참변을 당한 시신들을 이곳 자은사에 보관하고 있다고 들었습니다."

"그렇소."

"저희들은 그 시신들 중 취미사의 주지이신 굉지 선사의 유해(遺骸)를 잠시 보고자 찾아온 것입니다."

백운의 흰 눈썹이 한 차례 꿈틀거렸다.

"여시주들은 굉지 선사와 친한 사이시오?"

금교교는 고개를 저었다.

"아닙니다. 저희는 한 번도 그분을 뵌 적이 없을 뿐 아니라 이름도 이번에 처음 들었습니다."

"그렇다면 소림사의 부탁을 받은 거요?"

"아닙니다."

"그렇다면 이상하구려. 그와 아무런 관련도 없다면서 왜 굳이 그의 시신을 보려고 하는 거요?"

금교교는 잠시 눈을 빛내더니 이내 다소곳하게 머리를 숙였다.

"죄송합니다. 그 이유는 유해를 확인하고 나서 말씀드리도록 하겠습니다."

백운의 얼굴에 난처한 표정이 떠올랐다.

"허…… 느닷없이 불쑥 찾아와서는 다짜고짜 시신을 보여 달라고 하면서 그 이유는 말해 줄 수 없다니 노납은 몹시 당혹스럽구려."

"평상시라면 저도 이런 무리한 부탁은 드리지 않았을 겁니다. 하지만 저희들에게도 피치 못할 사정이 있으니 대사님께서 조금만 양해해 주셨으면 좋겠군요."

백운의 시선이 금교교의 유난히 밝게 빛나는 두 눈을 향했다.

"금 시주가 노납이라면 이런 경우 어떻게 하겠소?"

"저라면 부탁을 한 사람이 어떠한 사람인지 상황을 보아서 결정하겠습니다."

"예를 들면?"

금교교의 대답은 막힘이 없었다.

"부탁한 자가 강호에 이름난 악적(惡賊)이거나 좋지 못한 의도를 품고 억지를 부리는 자라면 목에 칼이 들어와도 승낙치 않을 것이지만, 만약 불가피한 사정 때문에 진정(眞情)을 가지고 부탁해 온다면 승낙할 것입니다."

백운은 너털웃음을 짓고 말았다.

"허허…… 왜 다들 금 시주의 입이 그 어떤 칼날보다 무섭다고 하는지 알 것 같구려. 더 거절했다가는 금 시주의 입에서 무슨 말이 나올지 두렵소."

금교교의 눈이 영롱하게 반짝였다.

"그럼 승낙해 주시는 겁니까?"

백운의 주름진 얼굴에 쓸쓸한 미소가 떠올랐다.

"금 시주의 부탁은 그리 어려운 일도 아니었소. 하지만 나중에라도 소림사에서 그의 시신을 외인에게 보여 주었다는 것을 알게 되면 노납을 단단히 책망할 거요."

"그런 일이 있을 경우에는 저희들이 전적으로 책임을 지겠습니다."

백운은 고개를 끄덕이더니 침상 옆에 있는 줄을 잡아당겼다.

곧 문 밖에서 어린 사미승의 음성이 들려왔다.

"부르셨습니까, 주지 스님?"

"안으로 들어오너라."

문이 열리며 사미승 현오의 모습이 나타났다. 현오는 주지 스님의 방 안에 웬 눈이 번쩍 뜨이는 미녀가 세 명씩이나 앉아 있자 어리둥절한 표정을 숨기지 못했다.

백운이 버럭 소리를 질렀다.

"이놈. 무얼 보고 있는 게냐?"

여인들의 미색(美色)을 넋 놓고 보고 있던 현오는 화들짝 놀라서 황급히 백운에게 머리를 조아렸다.

"아, 아닙니다."

"이분 세 여시주를 불심당(佛心堂)으로 모셔다 드려라."

"예? 불심당이라면 굉지 대사님의 영구를 모신……."

"그렇다. 몇 번씩이나 말해야 알아듣겠느냐?"

백운의 호통에 현오는 움찔하더니 이내 금교교를 향해 머리를 조아렸다.

"소승을 따라오시지요."

"그럼 다녀오겠습니다."

금교교 등은 자리에서 일어나 현오를 따라 방을 벗어났다.

백운은 그들이 사라질 때까지 그 자리에 가만히 앉아 있다가 나직하게 중얼거렸다.

"천봉궁에서 아무 이유 없이 저러지는 않을 텐데…… 설마 취미사의 일이 천봉궁에까지 여파가 퍼졌단 말인가?"

불심당은 자은사에서 가장 구석진 곳에 위치해 있었다.

원래 불심당은 자은사에서 지내다가 세상을 떠난 승려들의 시신을 장례를 치르기 전까지 임시로 보관하던 곳으로, 이번에 취미사의 혈겁 때 변을 당한 승려들의 시신도 모두 이곳에 보관하고 있었다.

현오는 앞만 보고 열심히 걸어갔다. 처음에 멋모르고 뒤를 돌아보았다가 눈빛이 유난히 초롱초롱한 미녀가 자신을 빤히 쳐다보는 바람에 무안해서 얼굴이 시뻘게졌던 것이다. 그때 그녀의 얼굴에 떠오른 장난스러운 미소가 현오의 뇌리에 깊숙이 박혀 가슴을 두근거리게 했다.

넓은 자은사의 경내를 가로질러 한참을 가니 비로소 불심당의 모습이 나타났다. 현오는 안도의 한숨을 내쉬며 고개도 쳐들지 못하고 불심당을 가리켰다.

"저곳입니다. 소승은 여기에 있을 테니 세 분께선 안으로 들어가십시오."

조금 전에 그와 시선이 마주쳤던 예의 그 미녀가 짓궂은 표정으로 그를 쳐다보았다.

"이왕 안내해 주려면 안까지 같이 가 주는 게 예의 아닌가요?"

현오는 어쩔 줄을 몰라 얼굴이 홍시처럼 붉어졌다.

금교교가 그녀에게 책망 어린 눈빛을 보냈다.

"산매(珊妹), 쓸데없는 소리 하지 마라. 우리가 무엇 때문에 이곳에 왔는지 잊었느냐?"

그녀는 찔끔하여 장난스러운 표정을 거두었다. 금교교는 현오에게 가볍게 인사를 하고는 이내 두 명의 여인들을 데리고 불심당으로 들어갔다.

현오는 뒤통수를 긁적거렸다.

"무림의 여시주들은 모두 저렇게 예쁜가?"

눈만 감으면 자신을 향해 미소 짓던 미녀의 장난기 어린 표정이 선하게 떠오를 것만 같아서 현오는 열심히 아미타불을 외우고 있었다.

그때 불심당 안으로 들어갔던 여인들이 다시 모습을 드러냈다.

"어? 벌써 다 보셨습니까?"

금교교의 얼굴에는 기이한 표정이 떠올라 있었다. 그녀는 현오를 힐끔 응시하더니 짤막하게 말했다.

"없어요."

"예? 뭐라고요?"

"이 안에는 시신이 한 구도 없어요."

현오는 자신이 잘못 들었나 하여 그녀를 멀거니 쳐다보았다.

"그럴 리가……."

하나 금교교의 별빛처럼 영롱하게 반짝이는 눈을 보자 그녀가 결코 허언(虛言)을 하고 있는 게 아니라는 사실을 깨달았다. 그는 황급히 불심당 안으로 뛰어들었다.

불심당은 그리 크지 않은 건물이어서 문을 열고 들어서면 바로 사방의 벽에 줄지어 세워 놓은 관들을 볼 수 있었다. 정면으로 불단이 있고, 그 불단 앞에는 특별히 제작된 오동나무 관도 있었다.

모든 관은 관 뚜껑이 열려 있었다. 그리고 그 안은 텅 비어 있었다. 현오는 몇 차례나 두 눈을 껌벅거리며 관 속을 들여다보고 서야 그 자리에 털썩 주저앉고 말았다. 며칠 전만 해도 분명히 관 속에 있었던 스물두 구의 시신들이 감쪽같이 사라져 버린 것이다.

* * *

악종기가 종남파의 일을 알게 된 것은 막 아침 식사가 끝난 후였다.

그는 어느 때보다도 맛있는 식사를 했는데, 양전의 보고를 듣고 나서는 속이 거북해져 하마터면 먹은 것을 모두 토해 낼 뻔했다.

악종기는 양전의 핼쑥한 얼굴과 잘려 나간 왼팔을 쳐다보더니 씁쓸하게 웃었다.

"아무래도 이제는 내 운도 다 된 것 같군. 양전, 미안하네."

양전은 고개를 떨구었다.

"모두 제 불찰입니다. 총관께선 아무 잘못도 없습니다."

"아닐세. 상대의 실력을 경시하고 두 번이나 같은 실수를 저질렀으니 나를 믿고 따라 준 사람들에게 면목이 없네."

양전은 악종기가 불같이 화를 낼 것을 각오하고 있었다. 심지어는 죄를 추궁받아 자결을 명령할지도 모르며, 그럴 경우 기꺼이 죽을 생각을 하고 있었다.

그런데 오히려 악종기가 자신을 책(責)하며 사과를 하자 몸 둘 바를 몰라 했다.

악종기는 부드러운 눈으로 그를 쳐다보고 있다가 한숨을 내쉬었다.

"이번 일이 왜 이렇게 되었는지 처음부터 차근차근 다시 생각해 봐야겠네. 자네는 돌아가서 푹 쉬도록 하게."

"예."

양전은 머리를 조아리고는 물러났다.

양전의 모습이 사라지자 악종기는 몸을 돌려 거울을 쳐다보았다. 거울 속에 비친 자신의 얼굴을 물끄러미 바라보던 악종기가 돌연 나직한 음성으로 말했다.

"최악의 상황이 발생했군. 삼보회동을 코앞에 두고 이런 꼴을 당하다니 정말 우스운 일이 아닌가?"

아무도 그의 말에 대답하는 사람이 없었다.

악종기는 귀밑에 난 하얀 머리를 쓰다듬었다.

"대왕루와 이번의 일로 본 보의 타격이 제법 컸어. 이런 식으로 나가다가는 강북을 석권하기는커녕 화산파와의 일전(一戰)도 장담할 수 없겠는걸. 안 그런가?"

그는 대체 누구에게 말하는 것일까?

악종기는 거울에 비친 자신의 얼굴을 마치 낯선 사람을 쳐다보듯 뚫어지게 보더니 뺨을 가볍게 두들겼다.

"피부가 거칠어졌어. 쓸데없는 신경을 너무 많이 쓴 탓이야. 이러다가는 육십을 넘기도 전에 주름살투성이가 되겠군. 그런데 종남파의 장문인이란 친구는 시기를 아주 잘 선택한 것 같아. 본 보가 삼보회동으로 정신없을 때를 노려 본산을 되찾을 생각을 하다니 말이야……."

그의 음성은 너무 나직해서 얼핏 듣기에는 혼자 속으로 웅얼거리고 있는 것 같았다.

"아마도 이 시기에는 우리가 반격할 정신이 없다고 판단한 거겠지. 나름대로 좋은 생각이기는 한데, 과연 그럴까?"

그는 거울 속의 자기 모습을 보며 다시 물었다.

"정말 우리에게 반격할 여유가 없나? 말해 봐!"

거울 속의 얼굴이 웃고 있는 것 같았다.

"뭐라고? 좀 더 크게 말해 봐. 반격할 필요가 없다고?"

거울 속의 얼굴이 좀 더 분명하게 웃었다.

"반격하지 않아도 그들을 제거할 수 있단 말이지? 어떤 방법으로?"

활짝 미소 짓고 있는 얼굴 속에 괴이한 살기가 꿈틀거렸다.

"차도살인(借刀殺人)이라…… 마음에 드는군. 그런데 그 방법을 하려면 희생자가 필요한데 누구로 하지?"

거울 속의 얼굴은 이를 드러내며 활짝 웃었다.

"역시 그렇지? 양전이 좋겠어. 하하……."

악종기는 거울 속의 자신의 얼굴을 보며 낭랑한 웃음을 터뜨렸다.

* * *

금교교가 다시 백운의 방으로 들어섰을 때, 그녀는 백운 외에도 두 명의 청년이 더 있음을 발견했다. 눈빛이 날카로운 흑의 청년과 그보다 몇 살 어려 보이는 남삼 청년이었다.

금교교의 시선은 흑의 청년에게 잠깐 머물다가 다시 백운에게로 향했다.

"잘 보았소?"

백운의 말에 그녀는 잠시 백운의 얼굴을 빤히 주시했다. 젊은 여인이 나이 먹은 노승(老僧)을 이런 시선으로 쳐다보는 것은 무척 무례하고 불경(不敬)한 일이 아닐 수 없었다.

백운의 주름진 얼굴에 의아한 표정이 떠올랐다.

"무슨 일이 있소? 금 시주의 표정이 영 좋지 않구려."

금교교는 속으로 생각했다.

'이 노승은 정말 아무것도 모르고 있거나, 아니면 천하에 보기 드문 간악(奸惡)한 자일 것이다.'

그녀는 이내 백운을 향해 머리를 조아렸다.

"죄송합니다. 너무 뜻밖의 일을 당해서 제가 정신이 없군요."

"이쪽으로 앉으시오."

백운은 두 청년의 앞자리를 권했다. 금교교는 사양하지 않고 두 명의 여인들과 함께 자리에 앉았다. 잠시 두 남자와 세 여자의 시선이 허공에서 교차되었다. 백운은 그들을 서로에게 소개시켰다.

"이들은 노납의 오랜 친우의 고제(高弟)들이오. 평아야. 이분들은 노납이 조금 전에 말했던 천봉궁의 선자들이시다."

흑의 청년이 먼저 짤막하게 인사를 했다.

"나는 조일평이라 하고, 이쪽은 내 사제인 풍시헌이오."

조일평이란 말에 세 여인들의 시선이 일제히 그에게 고정되었다. 확실히 사람은 이름이 나고 볼 일이었다. 하나 그녀들이 그를 주목하는 것은 단순히 그가 강호에 명성이 자자한 유명한 인물이기 때문이 아니었다.

금교교는 조일평의 길쭉하면서도 강인한 얼굴을 응시하더니 조용한 음성으로 물었다.

"조 소협이시라면 취미사의 혈겁을 제일 처음 발견하신 분이군요."

조일평은 짤막하게 대답했다.

"그렇소."

"정말 잘됐군요. 그렇지 않아도 우리는 조 소협을 찾아가려던 참이었어요."

"취미사의 일 때문에 말이오?"

"그래요."

조일평의 입가에 차가운 미소가 떠올랐다.

"내가 이렇게 인기가 좋을 줄은 몰랐군. 소저는 그 일로 나를 찾아온 세 번째 인물이오."

금교교의 옆에 앉아 있던 누산산의 얼굴에 노기가 떠오르며 무언가 날카로운 음성이 나오려 했다. 하나 금교교가 먼저 입을 열었다.

"당신을 먼저 찾아온 사람들은 소림과 화산파 인물들이겠군요? 우리는 당신을 불편하게 할 생각은 없어요. 단지 당신에게 확인해야 할 것이 있을 뿐이에요."

"그들도 그런 말을 했소."

금교교의 눈이 유난히 반짝거렸다.

"잠시 후면 알게 될 거예요. 우리가 원하는 건 그들과 전혀 다르다는 것을."

그녀의 시선이 다시 백운에게로 향했다.

"우리는 굉지 선사의 유해를 확인하지 못했어요."

백운은 의아한 듯 물었다.

"왜 그렇소?"

"불심당에 시신이 없었습니다."

이어 그녀는 자신들이 불심당에서 본 것을 이야기해 주었다.

백운은 그녀의 말을 듣고 있더니 새하얀 눈썹을 찡그렸다.

"참으로 희한한 일이로군. 매일 저녁마다 향(香)을 피우고 염을 읊은 시신들이 어디로 사라졌단 말인가?"

"염을 할 때마다 관 속의 시신들을 확인해 보셨습니까?"

금교교의 질문에 백운은 씁쓸하게 웃었다.

"아무리 우리가 불문(佛門)에 몸을 담고 있다고 해도 시신을 보는 걸 좋아할 리 있겠소? 며칠 전에 시신을 관 속에 안치할 때 이후로는 관을 열어 본 적이 없소."

"그렇다면 시신들이 언제 없어졌는지도 확인할 수 없겠군요."

"그럴 거요. 그나저나 한두 개도 아니고 그 많은 시신들을 대체 누가 옮겨 갔단 말인가? 참으로 이해할 수 없는 일이로다."

금교교는 잠시 생각에 잠겨 있더니 다시 물었다.

"불심당에 취미사에서 변(變)을 당한 시신들이 안치되어 있다는 것을 다른 사람들도 알고 있습니까?"

"그렇소. 굳이 숨길 일도 아니기에 본 사(本寺)에 있는 모든 사람들에게 말했소."

"불심당을 지키는 일은 누가 맡았습니까?"

백운은 쓴웃음을 지었다.

"아무도 없소. 이미 변을 당한 시신을 무엇 때문에 사람을 시켜 지킨단 말이오?"

"그렇다면 결국 누구라도 남의 눈에 들키지 않고 시신들을 옮길 수 있겠군요."

"허허…… 그렇긴 하겠소만, 누가 그런 무의미한 짓을 했는지 당최 모르겠구려."

금교교의 표정은 여전히 침착했다.

"무의미한 짓이 아닐 수도 있지요. 틀림없이 이유가 있을 겁니다."

백운은 의아한 얼굴로 그녀를 쳐다보았다.

"왜 그렇게 생각하는 거요?"

그녀는 잠시 말을 멈추고 생각에 잠겨 있는 듯했다. 한참 후에야 그녀는 결심한 듯 입을 열었다.

"아무래도 저희들이 왜 굉지 선사의 유해를 보려고 했는지 그 이유를 말씀드려야겠군요."

백운의 얼굴에 흥미로운 빛이 떠올랐다.

금교교는 잠시 한 차례 숨을 고른 다음 특유의 조용하고 침착한 음성으로 입을 열었다.
"사실은 본 궁(本宮)에서 얼마 전에 한 가지 물건이 외부로 유출되었습니다."
"그게 무엇이오?"
"영롱비(玲瓏匕)라는 것입니다."
"영롱비? 비(匕)자가 붙은 걸 보니 비수의 일종인 모양이구려."
"영롱비는 천하에서 가장 예리한 물건입니다. 어떠한 호신강기라도 종잇장처럼 찢어 버리고, 금석(金石)을 두부처럼 자르는 신물(神物)이지요."
"오! 그런 물건이 다 있구려."
"본 궁의 궁주님께서 아끼시던 물건이었습니다."
"그런데 어쩌다 그게 외부로 유출되었단 말이오?"
웬일인지 금교교의 얼굴에 순간적으로 머뭇거리는 표정이 떠올랐다.
"누군가가 훔쳐 갔습니다."
백운은 탄성을 토해 냈다.
"허! 천봉궁의 궁주에게서 물건을 훔치다니 실로 담이 큰 도둑이로군. 세상에 그토록 뛰어난 도둑이 있단 말이오?"
"정상적인 상태라면 누구도 그런 짓을 할 수 없지요. 하지만 약간의 사정이 있었습니다."
"그게 무엇이오?"
"그건 본 궁의 내부의 일이라 말씀드릴 수 없군요. 양해해 주십시오."

"노납이 괜한 걸 물어본 모양이오. 그런데 그 영롱비가 없어진 것이 굉지 선사와 무슨 관련이 있단 말이오?"

"영롱비는 천하에서 가장 예리한 물건이지만, 또한 가장 극음(極陰)의 신병(神兵)이기도 합니다."

백운의 눈이 크게 뜨였다.

"극음이라면……."

"영롱비에 당하면 그 상흔이 얼어붙은 채 좀처럼 녹지 않습니다."

그제야 백운은 무언가를 느낀 듯 안색이 변했다. 심지어는 지금까지 묵묵히 그들의 대화를 듣고 있던 조일평과 풍시헌의 얼굴에도 흥미로운 표정이 떠올랐다.

금교교는 조용한 시선으로 백운을 응시했다.

"이제 왜 저희들이 굉지 선사의 유해를 보고자 했는지 아시겠지요?"

백운은 무겁게 고개를 끄덕였다.

"시주들은 굉지 선사를 살해한 흉기가 영롱비가 아닌가 확인하려고 했던 것이구려."

"그렇습니다. 취미사에서 음기를 띤 병기에 의한 혈겁이 벌어졌다는 말을 듣고 우리는 바로 그 흉기가 영롱비라고 생각했습니다. 영롱비가 없어지고 채 한 달도 되지 않아 그런 일이 벌어졌으니까요."

백운은 아리송한 표정을 지었다.

"음…… 그런데 노납이 듣기로는 흉기가 분실되었던 검보의 빙백검일지 모른다고 하던데……."

"그 소문은 저희도 들었습니다. 하지만 저는 두 가지 점에서 빙백검은 아닐 거라고 생각합니다."

백운의 얼굴에 흥미 어린 표정이 떠올랐다.

"어떤 점에서 그렇소?"

"흉수가 빙백검을 소지했다면 필시 사익 대협의 눈에 띄었을 겁니다. 사 대협의 안목으로 검보의 빙백검을 못 알아보았을 리가 없기 때문이죠. 검보의 인물이 아닌 자가 빙백검을 들고 있다면 당연히 사 대협의 의심을 받았겠지요. 그런 상태라면 누구라도 사 대협의 목을 일 초 만에 벨 수가 없습니다."

"그렇구려."

"또한 저는 굉지 선사의 선방(禪房)을 살펴보고 흉수가 사용한 흉기가 결코 기다란 장검은 아니라는 결론을 내렸습니다."

"그건 또 왜 그렇소?"

금교교의 표정은 차분하게 가라앉아 있어 그녀의 말에 신빙성을 더해 주었다.

"흉수는 선사의 선방에서 함께 차를 마시다가 그들을 살해했습니다. 그런데 만약 흉수가 장검을 사용했다면 탁자에 앉은 상태에서 검을 꺼내 사 대협의 목을 찌른다는 건 현실적으로 불가능한 일입니다. 따라서 흉기는 틀림없이 소맷자락이나 품속에 숨길 만한 크기의 단검이나 비수일 것입니다."

"음……."

"그리고 제가 알기로 그만한 크기의 병기 중 극음의 성질을 띤 것은 천하에서 오직 영롱비밖에는 없습니다."

 백운은 한동안 그녀의 말을 되새겨 보더니 무거운 표정으로 고개를 끄덕였다.

 "금 시주의 말이 일리가 있구려. 그렇다면 빙백검이 실종된 것은 단순한 우연이란 말이오?"

 "저는 흉수가 자신이 영롱비를 사용한 것을 숨기기 위해 그런 일을 저질렀을 거라고 생각합니다."

 "그건 또 무슨 말이오?"

 "빙백검이 사라지지 않았다면 지금처럼 많은 사람들의 관심을 받지는 못했을 겁니다. 혈겁이 벌어진 시기에 때맞춰 빙백검이 실종되었기 때문에 모두들 당연히 빙백검이 흉기로 사용되었을 거라고 생각하게 된 거지요. 하지만 사실은 이것이 흉수가 노리는 점입니다. 그는 세인들의 이목을 빙백검으로 돌려 자신이 실제로 어떤 병기로 살인을 했는지를 숨기고자 했을 겁니다."

 "하지만 흉수가 쓴 흉기가 꼭 영롱비라는 증거는 없지 않소?"

 "그걸 확인하기 위해서 굉지 선사의 유해를 보려고 했던 겁니다."

 그제야 백운은 굉지 선사의 시신이 없어진 것이 절대로 무의미한 일은 아니라는 사실을 깨달았다.

 "그렇다면 굉지 선사의 시신을 가지고 간 자는 바로 흉수이겠구려."

 "그럴 겁니다. 만에 하나 누군가가 시신의 상흔을 확인해서 영롱비의 흔적을 알아볼까 봐 시신을 훔쳐 간 것이라고 생각합니다."

백운은 새삼 이번 취미사에서 벌어진 일이 겉으로 드러난 것보다 훨씬 더 정교하고 복잡한 의미가 담겨 있음을 알게 되었다.

하나 생각하면 생각할수록 머릿속이 너무 어지러워 어디서부터 손을 대야 할지 당최 짐작조차 할 수 없었다. 누군가가 검보의 병기인 것처럼 속여서 천봉궁의 물건으로 소림사와 화산파의 고수를 살해하고, 그 사건을 추적 중인 개방의 고수를 초가보의 영내에서 제거했다면 어떤 사람이건 사건을 정리하는 데만도 골머리를 썩을 것이다.

한동안 장내에 무거운 침묵이 흐르는 가운데, 조일평의 조용하면서도 묵직한 음성이 들려왔다.

"내게 확인해야 할 것이 있다고 했는데, 그것이 무엇이오?"

금교교의 시선이 다시 그에게로 향했다. 두 사람의 시선이 잠깐 마주쳤다.

"조 소협은 굉지 선사와 사 대협의 시신을 가까이에서 본 최초의 인물이에요."

조일평은 묵묵히 고개를 끄덕였다.

금교교는 그의 굳게 다물어진 얄팍한 입술과 날카롭게 솟은 콧날을 응시하고 있다가 다시 말을 이었다.

"그래서 우리는 조 소협께서 그들의 몸에 난 검흔에 대해 자세히 이야기해 주었으면 해요."

"그것으로 흉기가 영롱비인지 알아보려는 것이오?"

"그래요. 시신마저 없어진 지금, 그게 우리에게 남은 유일한 단서예요."

조일평은 잠시 당시의 일을 떠올려 보다가 천천히 입을 열었다.

"며칠 전의 일이라 내 기억이 완벽하게 맞는다고는 할 수 없지만 생각나는 대로 말해 보겠소. 상흔은 정확히 인후혈에 나 있었소. 길이는 두 치쯤 되었는데, 한일자로 그어져 있었소."

"……."

"죽은 지는 대략 서너 시진쯤 되어 보였는데, 그때까지도 상흔 주위가 얼어 있어 피가 흘러나오지 않았소."

"그게 전부인가요?"

조일평은 고개를 끄덕이다 갑자기 생각난 듯 다시 말했다.

"한 가지가 더 있소."

"그게 무언가요?"

"상처 주위가 얼어 있는데도 이상하게도 상흔 자체는 벌어져 있지 않고 오므라져 있었소."

금교교의 눈빛이 날카롭게 번뜩였다.

"상흔이 오므라져 있었다고요?"

"그렇소. 대체로 검에 베인 상처는 벌어지기 마련이오. 음한지기를 띤 장검이라면 물론 잠시 후에 닫히지만, 그것은 당한 사람이 아직 살아 있을 때 이야기요. 다시 말해서 숨이 끊어지는 순간에 상처가 벌어져 있다면 그 상태로 굳어지게 되는 거요. 그런데 세 사람의 상흔은 모두 닫혀 있었소. 그래서 얼핏 보기에는 목이 베인 것이 아니라 단순히 빨간 줄을 그어 놓은 것으로 착각할 수도 있는 상황이었소."

조일평의 상세한 설명이 끝나자 금교교는 그를 향해 공손하게 인사를 했다.

"자세한 답변에 감사드려요. 큰 도움이 되었어요."

"흉수가 사용한 병기가 어떤 것인지 알겠소?"

금교교는 고개를 끄덕였다.

"영롱비가 확실해요."

"왜 그렇게 단정하는 거요?"

"영롱비는 극음의 물건일 뿐 아니라, 자체 내에 특이한 흡력(吸力)이 있어서 그것에 베이게 되면 상처가 절대로 벌어지지 않아요. 천하에서 극음의 성질에 흡력을 가진 것은 흡정한모(吸精寒母)로 만든 영롱비뿐이에요."

"그렇다면 취미사의 혈겁을 저지른 흉수는 영롱비를 훔쳐 간 범인이겠구려."

"그래요."

조일평은 잠시 생각하다가 불쑥 물었다.

"그자는 귀궁(貴宮)의 인물이오?"

뜻밖의 질문에 금교교의 안색이 조금 변했다.

"왜 그렇게 생각하죠?"

"천봉궁의 위치는 강호에서 아는 사람이 거의 없소. 그런데 천봉궁에서도 가장 깊숙한 궁주의 거처에 있는 물건을 외부인이 훔쳐 간다는 건 거의 불가능하다고 생각하오. 그래서 천봉궁 내부의 인물이 아닌가 생각한 거요."

그녀는 잠시 머뭇거리다가 입을 열었다.

"확실히 본 궁의 내부에서 도와준 사람이 있었어요. 하지만 범인은 외부인이에요."

"범인을 도와준 사람이 누구요? 그를 추궁해 보면 범인을 알 수 있지 않겠소?"

그녀는 고개를 가로저었다.

"그렇게는 할 수 없어요."

"왜 그렇소?"

금교교의 얼굴에 다시 망설이는 빛이 떠올랐다. 그녀는 입술을 잘근잘근 깨물다가 어쩔 수 없다는 듯 가느다란 한숨을 내쉬며 입을 열었다.

"그녀가 자진했기 때문이죠."

이번에는 조일평이 입을 다물었다. 금교교의 얼굴에 한 줄기 씁쓸한 표정이 스치고 지나갔다.

"그녀는 항상 잘 웃고 사람을 잘 따라서 모두들 좋아했죠. 본 궁에서 그녀를 싫어하는 사람은 아무도 없었어요."

"……!"

"하지만 그녀는 어느 날 밖에 나갔다가 누군가를 알게 되었어요. 본 궁의 사람들이 아무리 아끼고 사랑해 주어도 그녀의 마음속을 차지한 건 그 사람이었어요."

유화화와 누산산의 얼굴에도 슬픈 표정이 역력했다.

"그녀는 그에게 너무나 빠져 있었기 때문에 그가 한 가지 부탁이 있다고 하자 도저히 거절할 수 없었어요. 그 일이 본 궁을 배반하는 것인 줄 뻔히 알면서도 결국 그녀는 궁주의 처소에 들어가서 몰래 영롱비를 가지고 나온 거예요."

금교교는 다시 한숨을 내쉬었다.

"나중에 사람들이 사실을 알고 그녀를 추궁했을 때, 그녀는 미안하다는 말 한마디만을 남기고 스스로 목숨을 끊었어요. 그때 그녀의 뱃속에는…… 그 남자의 아이가 들어 있었어요."

"그녀는 누구요?"

"소봉(笑鳳) 매향향(梅香香). 나의 바로 아랫동생이죠."

조일평은 다시 물었다.

"그 남자는?"

금교교는 고개를 저었다.

"우리도 몰라요. 그녀는 그에 대해서는 한마디도 하지 않고 죽었어요."

갑자기 누산산이 자리에서 벌떡 일어나더니 눈물이 글썽한 얼굴로 소리쳤다.

"남자들은 모두 똑같아! 그놈은 넷째 언니를 실컷 이용만 해 먹고 버린 거야. 반드시 찾아내서 두 눈에서 피눈물을 흘리도록 하고야 말겠어요!"

이번에는 금교교도 그녀를 제지하지 않았다. 누산산의 두 눈에는 분노와 살기가 범벅이 되어 있었다.

"그놈이 취미사의 혈겁을 저지른 것을 안 이상, 장안을 이 잡듯 뒤져서라도 반드시 찾아내고야 말겠어요."

금교교가 그녀를 달래려는 듯 차분한 음성으로 말했다.

"하지만 지금 우리에게는 그자를 찾을 단서가 너무나 부족하다."

"반드시 찾을 방법이 있을 거예요. 하늘이 무심치 않다면 반드시 무언가 있을 거예요."

금교교는 고개를 끄덕였으나, 표정은 여전히 어둡기 그지없었다. 누구보다도 총명하고 지혜가 많기로 이름난 그녀였지만 지금으로서는 흉수를 찾을 어떠한 방법도 생각이 나지 않았던 것이다.

그녀는 혹시나 하는 심정에 조일평을 쳐다보았다.

조일평은 무언가 생각에 잠겨 있는 듯한 모습이더니 돌연 허공을 올려보며 입을 여는 것이었다.

"이제는 당신이 나설 차례요. 숨어 있지만 말고 이만 나와서 좋은 의견이 있으면 말해 보시오."

사람들은 모두 그가 누구에게 하는 말인가 어리둥절한 얼굴이 되었다.

그때 방 안의 대들보 위에서 한 사람이 뛰어내렸다.

"허허…… 정말 조 소협은 감당하기 어려운 사람이군. 좀 편하게 지내 보려고 했더니 이런 어려운 일에 나를 끌어들이다니 말이오."

너털웃음을 지으며 바닥에 내려선 사람은 초라한 행색의 중년인이었다.

누산산이 빨개진 눈으로 그를 쏘아보았다.

"웬 놈이냐?"

중년인은 히죽 웃었다.

"예쁜 아가씨가 입이 거칠군. 나는 남호라는 사람이오."

"뭐라고? 네놈이 감히 나를 뭐로 보고……."

그녀가 계속 욕설을 내뱉으려 할 때 돌연 남호가 정색을 했다.

"요정의(蓼情依)는 참으로 단정하고 예의 바른 여자인데, 조카는 어째서 이렇게 입이 험한 걸까?"

이 말을 듣자 누산산은 깜짝 놀라 자신도 모르게 말투까지 바뀌었다.

"당신이 어떻게 요 이모를 알아요?"

"요정의뿐인가? 하태진(夏太眞)과 누굉표(婁宏杓)도 모두 나를 보면 형님이라고 하는데……."

누산산은 아예 멍한 표정이 되었다. 하태진은 그녀의 이모부였고, 누굉표는 그녀의 하나뿐인 삼촌이었던 것이다.

그녀는 기가 질려서 끽소리도 못 하고 제자리에 앉고 말았다.

남호는 중인들을 훑어보더니 이내 백운을 향해 머리를 조아렸다.

"대사님, 안녕하셨습니까?"

백운은 그를 보더니 파안대소(破顔大笑)를 했다.

"푸하하…… 네놈은 언제부터 장안에 있었느냐?"

"보름쯤 되었습니다."

"그런데도 노납을 찾아오지 않았더란 말이냐?"

남호는 뒤통수를 긁적이며 어색하게 웃었다.

"다음에 기회가 닿으면 정식으로 찾아뵙고 인사를 드리려고 했습니다."

"네놈의 그 빌어먹을 형은 어디 있느냐?"

"형님이야 발길 닿는 대로 천하(天下)가 내 것인 양 다니시는 신룡 같은 분인지라 저 같은 무지렁이가 알 리가 없지요."

"신룡은 무슨…… 네놈들 두 형제는 천하에 둘도 없는 밥벌레에 심성 고약한 놈들이다."

남호의 얼굴이 우거지상이 되었다.

"대사님. 여기 예쁜 여자들도 많은데 그런 말씀은 좀…… 나중에 제가 천하에서 둘도 없는 귀한 차(茶)를 구해 드리겠습니다."

백운은 차를 구해 준다는 말에 안색이 풀어지더니 이내 피식 웃고 말았다.

"그 말재주 하나는 여전하구나. 그런데 평아(平兒)와는 언제부터 어울려 다닌 거냐?"

남호는 침도 안 바르고 거짓말을 했다.

"어제 만났습니다. 오늘 조 소협이 대사님을 뵈러 온다기에 따라왔다가 지은 죄가 너무 많아서 미처 입구로 들어오지 못하고……."

"쥐새끼처럼 들보에 숨어서 귀동냥을 했단 말이지?"

"헤헤……."

남호가 실없이 웃자 백운도 더 이상은 그에게 무어라고 하지 않았다.

남호가 나타날 때부터 유심한 시선으로 그를 응시하고 있던 금교교가 갑자기 불쑥 나섰다.

"당신의 성은 혹시 이(李)씨가 아닌가요?"

남호는 허를 찔린 듯한 표정이었다.

"억. 소저가 그걸 어떻게……."

말을 해 놓고 나서야 그는 자신이 실언을 했음을 깨달았다.

금교교의 얼굴에 냉소가 떠올랐다.

"역시 그렇군요. 남호(南湖)라…… 정말 가명(假名)치고는 너무도 잘 어울리는 걸 골랐군요."

누산산이 옆에서 재빨리 물었다.

"언니. 저자의 본명이 뭐예요?"

금교교가 막 입을 열려 할 때, 남호가 다급한 표정으로 소리쳤다.

"금 소저. 영롱비를 훔쳐 간 범인이 누구인지 알고 싶지 않소?"

금교교는 물론이고 중인들의 안색이 모두 변했다.

"당신이 범인을 알고 있단 말인가요?"

남호는 천연덕스럽게 말했다.

"누가 알고 있다고 했소? 알고 싶지 않느냐고 했지."

금교교는 좀처럼 평정을 잃지 않는 여인이었으나, 지금은 약이 올라서 눈썹이 하늘로 곤두섰다.

"지금 누굴 놀리는 건가요?"

"그럴 리 있소? 내가 아무리 간이 부었기로서니 천봉팔선자를 상대로 농을 하고 싶지는 않소. 단지 나는 영롱비를 훔쳐 간 자를 찾아낼 몇 가지 단서가 생각났을 뿐이오."

그녀는 내심 남호가 얄미운 생각이 들었으나 그래도 호기심이 이는 것은 어쩔 수가 없었다.

"그게 뭔가요?"

남호는 갑자기 자신의 목을 어루만지며 딴청을 피웠다.

"아이구. 아침부터 아무것도 안 먹었더니 목이 마르군."

금교교는 약이 바짝 오른 표정이었으나 어쩔 수 없다는 듯 그에게 차를 따라 주었다.

남호는 입이 찢어져라 웃었다.

"이렇게 고마울 데가…… 세상에 천봉팔선자에게 차 대접을 받는 영광을 누린 사람은 내가 처음일 거요."

누산산이 참지 못하고 쏘아붙였다.

"흥. 만약 허튼수작을 했다간 아예 껍질을 홀랑……."

"차복승(車福承)."

남호가 대수롭지 않은 듯 이름 하나를 내뱉자 누산산은 급히 입을 다물었다. 차복승은 그녀가 가장 따르는 천봉궁의 총관이었던 것이다. 그녀는 남호가 대체 어떻게 자신과 친밀한 사람의 이름을 모두 알고 있는지 의아하고 꺼림칙해서 감히 그에게 함부로 하지 못했다.

남호는 차 한 잔을 맛있게 비운 다음에야 빙그레 웃으며 금교교를 쳐다보았다.

"그자에 대해 알고 싶다고 했소?"

금교교는 그의 넉살에 화를 낼 기운도 없어 짤막하게 고개를 끄덕였다.

"그래요."

"그럼 내가 그자에 대해 알고 있는 사실을 말해 주겠소. 우선 첫째로……."

중인들의 시선이 모두 그의 입을 향했다.

남호는 자신 있게 말했다.

"그는 남자요."

모두들 입을 반쯤 벌린 채 그를 쳐다보았다.

"큭……."

풍시헌이 참지 못하고 입을 가리고 웃었다.

금교교는 한 번만 더 참자고 생각하고 조용한 목소리로 물었다.

"그래서요?"

"그래서라니? 그는 남자란 말이오. 그것도 여자들에게 매력이 넘치는 남자."

"……!"

"그러니 천봉궁에만 처박혀 남자라고는 늙은 총관과 노궁주(老宮主) 등 나이 먹은 사람들밖에 보지 못한 매향향 같은 소저가 한눈에 그에게 홀딱 빠지게 된 거지."

유화화와 누산산은 경이로운 눈으로 남호를 쳐다보았다. 대체 이자는 강호에서도 신비지처(神秘之處)로 알려진 천봉궁의 내부를 어찌 이토록 속속들이 알고 있단 말인가?

하나 금교교는 전혀 다른 생각을 하고 있었다.

"당신의 말은 그가 나이가 그렇게 많지 않은 젊은 남자란 뜻이군요."

"그렇소. 몹시 잘생기고, 여자의 마음을 잘 이해하며, 무엇보다도 예의가 깍듯한 인물일 것이오."

"왜 그렇게 생각하죠?"

"소저 같으면 처음 보는 남자가 아무리 잘생겼다고 예의가 엉망인데도 그를 좋아하겠소?"

금교교는 허를 찔린 듯한 표정이었다.

"더구나 매향향같이 남자 경험이 전무(全無)한 여자일수록 그런 예의 바른 남자에게 호감을 느끼는 경향이 있지. 두 번째로……."

중인들은 그의 입에서 무슨 말이 나올지 호기심 어린 표정이 되었다.

남호의 다음 말 또한 그들을 놀라게 하기에 충분했다.

"그는 왼손잡이요."

금교교는 조금 전의 경험이 있기 때문에 재빨리 마음을 수습하고 다시 물었다.

"그걸 어떻게 알아요?"

"그자는 굉지 선사와 사 대협과 태연히 차를 마시다 그들을 살해했소. 나는 혈겁이 일어난 선실을 자세히 살펴보았는데, 찻잔의 위치로 보아 모두들 오른손으로 차를 마시고 있었소."

"……!"

"오른손으로 찻잔을 든 상태에서 영롱비로 사람을 살해했다면 결국 왼손을 썼다는 말이오. 그러니 흉수는 왼손잡이가 틀림없소."

금교교는 그의 말에 일리가 있다고 생각했다. 차를 마시다 말고 손을 쓸 때, 들고 있던 찻잔을 내려놓고 살수를 전개한다는 것은 어딘지 어색한 모습이었다. 찻잔을 든 반대쪽 손을 사용하는 것이 더 자연스러운 동작이었다.

생각하면 단순한 사실인데, 이런 걸 미처 깨닫지 못한 자신이 원망스러울 정도였다.

남호는 히죽 웃으며 말을 이었다.

"셋째로 그자는 거대한 세력을 가지고 있거나, 그러한 세력의 일원이라는 것이오."

이번에는 아무도 그의 말에 토를 달거나 의문을 표시하지 않았다.

남호는 자신이 그렇게 생각하는 이유를 설명해 주었다.

"그자는 자신이 영롱비를 사용하는 것을 숨기기 위해서 검보의 깊숙한 곳에 보관되어 있는 빙백검을 훔쳤을 뿐 아니라 태청강기를 익힌 사 대협의 약점이 목 부분이라는 것을 알아냈소. 그뿐만 아니라 상흔이 발각될 것을 우려해 스물두 구의 시체도 감쪽같이 빼돌렸소. 이것은 결코 혼자의 힘으로는 해낼 수 없는 것들이오. 틀림없이 그는 치밀한 정보망을 가진 세력의 도움이나 지시를 받았을 거요."

모두들 부지불식간에 고개를 끄덕였다. 처음에는 단순한 원한으로 인한 살인으로만 생각했던 취미사의 혈겁이 의외로 아주 복잡하고 거대한 내막을 담고 있다는 것을 알았을 때부터 모두의 마음속에는 흉수의 배후에 어떤 세력이 있을 것이란 예감이 들었다.

남호의 말은 그러한 예감이 결코 잘못된 것이 아님을 증명해 준 것뿐이었다.

"네 번째로 그자는 천봉궁의 내부 사정에 대해 잘 알고 있는 인물이오."

그 말에 금교교의 눈썹이 살짝 찌푸려졌다. 남호의 말은 얼핏 듣기에는 흉수가 천봉궁의 인물이라는 것으로 해석될 수도 있기 때문이었다.

"그 말은 선뜻 수긍하기 어렵군요."

남호는 그녀의 의중을 짐작하고 있는지 조금도 머뭇거리지 않고 말을 계속했다.

"그자는 천봉궁에 영롱비가 있다는 것을 알고 있을 뿐 아니라, 소봉 매 소저가 언제 밖으로 나올지도 미리 파악해 놓고 있었소. 강호에서 천봉궁의 자세한 위치를 아는 사람이 얼마나 되며, 천봉궁 내에 영롱비라는 희대의 기물(奇物)이 있다는 걸 아는 사람은 또 그중 얼마겠소? 이는 조금만 생각해 보면 쉽게 알 수 있는 일이오."

금교교는 그의 의견에 반박할 말이 마땅히 떠오르지 않았다.

사실 남호의 말마따나 그런 사실은 그리 오래 생각할 필요도 없었다. 다만 자신이 아끼던 의자매가 관련된 일이기 때문에 그녀의 총지(聰智)가 잠깐 흐려져서 그러한 점을 미처 깨닫지 못했을 뿐이었다.

네 번째 말을 끝으로 남호는 입을 다물어 버렸다.

누산산이 도저히 못 참겠는지 재빠르게 물었다.

"왜 더 말이 없는 거예요?"

남호는 싱거운 웃음을 날렸다.

"내가 그자에 대해 알고 있는 건 모두 말했소. 설마 나보고 그자의 신체 치수라도 밝혀내란 말이오?"

누산산은 아미를 찡그리며 날카롭게 쏘아붙였다.

"겨우 그 정도를 가지고 그에 대해 훤히 알고 있는 것처럼 큰소리를 쳤어요?"

"그 정도라니? 그자가 미끈한 미남자에 왼손잡이이고, 거대한 세력을 가지고 있으며, 천봉궁을 잘 아는 인물이라는 사실만 잘 참조해도 용의자가 열에 아홉은 줄어들 거요. 나머지는 당신들도 머리를 좀 굴려서 알아보는 게 당연하지 않겠소?"

"뭐라고요?"

남호의 표정이 갑자기 진지해졌다.

"진짜 중요한 건 흉수가 누구냐 하는 것이 아니오. 대체 왜 이런 짓을 저질렀느냐 하는 것이오."

그 말에 중인들의 시선이 다시 그에게로 향했다.

"흉수가 누구든 나중에 찾아내어 죗값을 치르게 하면 그것으로 그만이오. 하지만 그가 저지른 일 때문에 벌어진 혼란이 수습되려면 앞으로 얼마나 많은 노력과 시간이 허비될지 아무도 모르오. 자칫 이대로 가다가는 강북 무림은 온통 서로 죽고 죽이는 아비규환(阿鼻叫喚)의 소용돌이 속으로 빠져들지도 모르는 일 아니겠소?"

남호의 두 눈에서는 좀처럼 보기 힘든 기이한 신광이 번뜩이고 있었다.

"흉수는 왜 이런 짓을 저질렀을까? 그의 진정한 목표는 무엇일까? 그 점을 알기만 하면 그가 누구인지는 저절로 밝혀지게 될 거요."

한동안 장내에는 무거운 침묵이 감돌았다. 모두들 각자 다른 생각을 하느라 상념에 잠긴 모습들이었다.

그 상념을 깬 것은 이번에도 역시 남호였다.

"자, 너무 고민들 하지 말고 배도 출출한데 아침 식사나 하는 게 어떻겠소? 아는지 모르겠지만, 여기 자은사의 아침상은 깔끔하면서도 맛깔스럽기로 유명하다오."

그 말을 듣자 중인들은 그제야 아무도 아침을 먹지 못한 것을 생각해 냈다.

백운이 껄껄 웃으며 남호의 어깨를 쳤다.

"허허…… 좋아, 오늘은 노납이 식사를 제공하지. 하지만 다음에는……."

남호는 우거지상을 지으며 고개를 숙였다.

"알겠습니다. 제가 좋은 차를 대접해 올리지요."

(군림천하 11권에서 계속)

환상이 숨쉬는 공간 **파피루스** www.ipapyrus.co.kr

PAPYRUS ORIENTAL FANTASY
바우산 신무협 장편소설

흑운
진천하

黑雲

천하를 피로 물들게 한 지독한 혈투.
광명신과 암흑신의 전설이 다시 깨어난다!

『흑운진천하』

처참하게 잿더미가 된 백리가문.
그곳에 살아남은 단 한 명의 생존자.
복수를 꿈꾸는 그에게 찾아온
잊을 수 없는 소중한 인연.

"세상은 나를 잊지 말았어야 했다."

**흑운이 세상을 암흑으로 물들이는 순간
단 하나의 빛이 세상을 구하리라!**

환상이 숨쉬는 공간 **파피루스** www.ipapyrus.co.kr

『절대비만』 『월풍』 『만인지상』 『신궁전설』 『독종무쌍』
이름만 들어도 설레는 작가, 전혁! 그가 내놓은 또 하나의 大作!

전혁 신무협 장편소설 **절륜공자**

산동을 날던 제비, 사형대로 추락하다?

가진 것이라곤 찢어질 만큼의 가난과 평범한 몸뚱이뿐이던 백이건!
질 나쁜 친구의 꼬임에 넘어가 '제비' 계를 평정했으나
결국엔 관아로 끌려가 목숨을 잃을 지경에 놓이고……

절체절명의 순간! 그에게 찾아온 예상치 못한 사건!
제비도 찾아보면 약에 쓰일 곳이 있다?!

"으아악! 이건 말도 안 돼. 도대체 내가 왜 이렇게 된 거냐구?"

새로운 삶을 살게 된 백이건의 무림 작업(?)기!
여심을 울렸던 나쁜 남자 백이건!
그가 이제 무림과 밀당을 시작한다!

환상이 숨쉬는 공간 **파피루스** www.ipapyrus.co.kr

파피루스 10주년과 함께하는 대작 열전 「홍해라, 신무협!」 그 네 번째!

곤륜용제

김태현 신무협 장편소설

「화산검신」 이후, 작가 김태현의 귀환!
그의 손에서 무위자연의 전설이 깨어난다!

「곤륜용제」

순수했기에 둔재라 보는 시선도,
그저 자유로웠기에 질투하는 마음도,
자연(自然)을 품었기에
자운이 보기엔 모든 것이 아름다웠다

사람이 아닌, 곤륜이 품은 아이 자운!

그가 이치를 깨닫고, 첫발을 내딛는 순간,
곤륜(崑崙)에서 용제(龍帝)가 강림하리라